小镇五夫

欧阳廷亮 著

陕西新华出版传媒集团
太白文艺出版社

图书在版编目（CIP）数据

小镇五夫 / 欧阳廷亮著. — 2版. — 西安：太白
文艺出版社，2017.9（2022.3重印）
ISBN 978-7-5513-1251-6

Ⅰ．①小… Ⅱ．①欧… Ⅲ．①短篇小说—小说集—中
国—当代②中篇小说—小说集—中国—当代 Ⅳ．
①I247.7

中国版本图书馆CIP数据核字（2017）第185364号

小镇五夫
XIAOZHEN WU FU

作　　者	欧阳廷亮
责任编辑	曹　甜
封面题字	石　竹
封面设计	吕　康
内文插图	吉建芳
出版发行	陕西新华出版传媒集团
	太 白 文 艺 出 版 社
经　　销	新华书店
印　　刷	三河市腾飞印务有限公司
开　　本	787mm×1092mm　1/16
字　　数	180千字
印　　张	13.5
版　　次	2014年5月第1版
	2017年9月第2版
印　　次	2022年3月第2次印刷
书　　号	ISBN 978-7-5513-1251-6
定　　价	49.00元

目　录

序

雷　涛

　　田野、丘陵、峻岭；森林、小溪、小桥。一幅幅江南小镇的美景，一幕幕看似平常却又惊奇的故事……在欧阳廷亮的笔下，儿时乡间的记忆变成了引人入胜的图画，又迭映出一个个活脱脱的历史人物的生命轨迹。当我不经意间阅读《小镇五夫》这部书稿时，我的情怀也跌宕起伏了。虽然北方和南方的景致不同，可是社会生活却如此相似。"五夫"的命运让我顿时产生出一种历史的悲悯，也将我带到那段失去理性的年代之中，一切感受和灵魂的冲击也如同打开闸门的流水一样，一股脑儿地倾泻，不时泛起朵朵浪花。

　　我把《小镇五夫》当作田园叙事类小说来读，自然以写人这主要特征和创作手法要素的表现力就尤为重要了。廷亮先生早年生活的"小镇"——城市的边缘，它不是典型意义上的农村，但却处处散发着江南农村的文化气息。可以说，这是最底层的城乡接合部。这个特定环境下的特定人物，就必然会透视出特定年代的形象与思想意义。作者以轻盈的笔调叙述着沉重的历史人物与话题，这就导致了读者一则对作者笔下自然盛景的憧憬，一则对人物悲惨命运的同情。这种阅读意念与感受的反差，构成了作品的一种磁性和引力。反过来说，这种反差性越大，作品的磁性和引力也会益增。我看得出，作者在几篇作品中都在做这样的尝试。

　　乡情、同情、悲情渗透在作品的字里行间，构成了作者的写作追求，也让读者身临其境，窥视人物的内心世界，从而增加阅读快感。《小镇更夫》虽然篇幅最短，可是"悬念"却让人既纠结，又会意。尤其是更夫与"我"的真实描写，更强化了更夫的形象塑造，使人物活起来了。尽管我在阅读中还嫌在揭示更夫身世时直白了些，但总体上讲是一个鲜活的艺术形象。关于大夫的塑造，作者是费了心思的。故事情节曲折，可是在"大夫"的描写上似乎不如程丰这个人物笔墨浓厚，我不明白这是作者的刻意还是大意。更夫与大夫相比，差异就出来了。"阴阳人"会定格于读者的脑海，但大夫就会逊色一些。我特别欣赏对"光棍"的浓墨重笔。赵光棍的身世与生命之旅，带有较典型的文学意义。他是社会底层人群中的下等人，过着一种不像人的生活。他渴望新生活，摆脱命运打击，可是身不由己。自己掌握不了自己的前途，而主宰他的是社会，是社会机制和社会意识，是一把看不见的刀子，是软刀子，杀人不见血的刀子。我把这个人物与《白鹿原》中的黑娃加以比照，既有相同之处，又有特殊的异味。还有王屠夫、挑夫周老憨和渔夫杨子龙，都是悲剧人物，却"悲"得不一，经历不同，命运各异，但殊途同归。我还想就刘镇长这个人物多言几句。他是一位乡镇领导，是一位出身好、根基正的基层干部，对事业也忠诚，对人也谦和，可是在政治运动中却改变了思想，心灵扭曲了，对善和恶识别不了了。作品通过这个人物在诉说，这不是个人的悲剧，而是整个社会在嬗变过程中的悲哀。一部新中国的政权建设、经济发展和政治文明就是通过这样的曲折反复，甚至交纳昂贵的学费才走过来的。"忘记过去就意味着背叛"，这句老话至今仍有借鉴作用。

小说有小说的基本写作架构和元素。作者在创作时似乎都遵守了。公认的观点是，小说是语言的艺术。《小镇五夫》在语言运用方面已经下了很大的功夫，包括自然景物的描绘、乡村景色的描写，人物心理的探试，当然，还有人物对话的提炼等等。作为一个长期从事企业管理和党政领导的人，能在业余时间热爱文学，钟情于文学创作，数年坚持不懈，这已是难能可贵的。尤其是在时下商业味浓厚和金钱至上的社会风潮下，能趋静求真，将自己和神圣的文学捆绑在一起，作为崇高的精神追求目标，实属少见。

还有一个感受不说不快。作者对生活的了解是坚持不断的，是没有断层的。我敢断定，延亮先生虽然迈出农门，长久地在大都市生活，又在香港居住多年，但未曾割断与故土的联系。这是很让人敬佩的。作品中还有许多专业知识的显现也让我惊诧，比如关于药理的阐述，关于药方的开列,还有农村生活中诸多细微之处的勾勒,都能反映出作者的写作态度。

我和廷亮先生因朋友而相识,又因文学而增进情感,虽然过往不密,但相互关注,内心相通。他的作品散见于报章,我大都有幸细读。这次却见大作写成,心里不免欢喜。他送样稿给我,我自然明白其意。我抽出时间品读,随手写出了以上随想。我怕误导读者,再三不要标什么"序"来,可是作者一再催促,只好这样了。

陕西电力作家在陕西文坛上是一个非常活跃的群体,他们在潘飞的组织带领下,创作了许多优秀作品。林权宏、杜文娟、黑妹、李娟等在文学陕军中占有一定位置。欧阳廷亮也是一位宿将。期待这个群体再上一个新的台阶。

2014 年 4 月 15 日

小镇更夫

"咚,咚——天干物燥,小心火烛。"报更的梆子声从小镇西边的长途车站开始响起。时值一九六四年立秋后的第一天晚上九点,按小镇的习惯,二更一响,人们便陆续上床睡觉。

天煞黑的时候,我跟着一群小伙伴捉迷藏,老铁和他妹妹找到我,让我给他们帮一次忙。老铁名叫李扬,高我两个年级,是我们街道的孩子王,他的拳头非常厉害,自立"老铁"为号。他妹妹李星和我同班,长得很漂亮,学习成绩也好,男孩子都喜欢和她在一起玩。

我问老铁:"帮什么忙?"

老铁不耐烦地回答:"去了就知道。"

我跟着他们穿过两条小巷,来到周家大院的围墙下。老铁悄悄地指了一下墙头,对我耳语:"太高了,够不着。我顶你上去,帮我妹妹摘几朵花。"

借着淡淡的月光,我抬头望去,只见墙头上一个脸盆大的花钵里开满了淡黄色的鲜花。当时,老铁、他妹子和我都不知道那是仙人掌花。除了周家,整个小镇几乎没人种过仙人掌,更不用说看过仙人掌的花。我知道这是偷花,不想干,可碍于老铁的拳头和与他妹子的关系,又不敢拒绝。

李星见我犹豫不决,小声说:"求求你,就摘一朵。"

老铁扶着墙蹲下身子,示意我踩着他的肩膀上墙。我胆战心惊地被老铁顶上了墙头。我的手刚伸向花丛就像触电似的,被刺得"哎呀"大叫一声。老铁吓得身子一抖,随之,我失去重心,和碰翻的花盆一起"咚"的一声跌落下来。

"谁？"院子里的人听见响声，手持木棍，拉开院门冲了过来。

老铁眼疾手快，拽上李星一溜烟跑掉了，只剩下我，跌落在地上左手捏着右手腕"哎哟，哎哟"一个劲儿地叫。

周家的一个大男人把我像拎小鸡一样拎进了他们的堂屋。我吓得直哆嗦，不敢抬头。

"说，你是谁家的野种？"男的见我不抬头，一把揪住我的头发往后拽，强迫我抬起头来。

一个女孩子说："我认识，他是杨校长家的老三。"我偷偷瞟了一眼，知道她是姐姐的同学。一听说杨校长，男人的手就松了。

坐在太师椅上的老太太说："算啦，看在他爹的分儿上，饶了这孩子。"

"哼，还是三好学生呢！偷人家的花也不害臊，等会儿我去告你姐，看她怎么收拾你！"女孩子走过来用手指捅了捅我的脑袋。

男人不耐烦地推了我一把："滚吧！"

我不敢回家，父亲为人谦和，向来崇尚知书达理，最憎恨偷窃。我从未见过父亲发脾气，更未见过父亲动手打人，但母亲曾多次告诫我们，谁要是犯了父亲的大忌，一定会让谁皮开肉绽。后来我才知道，阿姐的同学压根儿就没有到我家告状，只是想吓唬吓唬而已。

我毫无目的地在街上转悠，想找朋友们一起玩耍。碰到老铁后，他不仅不问我摔伤了没有，反而奚落我无用。也好，从此以后老铁再没找过我干任何偷鸡摸狗的事情。

"咚，咚——"二更梆子敲响以后，我送走了最后一个回家的小伙伴，呵护着仍然疼痛的右手，漫无边际地游荡在街头，直到最后一家卖蚊香的店铺打烊，才坐在一个避风的屋檐下倚着墙角打瞌睡。

也许玩得太累，我很快进入了梦乡。我梦见母亲和阿姐打着火把在找我。她们找到我之后，母亲轻轻地抱着我走回了家，并且给我挑着手中的刺。

我突然痛醒，发现自己躺在更夫刘大伯的床上。他手里拿着冒着热气的毛巾，愕然地望着我。我把手缩在嘴边哈了哈气，似乎这样就可以缓解疼痛。

"怎么啦？孩子。"当刘大伯弄清我被花刺扎的经过以后，赶紧拨亮油灯拿针给我挑刺。其实不管用，仙人掌的刺非常细，是半透明的，不细看压根儿发现不了，更何况暴露在外面的，已被我拨掉了，只剩下断在肉里面的刺尖尖。

"孩子别怕，我给你抹点东西，保管你一觉醒来就好了。"刘大伯还真有办法，他在我手掌上抹了点蜂蜜，过了一会儿就好多了。

刘大伯是我们西街的更夫，除了我偶尔和他打打交道外，小镇满街的小孩都不敢接近他。大人们都说他是阴阳人，喜欢摸小孩的鸡鸡，不许小孩接近他。我父母很善良，一直和刘大伯有来往，因此，我不怕接触他，况且刘大伯每次碰见我，只是摸摸我的脑袋瓜子或者搂抱一下，从来没有摸过我的小鸡鸡。

"三娃，今晚你就睡我这里，明天一早，我送你回家，保证不让你挨打，咋样？"刘大伯蹲在我的面前征求意见。

我坐在床沿上想了想，没有立即回答他。刘大伯个子不高，佝腰曲背，因为长年留着板寸头，脸上的颧骨显得格外突出，他原本不苟言笑，加上那双目光锐利的眯眯小眼，让人望而生畏。

"不喜欢大伯?"他见我不说话，好不容易挂笑的脸立马拉长了。

一想到要单独和阴阳人睡觉，我多少有一点儿不自在。但念及刘大伯经常托父亲捎给我一些好吃的食品，便不忍让这个孤老汉伤心，于是怯生生地回答："喜欢。"

"哈，这才是我的乖儿子。"刘大伯一听，不知哪来那么大的劲儿，一下子把我抱了起来，搂在怀里一个劲儿地亲。在我的记忆中，只有妈妈经常亲我，父亲偶尔用胡子扎扎我的小脸蛋。刘大伯的胡子比父亲的胡子更扎人，我忍不住伸出左手，轻轻地抚摸他那浓密的胡茬。不知咋的，刘大伯流泪了，一颗豆大的热泪滴落到了我的脸上。

"大伯，您哭啦?"

"啊，大伯高兴着呢！大伯年轻的时候也有过一个儿子……"刘大伯抱我坐在他怀里，给我讲述了那段鲜为人知的往事。

刘大伯的老家在安徽，他年轻的时候娶了一个漂亮的媳妇，那媳妇给他生了个俊俏的儿子。孩子七岁那年，黄河发大水，淹没了他家

的田地,冲毁了他家的房子。无奈,他只好带着媳妇和孩子外出逃荒,谁知一家人染上了疟疾,因无钱求医,媳妇和孩子双双病死,只留下他病病殃殃活了下来。刘大伯还告诉我,抗日战争即将胜利的那一年,他在省城一家盐行当长工时认识了在省城教书的父亲。

刘大伯给我擦完澡,让我躺进了被子里。他那白粗布里子浅蓝色粗布面子的被子,没有补丁,比我家补丁擦补丁的被子好多了。被头也很干净,只是有一股他身上的气味——他刚刚抱着我时闻到的那种气味,但并不难闻。我刚闭上眼,他就拎着那副擦得锃亮的梆子,悄悄掩门而去。紧接着,街上响起了他浑厚的男中音:"平安无事啰!"

"咚——咚咚!"这是我年满九岁后首次听到的三更梆子声。那年月不像现在,没有电视,没有KTV,没有酒吧和歌舞厅,甚至连收音机也是稀罕之物,加上电力供应不足,人们习惯于"日出而作,日落而息"。半夜三更,街面上几乎看不见行人,人们大都早已进入了梦乡。

"三毛,起床啦,看我给你买了啥好吃的哟。"

我一个鲤鱼打挺坐了起来,只见床对面的桌子上放着冒着热气的油条和豆浆。我家人口多,长年累月的早餐偶尔吃两三次馒头或面条,多数是烫饭。所谓"烫饭",就是将头一天晚上的剩菜剩饭混在一起加水煮成的糊糊。

我迅速穿好衣服,刚下床,刘大伯就端来了洗脸水,并帮我洗了脸。他小心地抬起我的右手问:"还疼吗?"我用左手轻轻一摸,又有被刺的感觉,便举起右手对着光一看,发现了好几根从红点处蹿出来的细刺,便尖着左手拇指和食指将刺——拔出,然后洗洗手就不痛了。

"刘大伯,现在几点啦?"我坐在桌边一边吃着油条,一边喝着豆浆,不时和刘大伯拉呱几句。

刘大伯掏出怀表瞟了一眼告诉我:"已经十点多啦。"

"哇!"我心想,幸好今天是星期天不用上学,不然三好学生就当不上了。我把另一根油条递给刘大伯:"您也吃呀。"

刘大伯接过去又放回盘中:"我已经吃过了,你别急,慢慢吃,我早上已给你爸打了招呼,说你昨晚住在我这里。"

刘大伯刚说完,突然想起什么似的对我说:"哎,我到你家去了一趟,看样子,他们都不知道你摘了人家的花。你是一个好孩子,回去后主动认个错,你爸一定不会打你。"

我用手抹了一下嘴,盯着刘大伯认真地点了点头。这时,我意外发现刘大伯的双眼布满了红血丝,我猜到这一夜因为我睡了他的床,他一宿没睡觉。我忽然觉得自己又做错了一件事,低着头轻轻地嘟囔了一句:"对不起,您没睡好觉。"

刘大伯走过来,一只手把我搂在他怀里,另一只手轻轻地摩挲着我的脑袋瓜子:"傻孩子,我晚上打更,根本就用不着睡觉。"说罢,把我送出了家门。

果然不出刘大伯所料,我回到家里,大家仍像往常一样,仿佛不知道我在外面过夜的原因,唯独母亲说刘大伯家不宽敞让我别去打搅人家。

"爸!"我见父亲在后院的菜地里松土,就主动跑过去打招呼。

父亲停下来,用袖子擦了擦脸上的汗,对我说:"小孩子家,今后没经过父母同意不要在别人家过夜。"

我点了一下头并鼓起勇气对父亲说:"爸,我犯了一个错误。"

父亲得知我偷摘周家大院的花并摔破了花钵的经过,立即收拾手中的活计,拽着我到周家道歉。

下午,父亲带我到镇外的山上扒松毛。所谓"扒松毛",就是用粗铁丝做成扇形的笆子,利用它把散落在地上或草丛中的松针集中起来,然后打捆挑回家当烧柴。父亲扛着扁担和竹夹,我扛着两个笆子,兴高采烈地向小镇西北方向的山冈走去。

一路上,我和父亲聊起了刘大伯。我问父亲:"爸,听刘大伯说,他有过一个儿子,是真的吗?"

"是呀,可惜那孩子很早就和他母亲一起病死在逃荒的路上了。"父亲叹了一口气。

"他还说,是您救了他。"

原来抗日战争期间,父亲在省城教书,是爱国进步人士,为了帮八路军搞运盐的情报,结识了在盐行当长工的刘大伯。抗日战争即将胜利的那年冬天,刘大伯因严重违反了东家的家规被打得遍体鳞伤,并

被扔在荒郊野外,还不许盐行的人去收尸。父亲去收尸时,发现刘大伯一息尚存,便背着刘大伯逃回到老家。

"好可怜!"听完刘大伯的悲惨遭遇,我情不自禁地感叹了一句。

刘大伯是一个非常好的人,我不理解为什么镇上的人都不和他来往,更不让小孩接近他,便问父亲:"爸,为什么大家都说刘大伯是阴阳人?听说阴阳人一半是女的一半是男的,很恶心。"

父亲没有直接回答,反问我:"刘大伯像女的吗?"

我摇了摇头。

父亲说:"你还小,有些事说了你也不懂,阴阳人是先天发育不全造成的,刘大伯不是阴阳人,他是被东家打坏了小鸡鸡,不能站着撒尿,才被人们误解成阴阳人的。他是一个性情孤僻的更夫,白天睡觉,天黑起床,很少与人交往,加上他非常喜欢小孩,抱着人家的孩子又亲又摸,弄得人家都很反感。你刚满周岁的时候,他硬要我们把你过继给他做养子,你妈坚决不同意,闹得很长时间他都不愿意进我们家门。"

父亲无意中说了一个秘密,我突然感到脸上发热,心里有一股说不清的滋味儿。

父亲见我低头不语,只顾往前走,便拍拍我的头说:"我们当然舍不得把你给别人啦。但刘大伯绝对是个好人,希望你今后一直对他好,权且在心里做他的干儿子。"

不知是延续了父亲的同情心,还是吃了人家的嘴软,从此以后,我没事的时候,总要去看看刘大伯,帮他扫扫地,擦擦桌子,或者给他讲故事。

我经常出入刘大伯的家似乎有什么不对劲儿的地方,街坊的女人们总是在远处对我指指点点的,弄得我很不自在。

有一天放学后,我被居委会的王大妈叫到她家。王大妈问我:"小三,姓刘的那个老不要脸的摸你小鸡鸡没有?"我愕然地望着王大妈使劲儿摇头。

"没有就好,千万别让他在你身上使坏。"王大妈似乎放心了,还拍了拍我的脑袋。

"使坏?"我不解地望着王大妈。

我告诉王大妈:"刘大伯是好人,他从不欺负我。"

"这我就放心了,快回去吧!"王大妈把我送出门时又叮嘱我,"别听那些老太太们嚼舌根子。"我隐隐约约地明白王大妈是指那些女人在说我和刘大伯的坏话。

我从王大妈家出来,刚拐过一个巷子,就被老铁拦住了:"嗨!你最近总往那个孤佬家里跑,是不是喜欢他摸你的小鸡鸡?"

一看老铁阴笑的样子我就来气:"流氓!你胡说什么呀!刘大伯从来就没摸过我。"

"我警告你,你如果还想和我妹妹来往,就少和阴阳人套近乎!"老铁边说边对我扬了扬拳头。

我气愤地说:"刘大伯不是阴阳人,他还有过儿子。"我听大人说过,阴阳人是不能生孩子的,刘大伯有过孩子就一定不是阴阳人。

"哈哈——"老铁一下子笑弯了腰,好一会儿才喘过气来,他把嘴贴在我耳边,神秘地告诉我,"傻小子,我实话告诉你,我偷看过他洗澡,他压根儿就没有长鸡巴。哈哈——"老铁说完又哈哈大笑起来。

我一下子愣住了,难道刘大伯和父亲都在骗我?刘大伯骗不骗人我不敢肯定,但父亲从不骗人,他不是说过我还小说了我也不懂么?一定有什么事情瞒着我。在刘大伯是否是阴阳人的问题上,我更偏向于老铁说的是真的,因为老铁喜欢偷看人家洗澡,而且没有必要骗我。老铁最喜欢他妹子,也知道他妹子偏偏最喜欢我,只是不想我被别人欺负而已。这事对我的震动很大,使我和刘大伯的关系开始疏远,我总以学习紧张为借口,躲避和他来往。

我和刘大伯感情修复缘于一场大火。那是一九六五年冬季的一个夜晚,我们全家被刘大伯沙哑的喊声惊醒。在"林家大院失火啦!快救火呀——"的呼叫声中,我匆忙穿上衣服,跟着父母亲和哥哥姐姐赶去救火。

林家大院坐北朝南,位于镇西,离我家不远。大院的房子多为木结构,院后紧邻生资局仓库。原本漆黑的夜晚,被熊熊燃烧的大火烧红了半个天空,林家大院前院的门窗和屋顶吐着长长的火舌,人们用

脸盆和木桶运来的水泼上去已不起太大的作用，你前面泼熄，它后面又燃。院内哭喊声乱作一团，浓烟滚滚，非常吓人。父亲抱着一个孩子冲出来，把她塞到母亲手里，转身又冲进了火海。在父亲身影消失在烟火中的一刹那，我看见刘大伯背着一个老人跌跌撞撞地冲出门来，在出门的时候，他身子晃了一下，并本能地撑向刚被淋熄的门框，但他的手立刻反弹回来，差点儿摔倒。我赶紧跑上去帮他托住身后的老人。他把老人安放在街边一个安全的地方，嘱咐我看好老人，别往火边去。还没等我点头，他已反身冲进火海。这一刻，刘大伯的形象在我心目中迅速高大起来。

我一边守着呻吟的老人，一边不时抬头向院门张望，担心救火的亲人和刘大伯。

救火的人越来越多，人们从四面八方拎着水桶，端着水盆赶来加入救火的行列，齐心协力扑灭了大火。

大火熄灭的时候，东方已经泛白。林家大院里里外外一片狼藉，惨不忍睹。刘大伯也成了落汤鸡，第二天就病倒了。

等到刘大伯出院，已经是林家大院失火后的第三天。这一天，是星期六，学校还在上课，我和父亲都没能去接他，是居委会的王大妈把他接回家的。下午放学回家，我听说刘大伯已经出院，顾不上吃晚饭，径直来到了刘大伯家。

"乖儿子，快来亲亲我。"半偎在床上的刘大伯探出身子，向我张开双臂，我赶紧扑进了他的怀里。

"那天您应该早点回家换衣服，浑身都湿透了，不感冒才怪。"我说完，不满地噘了一下嘴。

刘大伯轻轻地拍了拍我的脑袋瓜子调侃说："就你聪明！"

我看了看紧闭的小碗柜，问道："大伯，您想吃什么？我回家给您弄去。"

"当然是你家的面疙瘩啦。"

"好吧，您等着！"说罢，我蹦下床，一溜烟跑回了家。

我们家正在摆桌凳、上菜，我赶紧跑进厨房，嚷嚷着让母亲给刘大伯做碗面疙瘩。

"看把他急得，这么心疼刘大伯，当初真该把他过继给刘大伯。"母亲故意和打帮手的姐姐取笑我。

"就是。"姐姐立即应和着。

"阿姐坏，阿姐坏！"我跑到姐姐身边，张开双手来回搔她。

"行啦，行啦。快跟姐吃饭去，等你吃完，面疙瘩也就做好啦。"听母亲这么一说，我赶紧拉着姐姐到客厅吃饭。

父亲上桌后，向我问了问刘大伯的情况，并让阿姐去厨房拿个空碗，然后从每个菜碗里挑一筷子菜放进空碗里，说是给刘大伯留的。

吃完饭后，父亲端着面疙瘩，我端着菜，一起向刘大伯家走去。

进到刘大伯家之后，父亲一边询问刘大伯的康复情况，一边挪过一个方凳放到床边，然后让我把菜碗放在方凳上。

"别下床，你身子骨还虚，就坐在床上吃。"父亲拦着准备下床的刘大伯不让他动弹。

刘大伯伸开包着纱布的左手，笑着对父亲说："不方便，还是下床吃为好。"

父亲见无大碍，就让我把面疙瘩和菜端上了桌子，然后扶着刘大伯下床来到桌前。

"哇，真香！"刘大伯嗅了嗅面疙瘩，向我吐了一下舌头，那神态，俨然是个小孩。

吃罢面疙瘩，刘大伯试探着让我留下来给他做伴。父亲没有直接回话，而是征求我的意见："咋样？"

"爸，明天是星期天，明晚我一定将作业和日记一块补上。"

"别淘气，影响刘大伯休息。"父亲一边收拾碗筷，一边叮嘱我。

"老刘，还需要什么吗？"父亲问刘大伯的同时，掂了掂桌子上的两个竹壳暖水瓶。

"不用了，下午回来后，我已经生了炉子，烧好了开水。"

父亲对刘大伯说："别硬撑，有什么需要帮助的，你让小三子吭一声。"

送走父亲后，刘大伯靠坐在床头，让我偎依在他身边，给我讲了"牛郎织女"和"武松打虎"的故事。刘大伯讲完故事，掏出怀表看了看时间,对我说:"时候不早啦,洗澡睡觉吧。"

我见他挪下床去拿脸盆,赶紧跳下床抢在他前面抓住了脸盆:"您手有伤,我自己来。"

"好吧!"刘大伯让我先到厨房打小半盆凉水,然后将开水瓶的水兑进去。刘大伯从门背后的挂钩上取下两条毛巾,告诉我,白毛巾是洗脸和擦身子的,蓝毛巾是洗脚用的。刘大伯省吃俭用,但很爱干净。那年月,因经济困难,很少有人将洗脸毛巾和洗脚毛巾分开。我洗完澡后,穿上刘大伯的干净球鞋,换了一盆干净热水,并张罗:"大伯,您坐到床边上,我帮您擦擦澡。"

"太好啦,老子享福啰!"刘大伯像喝了喜酒一样,脱了上衣和长裤。

我绞着热毛巾给他擦脸、擦手臂和肚皮,擦得他直乐呵。然后,我让他趴在床上给他擦背。

"再绞一把。"他翻过身来,从我手中接过毛巾,拉开裤衩由前而后擦了几下。我本想问他阴阳人的事,可话到嘴边,又咽了回去,害怕触痛他的伤心之处。

我拿回洗脸毛巾在盆中洗好并换成洗脚毛巾,给他擦了腿和脚。等倒完脏水返回室内,我禁不住打了个冷战。

"快上床,冻坏了我的乖乖儿。"刘大伯把我紧紧搂在怀里。

平时在家我和姐姐合睡一张床,各睡一头,她从不搂我睡觉,今晚被刘大伯搂着,我觉得特别暖和,并很快进入了梦乡。

我被林家大火包围着,挣扎着突围可始终找不到出口,只能在火海中瞎摸乱撞,我终于摸到了门边,使劲儿地推门……我突然惊醒,发现自己被大伯抱在怀里,一条腿紧贴大伯的身子,另一条腿斜跨在他的肚皮上。我向下拉掯拉搭在头上的被子,轻轻地将压在大伯肚子上的腿抽了回来,见大伯没有醒,仍然均匀地打着呼噜。我脑子里突然产生了一个怪诞的念头,想借此机会证实老铁说的是否真实,便轻轻地伸手摸向刘大伯的裆里。哇!那里果真没有鸡鸡,只是毛茸茸的一片。我的手轻轻地摸着。不知咋的,大伯突然抖动起身子并把我越搂越紧。我吓了一跳,用力从大伯怀中挣脱开,坐了起来。大伯也惊醒

了，他一下子挺身坐起来。我不敢正眼看他，低着脑袋。

"睡吧。"刘大伯轻轻地说着，并伸出手来，一手掀开被子，一手想扶我睡下。

我摇晃着身体，拒绝躺下。我终于明白他是个阴阳人，一种说不出的别扭油然而生。

刘大伯束手无策地坐在床上，良久轻声对我说："乖儿，有些事等你长大了才会明白，快睡吧。"

我知道，半夜三更这样僵持下去不是个事，便背朝刘大伯躺了下来。

刘大伯辗转反侧，也难以入睡。他终于憋不住轻轻地拍了拍我："孩子，都怪大伯不好，我刚才做梦想媳妇了，对不起！"

我不由自主地摇了摇头。刘大伯除了是阴阳人，的确没有什么不好的地方。

"唉——"刘大伯长长地叹了一口气。

一九六六年初秋的一天，从县城来了一拨戴着"红卫兵"袖章的中学生，他们身穿绿军装，胸前佩戴毛主席像章，手捧"红宝书"，英姿飒爽，十分引人注目。他们当中的一个高个子，站在锦屏小镇的十字街心，举着铁皮话筒，慷慨激昂地宣讲什么，"《五一六通知》……批判'反动学术权威'……声讨'三家村'……"号召人们大鸣、大放、大字报、大辩论……我和同学们挤在人群的中心地带，围在红卫兵身边，虽然听不懂他们宣讲的东西，但有一点非常清楚，那就是有人要反对毛主席。

这一天，小镇沸腾了，街头巷尾全在谈论红卫兵。我很晚才回家，进门一看，只见父亲母亲和哥哥姐姐坐在平时吃饭的方桌前，大家非常亢奋，哥哥正学着街头红卫兵的样子，绘声绘色地讲述街头上发生的事情。我在旁边听了一会儿，和街头的那个高个子红卫兵讲得几乎一样，没什么新鲜的东西，于是就去厨房找吃的。谁知，厨房冷火囚烟，母亲压根儿没顾及做饭。

"妈，我饿！"我跑到桌子边扯了扯母亲的衣角，母亲反手拨开我，头也不回地听哥哥演讲。

没人理我，我只好起身去找刘大伯。

"大伯，您知不知道，镇上来了一群红卫兵？"我跨进刘大伯的门大声嚷嚷着，我想他一定不知道这个惊天动地的消息。

"什么红卫兵呀？"刘大伯正在收拾碗筷。

我顾不上回答他的话，抓起碗里剩下的一个馒头就往口里塞。

"我儿慢点吃，小心噎着！"

吃完那个馒头后，我就开始给刘大伯讲红卫兵的事。刚开始，他边听边搅面，准备给我做顿面疙瘩，听了几句就顾不上搅面了，干脆坐到我身边，全神贯注地听我讲。

"毛主席是人民的大救星，谁敢反对毛主席，全国人民不答应！"当他听明白有人要反对毛主席，非常气愤。

"不答应，就是不答应！"我也庄严地挥动着拳头。

"乖儿，大伯没时间给你做吃的了，我得去向红卫兵了解情况，先去保卫毛主席。"

"好吧，我自己回去。"听我讲了一通，刘大伯似乎很多东西没弄明白，他要亲自去找红卫兵，这是大事，我不能阻拦他。

刘大伯提上锣，扯着我疾步走向大街，然后和我分手，匆匆向小镇中心走去。

又过了两个多月，就在哥哥、姐姐去北京参加红卫兵大串联不久，小镇爆发了一件令我永远也无法接受的事情。

这天中午，我和父母亲正在吃饭，外面突然冲进来一大帮红卫兵，他们一边高呼"打倒走资派杨国良""打倒右派分子汪月香"，一边将我父母亲捆绑起来，并给父亲戴上了一顶纸糊的高帽子。高帽子上面写着"打倒走资派杨国良"，并在父亲的名字上打了鲜红的大叉。

"你们凭什么抓我们？凭什么？"父亲强烈地反抗着。几个红卫兵上去拳打脚踢，吓得我"哇哇"大哭。

他们一拨人押走了父母亲，另一拨人把我们家翻了个底朝天，带走了父亲写的大部分书稿和笔记。临出门时，一个红卫兵还踹了我一脚："狗崽子！"

面对突然的变故，我不知怎么办，只好去找刘大伯。

"乖儿,别哭,别哭！出什么事了？"冲进刘大伯家,我抱着刘大伯号啕大哭,半天说不出话来。

"不！一定是他们弄错了,你爸爸妈妈是天底下最好最善良的人,他们绝不是坏人。你待在家里,我去找他们论理。"刘大伯急匆匆地走了。

天黑了刘大伯才回来,我见他耷拉着脑袋进屋,没敢开口。刘大伯仿佛变了个人似的,一言不发。他默默地做好饭后,才对我说:"乖儿,吃吧,事情挺麻烦,明天我再去找人。"

连续几天,刘大伯晚上打更,白天找人,很少睡眠,一下子苍老了许多,让我非常难过。刘大伯一直不让我外出,他怕红卫兵打我。

父母亲被抓走的第五天上午,刘大伯临出门时嘱咐我:"乖儿,千万别出去,不管发生什么事都别出去。"他见我不回应,又补一句,"记住,千万别出去！"

我狠狠地点了点头。

我总觉得刘大伯有什么事瞒着我,他走后不久,我就悄悄地上了街。街上到处都是大字报,有不少是批判父母亲的文章。我越往学校方向走,批判父母亲的大字报就越多,只要他们的名字出现在标题中,都会打上血色的叉叉。

我在一幅丑化父母亲的漫画前停了下来,因为有个大人提到了父亲的名字,他正在对另几个红卫兵说:"今天造反派要把杨国良拉出来游街,我们分头找一些战友,一定要想法保护他们。"几个人点点头,朝不同的方向散去。难怪刘大伯再三叮嘱不让我上街。

父母亲会被押在什么地方呢？我猜想一定是人民旅社大楼,因为在两个月之前,那里已经成了红卫兵的总部。于是,我迅速赶往十字路口。

人民旅社大楼门前的十字路口四周已经挤满了人。我顺着人缝往里钻,很快挤到了最里面。只见一大群造反派从人民旅社的大门口开始手拉手围成了一个长圈子。我一眼就看到了刘大伯,他离我不远,因为他一直盯着人民旅社的大门,所以没发现我。

"打倒走资派杨国良！"随着一声晴天霹雳的口号,父亲被几个红卫兵架着推出大门，直向街心走来。我看不清父亲的脸，但我看见他吃力地挪动步子，就知道他被打伤了。我不知哪里来的勇气，大喊一声"爸爸"就冲了过去，扑倒在父亲的面前，紧紧地抱住他的双腿。

"三儿，三——"父亲一下子昏了过去。

"狗崽子，滚开！"一个红卫兵拼命地掰我的手，另一个红卫兵狠狠地踢我的屁股。

"狗日的，敢欺负我儿，老子和你们拼了！"我听到了刘大伯的声音，不用回头看，就知道他赶过来正揍着打我的红卫兵。

"哈哈！一个阴阳人，还想当铁杆保皇派？革命同志们，打呀！打这个保皇派！"随着疯狂的喊声响起，人们蜂拥而至，令我万分恐惧。

"打！打！"

"不好啦，出人命啦！"拥挤的人群一下子溃散开去。

我扭头望去，只见刘大伯倒在地上，他的脑后有一摊鲜血正在慢慢地沁向四周。

"大伯——"我松开父亲爬向刘大伯。

"大伯，醒醒，您醒醒呀！"我喊着，哭着，拼命地摇刘大伯。

刘大伯终于艰难地睁开了眼睛，他缓缓地抬起手摸着我的脸，试图擦去我脸上的泪水："乖……乖儿——"

我不知道他想说什么，因为他话还没说出来，就断气了。他的手无力地垂了下去，但那双眼睛却没有合上。

良久，几个年长的大人把刘大伯抬回了家。

刘大伯的家只有一间正房和一个小小的厨房，大人们拆掉床铺，把床板支在屋子中央，然后把刘大伯搁在床板上，并蒙上了一条白色的床单。

刘大伯死后，我仿佛一夜之间长大了。

我见原居委会主任王大妈过来探望，赶紧"扑通"一声跪在她的面前："王大妈，我求求您找人帮帮忙，安葬我大伯。"

"快起来，我的好孩子。"王大妈泪流满面，紧紧地把我搂在她的怀里。直到我停止哭泣，她才叮嘱她老伴找几个人把自己家的棺材抬过来先让给刘大伯用。

王大妈的老伴从桌子上的玻璃板下抽走刘大伯生前唯一的一张照片，让人到照相馆去放大，然后领着其他人搬运棺材。

"先给他找几件干净的衣服。"王大妈见人们都走了，拉着我走到两个装衣服的木箱前开始寻找合适的衣服。乘王大妈找衣服的空当儿，我去厨房打了半脸盆凉水，并兑好开水端到刘大伯身边，然后冲着王大妈的背影说："王大妈，刘大伯生前很爱干净，我想帮他洗洗。"

"你还是孩子，我来洗吧。"王大妈放下手中的衣服跑了过来。我和王大妈揭去床单，脱掉刘大伯身上沾满血污的衣服，从头到脚，小心翼翼地给他擦洗着。

王大妈见刘大伯浑身青一块紫一块，不时地摇着脑袋。当她洗到刘大伯胯下时，突然愣住了，然后长长地叹了一口气："造孽呀，造孽！"

刘大伯的胯裆里的确没有鸡鸡，那里只有一块凸凹不平的难看疤痕。多年以后，我才知道刘大伯所犯的家规，是他和东家的管家婆通奸一事。东窗事发后，管家婆为了保全自己，诬陷刘大伯强奸她，并把刘大伯给八路军送情报的事捅了出来，结果刘大伯不仅被打断了两根肋骨，而且被割掉了生殖器。

出殡的那天，我把自己当成刘大伯唯一的亲人，让王大妈给我穿上了白色的孝衣，并在头上扎了一根长长的孝带。我捧着刘大伯的遗像，沉痛上路，一直泪流满面默默地走在送葬队伍的前面。

出殡归来，我从刘大伯家中带走那块他每天紧贴胸口的怀表和那副伴随他度过了无数个春秋冬夏的梆子。

这天夜里，鬼使神差，我像刘大伯一样，拎着梆子准时上街，使劲儿地敲响了梆子，"咚，咚——"唯一不同的是，我始终没有喊出"平安无事啰！"

小镇大夫

1

锦屏小镇位于荆山山脉南麓,横跨清河中段的回湾,宛若一颗明珠镶嵌在长江细小的支流之上。小镇曾经是古代丰阳县府的城池,东边那座历经战乱保存依然完好的城门楼子便是最好的见证。尽管所有的城墙和西边的城楼早已杳无踪迹,但东边的护城河仍依稀可见,只是年久失修,荒废成了一段杂草丛生的土壕子。听老一辈的人讲,小镇因北依清河,南靠伏虎山岭,只有东西两段城墙。古时候,有一条青石铺成的马路呈东西走向穿城而过,沿路向西,穿过连绵起伏的山区,可达夷陵;向东,穿越阡陌纵横的良田,便是荆州府。

新中国成立前,锦屏小镇不到三百户人家,老林大夫是小镇唯一的医生。

林家诊所位于小镇的东边,和东门楼子只有十户之遥。林家诊所临街有三个开间,两扇对开的红木大门正对客厅,临街的左右两厢房大小一样,凭借对称的雕花窗户可将街面来来往往的行人和车马尽收眼底。西厢是药房,一组高过半个成人的柜子把西厢和客厅隔离开来。东厢是诊所,进门正对一张条桌,桌前有两个方凳供病人使用。老林大夫的座椅是一把带扶手的红木靠椅,他通常临窗而坐,以便观察病人的脸色和手相。条桌上的摆设很简单,一个套有白色外套质地不硬不软的棉花小枕、一个听诊器、一个插着几片压舌板的搪瓷缸和一本处方笺。老林大夫座椅的后面是一面书架,上面摆满了各种医用书籍。书架旁放置了一个盆架,上面搁着盛有清水的脸盆,脸盆上方

搭着一条白色的毛巾。东厢被一幅白布帘隔去三分之一，布帘里侧中间放有一张低于木桌的小床，以便病人平躺观察。

客厅中堂靠墙摆着一个红木条案，上面供奉着林氏家族祖先的灵位。条案正上方的墙上悬着毛泽东主席的巨幅画像。客厅中堂两侧各有一门洞通向中院，中院天井很大，正中砌有一假山水池，水秀石堆砌的假山浑然一体，被青苔和花草装扮得惟妙惟肖。中院两侧原本都是住人的厢房，西侧邻近后院的那一间被老林大夫的儿子改成了手术室。从手术室门前的廊道往后穿过门洞就是后院。后院依次是伙房、杂物间，再往后就是一大片药园。

林家诊所左右邻居的房屋建筑和林家大体相若，保持着明清时代的建筑风格，由此人们可以推测昔日的辉煌。小镇的破落，缘于清朝末年的大洪水，小镇大部分建筑在洪水的冲击下倒塌，一时不曾倒塌的也在长时间的浸泡中坍塌。民国时期外国侵略者的入侵和三年内战，连绵的战火进一步加速了小镇的衰退，使小镇仅保留下东边富人集中居住的一小块。新中国成立之后，小镇的手工业和小商业迅速发展，但人们仍然处于自给自足的自然经济状态。

这是二十世纪六十年代初的一个夏天，一个中年汉子背上绑着一个耷拉着脑袋的孩子，骑着一辆半旧的凤凰牌自行车，沿着崎岖的山路从东边县城一路向西朝小镇疾速而来。自行车冲进小镇，左闪右躲与行人擦肩而过，惊得人们"嗷嗷"乱叫。一个中年妇女险些被撞到，她闪身冲着骑车人的背影大骂："你找死呀！"骑车人头也不回，穿过逼仄的街道，在林家诊所门口"嗤"的一声停了下来。他撩腿下车，迅速解开背上的孩子将其抱进诊所，"扑通"一声跪在老林大夫的面前："林老爷子，快救救我的孩子。"

老林大夫扔下饭碗，蹲下身子摸了摸病孩的脉搏，试了试鼻息，翻了翻眼皮，直起身来对儿子林大夫说："济民，快帮忙把孩子抬到床上，准备输液。"

林大夫从中年汉子手中接过孩子，闪进左厢房，将孩子平放在诊所的病床上。他从父亲手中接过生理盐水，熟练地给病孩挂上了吊瓶。在这期间，老林大夫挂上听筒，撩开病孩的上衣听了好一会儿心跳,然后,解开病孩的裤子,听了听腹部的情况。随后,老林大夫冲着大厅喊道:"金花,给孩子拿一床被子盖上。"一切安排停当,老林大夫这才招呼中年汉子坐到桌前:"没危险了! 来,你坐下,说说孩子的情况。"

老林大夫展开处方笺,问:"孩子叫什么名字? 几岁啦?"

"回老先生,孩子叫程丰,禾木旁的程,丰收的丰,眼下已满十二周岁。今天上午,他大喊肚子疼,疼得满地打滚,紧接着呕吐不止,连胆汁都吐出来了,后来喊冷,全身哆嗦,吓得我赶紧送您这儿。"中年汉子回答道。

老林大夫觉得中年汉子面生,便问:"家住何处?"

中年汉子回答:"县城。"

老林大夫觉得奇怪,问道:"干吗舍近求远? 县医院处理这类疾病应该不成问题。跑大老远的,一旦耽搁病情你们咋对得起孩子?"

中年汉子满脸窘色,赶紧申辩:"不瞒老先生,孩子上个月闹过一次,只是症状较轻,到县医院看过,针也打啦,药也吃啦,似乎不太管用。这不,又犯了。孩子他妈怕误事,一再叮嘱送您这儿。"

老林大夫似乎明白了个中缘由,不再过问,埋头开列处方。

"爸!"听见孩子的叫唤,中年汉子赶紧起身,跑到床边。他轻轻抚摸着孩子的额头,说:"丰儿,你吓死我了!"

程丰欠了欠身子,看见悬挂在木架上的盐水瓶,知道自己在打吊针,便乖乖地躺下。他小声嘟囔了一句:"我的肚子饿得咕咕直叫。"

林大夫在床边抬起程丰埋有针头的手说:"小子,你得了胆道蛔虫症,暂时还不能吃东西。"

中年汉子接过林大夫的话题,哄着孩子:"丰娃,听医生的话,病好了之后,爸给你买好吃的。"

程丰压了压下巴,闭上了眼睛。

"济民,你去配药。"林大夫见父亲举起处方,快步上前接在手中。

"你是怎样判断他得了胆道蛔虫症?"老林大夫捋着胡须考问儿子。

林大夫并没有看手中的处方,他回答父亲:"病孩指甲有云团,脸

小镇大夫

上有白斑,且脸色蜡黄,消瘦,腹部积水,加上休克。这些症状,不仅说明孩子患有急性胆道蛔虫症,而且肝脏也有问题。"

老林大夫嘴角微微一动,非常满意儿子的回答:"说得对,等会儿加一瓶消炎药,连续吊三天再看。"

林大夫压根儿不用看,就知道父亲的驱虫处方:乌梅十二克、川椒九克、使君子肉十五克、苦楝皮九克、木香九克、延胡索十二克、枳壳九克、大黄九克,分两剂水煎服,每日一剂。该驱虫配方治疗蛔虫病人的效果非常显著,可以说是百用百灵。

一听说儿子要连打三天吊针,中年汉子挠了挠头,怯怯地问:"老先生,能否让我把药带回县城去?"他怕老林大夫误解,补充说:"我在政府办公室工作,很忙,不好意思请假。"

林大夫顺手在中年汉子的肩上拍了拍,说:"老兄,你放心!儿子暂时住在这里,过几天等你有了空闲,再来接他好吗?"

中年汉子一把握住林大夫的手,用颤抖的声音说:"谢谢,谢谢!真的太感谢你们了。我叫程金宝,改天我再来致谢。"说罢,他走到病床边,埋下身子对病孩说:"丰娃,听话,过几天爸爸来接你。"

"天色不早啦,你赶紧回吧!"林大夫看了看窗外,敦促程金宝返程。

程丰很懂事,他伸出没埋针的那只手,朝父亲摇了摇。

程金宝双手抱拳,向林家父子示意:"拜托,拜托了!"然后离开诊所,骑车而去。

吃罢晚饭,林家父子扔下碗筷拐进左厢房,来到程丰的病床边。

"爷爷、叔叔好!"程丰见有人来看自己,显得格外兴奋。

老林大夫用手摸了摸程丰的额头,亲切地问道:"小家伙,饿了吧?"

不提"饿"还罢,一听到"饿"字,程丰的肚子咕咕作响。望着满脸慈祥的老林大夫,程丰不想让人小瞧,于是运足劲儿回答:"不饿!"

"嗨!你这个小家伙还挺能的。爷爷知道你饿得很,但是现在还不能让你吃东西,要知道,你肚子里的蛔虫很多,得咬咬牙,把它们饿死好不好?"

"好！我听爷爷的话。"程丰收了收下颚。

"你去看看小家伙的药熬好没有，我陪他坐一会儿。"老林大夫吩咐儿子。

林大夫已经察觉林老爷子喜欢上了程丰。这小家伙的确逗人喜欢，其身材虽然偏瘦，但个头适中，那双大眼睛虽然不是双眼皮，但眼珠子黑白分明，在眼眶里滴溜溜地打转，不说话便能表达出意思，全然不像自己的傻小子。林大夫从东厢房退出来，直接拐到了后院的杂物间。杂物间紧靠厨房，正对门放置了一个长形的石碾，碾槽两头尖而浅，中间深而宽，一个圆形的碾子斜卧于碾槽中间。林大夫见妻子金花正熬着药，便顺着石碾方向坐在小凳子上，他双脚踏在碾子两侧的木柄上，用双膝的收放推着碾子在碾槽里来回运动，碾动着碾槽里的中药材。金花在杂物间右侧最里面的煤炉灶台前忙碌着，她见丈夫进来，说："药快熬好了，你先回屋歇息，我去喂药。"

"也好！我先打个盹，你记得叫我替换父亲。"林大夫说罢，转身走向中院，一不留神，和一个从厢房里跑出来的大孩子撞了个满怀。这个孩子就是他的独生子春雷，今年十三岁，比程丰大一岁。林大夫一把抓住春雷，稳了稳身子，说："雷儿，你冒冒失失干什么？"

林春雷举起手中的布老虎，傻乎乎地笑着回答："嘿嘿！送给小朋友。"

林大夫端详着憨头憨脑的儿子，一只手轻轻地抚摸着儿子的脑袋，不禁悲从中来，泪水在眼眶里直打转儿："小朋友得了传染病，最好别去。"见儿子疑惑地望着自己，林大夫强露笑颜，拍了拍儿子的肩膀："去吧！离远一点。"

林春雷握着布老虎蹦蹦跳跳蹿入客厅，他依在左厢房门口，对着老林大夫大声嚷嚷："爷爷！你猜我带来了什么？"

老林大夫见孙子背着一只手，并不急于回答，而是对程丰说："我孙子，春雷，大你一岁。"

"春雷哥。"程丰乖巧地叫了小伙伴一声。春雷的个头不小，长得虎头虎脑，五官却不端正，尤其是眼距太宽，加上眼睛有点斜视，一看就是个智障儿。程丰怎么也不敢相信这个小哥哥会是老林大夫的孙

子。无论老林大夫也好，小林大夫也罢，他们都算得上是一表人才，怎么会生下这么个丑儿子？莫非他母亲……程丰不敢想，也不愿意多想，他非常懂得礼貌。

"爷爷，把这个送给小朋友！"林春雷举起手中的布老虎摇晃着。

老林大夫走到孙子身边，从他手中接过布老虎，低头亲了孙子一口，然后回到床边递给了程丰。

"哇！好漂亮。"程丰抽出没有埋针的那只手，轻轻地抚摸着用绒布缝制的布老虎。这虎，长约四十码，是用黄色和黑色两种金丝绒碎布头缝制的，使得老虎花纹恰到好处，虎须是用白猪鬃做的，虎眼是用金属球充当的，非常可爱。程丰把布老虎摸了又摸，最后，还是递给老林大夫，并冲着倚在门框上的林春雷说："春雷哥，这么贵重的东西，我不能要。"

"嗨！你不要，就是……"别看林春雷已是少年，但他的思维比较迟钝，他见程丰不肯收布老虎，一时找不着合适的词语表达自己的心意，急得直挠头。他突然一拍脑袋，说："如果你不要，我就不让爷爷给你看病。"

"爷爷！"程丰不知如何是好，只得求助老林大夫。

"哈哈！瞧你们俩。哥哥喜欢你，你就收下吧！"说完，老林大夫朝孙子挥挥手，说，"乖乖，你先回房间睡觉，等小朋友病治好了再和你玩。"

林春雷刚走不久，金花端着一大碗药走进厢房："爸！药熬好了，让孩子先喝药吧。"程丰一听口吻就知道她是春雷的母亲。金花上穿浅绿色平绒对襟罩衣，下着黑色绒面长裤，头上绾的发髻用一支垂有玉饰的银簪固定着。细眉杏眼，长得非常耐看。

老林大夫把程丰扶了一把，让他坐正。金花弯下腰来，一手托着程丰的后背，一手将药碗送到了程丰的嘴边："先试试，别烫着。"

程丰呷了一口，立刻伸了伸脖子，眉头一皱："哇！好苦呀。"

"这叫良药苦口！不苦，你肚子里的虫子就打不下来。"老林大夫边说边鼓励程丰，"牙一咬，就没事啦！"

程丰接过碗，皱了皱眉头，一口气把药全喝光了。他把空碗递给金花："谢谢婶婶。"金花接过碗，给程丰掖好被角，离开了厢房。

老林大夫见程丰毫无睡意，便捋了捋胡须，说："爷爷给你讲个故事。从前……"

2

"咚咚,咚! 咚咚,咚!"一阵急促的敲门声把林家所有的人都敲醒了。程丰睁开眼睛,凭借窗外照进东厢房的月光,他看见林大夫正从自己的床边疾步拐入客厅,接着,大门"吱"的一声被拉开。接下来,听一个男人说:"林大夫,我爹多吐血了,麻烦你去看看。"

林大夫压低嗓门儿说:"你等等,我拿了药箱就走。"稍过片刻,程丰就听见掩门声音。

程丰躺在床上全无睡意,他是听着老林大夫的故事迷迷瞪瞪睡着的,至于老林大夫啥时候离开,林大夫又是啥时候来的,一丁点儿也不知道。他心里责怪自己太不懂事,越这样想越睡不着。程丰悄悄下床,蹑手蹑脚地穿过客厅,轻轻拉开虚掩的大门,走到外面,对着墙角撒了一泡尿。

立秋了,天气不再炎热,晚风轻轻地吹着,程丰感到分外惬意。他抬头望了望天空,月儿高高地悬挂在空中,把皎洁的月光洒在大地上。他幻想有一天能飞入月宫,去逗一逗玉兔……

"小丰,快进屋睡觉,别感冒啦。"一个女性的轻声呼唤打断了程丰的思绪,他回头见林婶披着外套站在门口,赶紧低头跑回东厢房钻进了被窝。随后,他听见林婶轻轻掩门,蹑手蹑脚走回厢房。他傻傻地望着窗外照进来的月光,不敢来回翻动,害怕影响林家人休息,也不知过了多久,才恍惚进入梦乡。等程丰再次醒来,林婶已经把早餐摆上了桌子。

林婶把程丰领到后院,让他刷牙、洗脸。林婶给他挤的中华牙膏很香,远远胜过他家的廉价牙粉,他深深地嗅了一下,横着牙刷使劲儿地在口腔里忽拉起来。

"小丰,这样刷不对。"林婶喝住程丰,取过自己用的牙刷,示范给程丰,"你看,牙刷应该顺着牙缝轻刷,刷了外面再把牙刷竖起来刷内侧,这样可以保护牙齿。"林婶边说边示范,程丰一下子就学会了。

刷完牙,林婶递给他一条纯白色的毛巾,他胡乱在脸上抹了一把,

小镇大夫

然后还给林婵。

"不能这样对付，来！婵子帮你洗洗。"林婵把程丰拉到脸盆边，先用毛巾给他的脸庞、耳朵背后、颈项都湿过水，然后在毛巾上打上香皂，又细细地将湿过水的部位搓洗了一阵，并用水冲洗了两遍。随后，林婵又将他的双手浸在水中，说："手，一定要洗干净，你在地上玩时，虫卵会带进指甲缝里，如果不洗，吃东西时就会带进肚子里长成大虫。"林婵边说边给程丰的手上擦拭香皂，反复搓洗。

望着脏乎乎的水，程丰羞愧地低下了头。

洗漱完毕后，林婵让程丰坐在厨房的小方桌前，给他递上了两个花卷和一杯豆浆。饭后，老林大夫让儿媳妇配好药，又给程丰挂上吊针，但这一次不是在在厢房的病床上，而是在中间院落左侧最后一间房。这间房，原本空着，现在并排支了两张单人床，床上的被褥、床单、枕头全是白色的，加上两张床之间放了一个挂吊瓶的木架子，房间成了名副其实的病房。听林婵讲，中间院落靠左侧的第一间房是手术室，紧靠手术室的是消毒室，她再三叮嘱不经大人允许，千万不能进这两个房间。

程丰躺在病床上，望着盐水瓶里的液体顺着塑料管一滴一滴地流进自己的体内，他在琢磨手术室和消毒室会是个什么样子，可怎么也想不出来，于是对林家多了几分神秘感。

林大夫一直到午后才回家，程丰听见他一进门就问："小家伙呢？"

"在这里！"林婵从后院走进中院大声回应，随即把林大夫领进了病房。

"嗬！还真像间病房，这样一来，我们的诊所就成了名副其实的医院啦。"林大夫边环顾病房，边移步来到了程丰的病床。他俯身摸了摸程丰的额头，亲切地问道："小家伙，感觉怎么样？"

程丰见林大夫满脸倦怠，眼睛里布满血丝，知道他一夜未眠，一时竟忘了回答。林大夫翻了翻程丰的眼皮，然后掀开被褥压按程丰的腹部，一边转换部位，一边问疼不疼。按完所有的部位，程丰均回答不疼，林大夫的脸上才掠过了一丝微笑。林大夫抬起头来问林婵："孩子拉大便没有？"

林婶没有说话,只是摇了摇头,然后敦促丈夫:"趁现在没啥事,你赶紧回屋先躺一会儿。"

说风就是雨。程丰突然来了便意,但他不好意思说,只能憋着。

"林医生,林医生,快救救我孩子他爹!"林大夫听门外传来气喘吁吁的呼救声,拔脚就往外跑,林婶也紧随其后。

客厅传来忙乱声,程丰听见林大夫一边吩咐众人将病人抬进"手术室",一边吩咐:"爸,我和您做手术。春雷他妈,你带乡亲们去找马车,准备将病人送县城。"

林大夫他们进入手术室后,春雷溜进了病房。他对程丰说:"哇!好吓人呀,浑身是血……"还没等春雷说完,手术室传来了"啊!啊……"几声撕心裂肺的尖叫。春雷无奈地朝程丰扮了个鬼脸。

"春雷哥,药快输完了,你会拔针吗?"程丰见盐水瓶中的药液所剩无几,知道林大夫他们忙于救人,无暇照顾自己。

"我不会,你等一会儿。"

春雷离开片刻,便领来了林婶。程丰没想到林婶也是医生。林婶似乎看透了程丰的心事,她端起程丰的小手说:"别怕,婶子打吊针比他们大老爷们儿还要在行。"还没等程丰反应过来,林婶已熟练地拔掉针头,然后让程丰腾出左手,压住消毒棉球:"多压一会儿,免得出血。"说完,取下空瓶和输液针管离开了病房。

程丰的肚子一阵咕咕作响,他迅速下床,顾不及提上鞋,径直向后院跑去,哧溜一下钻进了厕所。春雷紧随其后,他在厕所外收住了脚步,只听得厕所里传出"嘭!"的一声,他笑了起来并捂住鼻子一个劲儿地喊:"臭!"

"春雷哥,帮我拿几张纸来。"

等春雷送过手纸,程丰提好裤子走出厕所,一下子感觉轻松多了。厕所在后院的东北角,和厕所平行的是一大片园子,里面长满了各式各样的植物,除了院墙根下那一丛丛怒放的栀子花外,大多是程丰从未见过的。春雷指着近处的花花草草说:"这是党参、三七、柴胡、鱼腥草。"然后,他又指着稍远的一片说,"那是牡丹、芍药、茴香、大头蓼……"程丰听得如坠十里云天,不着边际,满头雾水。他只认识大头蓼,这种

全身通紫,刚刚吐露红色花穗的草本植物,非常招人喜欢。每年秋天,母亲会采摘大头蓼的花穗,用它来加工酒曲。用这种酒曲酿造的醪糟,又香又甜,十分可口。

"程丰,等你好了,我让爸爸带你上山采药,可好玩啦!"

春雷的一席话,说得程丰心里直痒痒,生怕此事黄了,赶紧向春雷伸出右手,钩起小指。春雷当然明白程丰的意思,他也伸出手来,两个人的小手指紧紧钩在一起,异口同声说:"拉钩,上吊,一百年,不许变!"

"春雷哥,你进过手术室吗?"程丰对医生这个职业充满了好奇心,觉得医生非常了不起。就拿肚子里的蛔虫来说吧,几味不起眼的草药熬成水,就把它们全部杀死了,自己肚子和肠子却一点也不碍事。

"进去过,做手术时不让进。"春雷见程丰那好奇的样子,补充说,"你跟我来,我让你看看。"说罢,他拉着程丰的手,把程丰带到了手术室的窗下。

林家中院的每个厢房靠天井都有一门一窗,窗户离地面一米多高,春雷踮起脚可以望见里面,才一米二的程丰显然够不着。春雷用手势向程丰比画,示意顶着程丰上去瞧瞧。见程丰会意地点了点头,春雷向前移步顺墙边蹲了下来。程丰做骑马的架势,端坐在春雷的肩膀上。春雷慢慢站起来,程丰也尽量用双手钩住窗沿,以减轻春雷肩膀上的重量。

手术室被一盏大功率的白炽灯照得通亮。屋子的正中央放着一张蒙有厚油布的长台子,病人就躺在台子上。病人的嘴上套着一个小笼子,上面有一根软管直通墙角边,像一枚炮弹的弹头上方,那里似乎还装着一个钟表样的装置。后来,程丰才知道罩在病人脸上的是氧气面罩,靠在墙角的是氧气瓶。林家父子身穿白大褂,一左一右围着病人。病人的头上已经打了一圈绷带,右手和胳膊上也打有绷带并且用夹板进行了固定。林大夫正在为病人缝合右腿上的伤口,那伤口很长,从胯骨直至膝盖附近。看林大夫给病人缝伤口的样子,程丰觉得和母亲缝补衣服差不了多少。林大夫戴着手套,右手握着手术钳,熟练地穿针走线,很快就将裂开的皮肉缝合在一起。缝好后,林大夫从他父亲手中接过剪刀,剪去了多余的线头,然后又用酒精棉球擦拭伤口周围的血迹,用纱布一圈一圈包扎固定。而后,他取下胶手套扔在冲洗池里,转身向门口。程丰见林大夫准备离开手术室,赶紧示意春雷放下自己,还没有完全站稳,林大夫已经拉开门出来,与这哥俩撞了个正着。

"春雷,叫你和小丰不要离得太近,你偏不听。"林大夫瞪了春雷一眼,然后进入大厅,张罗病人亲属迅速将病人送到县医院拍片检查,他担心病人内脏出血。

春雷似乎很怕父亲,他向程丰扮了个鬼脸,悻悻地走进大厅。

程丰见林大夫领着病人的亲属进手术室抬人,舍不得离开,一直尾随其后,看着他们将病人抬上马车,乘驾而去。

林大夫送走病人,转身见程丰和春雷一左一右站在大门两侧,便来到程丰面前,俯身问道:"小子,拉大便没有?"

程丰丝毫也不怕林大夫,他觉得林大夫喜欢自己的程度似乎超越了亲生父亲,毫不掩饰地说:"打完吊针就拉了,拉了很多蛔虫。"

"好!但还得打几天针,你肝上还有炎症。没事就躺在床上休息,这样好得快。嗯?"林大夫怕程丰没听明白,最后"嗯"了一声。

"叔叔,我知道啦。"

林大夫直起腰来,转向春雷:"你是哥哥,更要听话一些,弟弟得了肝炎,是传染病,等他好了,再陪着玩好不好?"

春雷低着头,嘟囔了一句:"那啥时候才会好啊?"

"过几天,不打针就好啦。"林大夫说罢,朝春雷挥挥手,"去,帮你妈妈碾药去。"林大夫见春雷一溜烟跑向后院,顺手拍了拍程丰的脑袋,说:"你也回病房休息去。"说罢,径直返回手术室。

程丰口头上答应好的,但内心里极不情愿,于是,磨磨蹭蹭往里走。他路过手术室时,有意放慢脚步。他听见林大夫在劝老林大夫:"爸!您去休息,我很快就可以收拾停当。"老林大夫回答道:"你昨晚一夜未眠,今天也来不及歇会儿,还是你去休息吧!"

程丰心想,当医生真不容易!他非常羡慕白衣天使,尤其羡慕全县远近闻名的林家父子。

程丰在林家父子的精心调理下,很快恢复了健康,加上林家生活条件优越,枯瘦如柴的他不出一个月竟胖了许多,长得越发逗人喜欢。这期间,程丰的父母亲来过两次,最后一次,本想接孩子回县城,可春雷不干,又哭又闹,加上程丰也舍不得林家,便央求父母允许自己再多留一个礼拜。

一个礼拜过得很快,转眼就剩最后两天。吃罢晚饭,春雷把程丰叫回房间耳语了一阵后,程丰别别扭扭地来到了东厢房。林大夫坐在诊断条桌前翻阅着李时珍的《本草纲目》,他用余光扫了程丰一眼,却佯装没有看见,继续埋头看书。程丰站在桌边,低头摆弄着手指,不知如何启齿。他见林大夫没有抬头的迹象,终于憋不住先开了腔:"叔叔,听说您明天要上伏虎山采药,我……我想跟着一块去。"说罢,赶紧低下了头。

"小子,谁告诉你的? 一定是春雷。"林大夫见程丰不置可否,接着说道,"采药可不是什么好玩的事,山高路险,你还是留在诊所。"说罢,又埋头看书。

"伏虎山有啥了不起的,我和小朋友们经常到山里拾柴火,连山顶上的庙都去过好几回。"程丰见林大夫只顾埋头看书,丝毫没有搭理自己的意思,只好悻悻地退出东厢房。

春雷在客厅见程丰出来,向他招了招手。程丰哭丧着脸,摇了摇头。春雷跑过来把程丰拉至一旁,在他耳边说了几句悄悄话。然后,两个小家伙手拉手跑到中院,拐进了老林大夫的卧室。

老林大夫的卧室紧挨药铺,一进门就可以看见一个红木组合柜,靠床头的是五斗柜,接下来是带穿衣镜的大立柜,大立柜与隔墙间堆放着一些杂物。隔墙的另一间是春雷的卧室。进门的左手边是书桌,紧挨书桌的是一组书柜,书柜的架子上摆满了各式各样的书,大部分是医学书刊。

"爷爷! 程丰想跟着去采药,爸不答应,您给做个主,让他带上程丰。"老林大夫正在看书,两个孩子跑进卧室一左一右使劲儿摇晃着老人。

老人放下手中的书,侧过头来问程丰:"上山采药又累又危险,你不怕吗?"

"我经常到山里打柴,不怕!"程丰很干脆地回答。

"你俩抓紧时间睡觉,我让春雷他爸明天带你们进山采药。"老林大夫一许诺,两个孩子高兴地拥抱在一起连续击掌。

翌日五更天,程丰和林家父子俩吃过早饭,带上林婶准备的干粮,匆匆上路。

天色尚早,东方还没有泛白,街道上除了巡街的更夫别无他人。林大夫背着竹背篓放轻脚步走在前面,春雷和程丰手拉手跟随其后,他们借着淡淡的月光一路向西,穿过小镇,绕过田野,走进丘陵,直到伏虎山下,天色才大亮。伏虎山脚下的树林以橡子树、山毛榉、青冈栎等阔叶树为主,金色的阳光透过树木与枝叶的间隙洒向林间,形成五彩纷呈的光线,给这深山老林增添了神秘的色彩。各种小鸟从睡梦中醒来,放开歌喉,婉转啾鸣,分外动听。春雷学着不同的鸟叫,与鸟应答,妙趣横生。沿着林间那条依稀可辨的蜿蜒小径,林大夫一行三人不断向高处行进。林大夫走在前面,他时不时用手中的那根黄杨木拐杖碰撞身边的草丛或者敲击路边的树干,有意弄出些声响,意欲驱赶草丛中的蛇类。他走着走着,突然停下脚步,抬起拐杖,指着不远处的一棵树说:"春雷,告诉程丰,那是什么树。"

"漆树,生漆过敏的人碰到漆树叶就会全身发痒,起疹和水肿。"春雷很怪,不会识数写字,超过十以上的数就弄不清楚,读书也不得要领,唯独对中草药如数家珍。

听春雷一说,程丰下意识地摸了摸胳膊,似乎身上痒了起来,便嘟囔:"万一不小心碰上了,那咋办?"

"不用怕,采一把笔头草,用盐揉搓后敷在起疹子的地方,或者用杉树皮和樟树叶煎水擦洗,效果也不错。"林大夫一边走,一边教程丰认识各种中草药,听得程丰大为感叹,既为大自然的神奇赞不绝口,更为林大夫的学识渊博敬佩不已。他暗下决心,长大后一定要当一名像林大夫一样的医生。

　　过了山腰，大树渐渐稀疏，灌木却越来越多。春雷突然停下脚步，指着身边的一片灌木，说："爸，快看！好多木姜子。"

　　林大夫头也不回地说："快跟上，乘凉爽赶路，先到'鬼见愁'下采石斛，返回来再采木姜子。"

　　春雷顺手从小树上采了一束小果实，塞到程丰手里，说："木姜子可以解毒消肿，健脾消食。我们家还用它做酱，吃起来可香呢！"

　　程丰打量着手中的木姜子，圆圆的果实和豌豆的大小相差无几，质感厚实，颜色铁青，个别稍稍发黑泛紫。程丰挑出一粒，送到嘴里一嚼，立马尝到了一股淡淡的辛辣，赶紧吐在地上。

　　春雷见程丰龇牙咧嘴的样子，笑了起来："哈哈，你上当啦！生的不好吃。"程丰似乎嗅到了一丝淡淡的清香，他没有理会春雷，又将一颗木姜子送到嘴角，用牙齿轻轻一咬，再取出送到鼻孔前用力一嗅："哇！真香。"

　　"小子们，快走吧，别在后面磨蹭！"林大夫回头见春雷他们还逗留在木姜子树边，大声吆喝了一句。两个小家伙不好意思地相视一笑，拔腿追了上去。

　　日上三竿，他们终于来到了"鬼见愁"下。鬼见愁是伏虎山顶东南侧的一段悬崖峭壁，整个山顶远远眺望俨然是一只虎头。一挂瀑布沿着悬崖飞流直下，涌进悬崖下的深潭。碧水潭前的低洼地带长满了黄楠树和古樟树，这些树木年代久远，树皮鳞片丛生，成了石斛最适合的寄生地。

　　"看，树干上开花的草茎就是石斛。"程丰顺着春雷的手指望去，高大的树干上寄生着几丛蟹节状的茎条，长茎上开满了似黄还绿的蝶状小花，鲜艳夺目。

　　"小丰，这种有黑色斑点的石斛叫铁皮石斛，它具有滋阴生津、护肝利胆、强筋健体、润肤降糖、抑制肿瘤、延年益寿的非凡功效。因此，被人们称为'还魂草'。传说每当有病人处于生命垂危之时，只要你想方设法冒着生命危险从悬崖峭壁上采回'仙草'，将其汁液喂入病人口中，就能让病人起死回生。当然，这种说法并不科学，但石斛的确可以延年益寿。铁皮石斛是我国最珍贵的中药材之一，它和天山雪莲、三两重人参、百年何首乌、花甲之茯苓、苁蓉、深山灵芝、海底珍珠、冬虫夏草一起并称为'九大仙草',如同'药中黄金'。"林大夫这一席话,程丰似懂非懂,但他非常清楚地意识到铁皮石斛是名贵中药。

林大夫放下背篓,从里面掏出两个布袋,将一个挂在自己的胸前,另一个扔给春雷,说:"你和程丰去够得着的地方采药。"说罢,他熟练地爬上了一棵高大的黄桷树。春雷隔空接住布袋往胸前一挂,拉着程丰说:"走,我们去采悬崖下面的。"

程丰跟着春雷来到悬崖下,一眼望去,陡峭的山崖如刀削的一样,一挂清泉顺着绝壁飞流直下,在悬崖下的深潭中溅起水花,发出"轰轰"鸣响。悬崖上,高过三人的石缝中铁皮石斛星星点点,若黄若碧的鲜花在水雾中时隐时现,仿佛在嘲笑他们这些无能为力的采药人。程丰转身看了看长满石斛的大树,问春雷:"哥,咱们为什么不采树上的?"春雷不好意思地挠着头皮说:"我不会爬树呗!"

程丰从春雷身上取下布袋,挂在自己的胸前,说了声:"看我的!"还没等话音落地,他已经蹿上了身边的大树。

"哇!你还真有两下子耶。"春雷站在树下,看着程丰身手敏捷地采着花朵,不消一袋烟的工夫,就将一棵树上的石斛花采完了。程丰正准备下树时,突然发现一条茶盅粗的大蛇正在悄悄地接近春雷,他压着嗓门儿对春雷喊道:"别动!你身后有条大蛇。"春雷一听,顿时脸色惨白,吓得一动也不敢动。程丰灵机一动,小声说道:"哥,你别动,我扔下布袋,把它赶走。"说罢,程丰取下布袋,朝蛇的后边扔了下去。蛇敏捷地掉过头,狠狠地咬了布袋一口,立马又回过头来,继续盯着春雷。春雷浑身淌汗,吓得直抖,不知如何是好。程丰怕毒蛇伤及春雷,想引开大蛇,便从树上一跃而下。大蛇听到动静,一下子蹿了过来,照准程丰就是一口。程丰在落地的一刹那,突然感到一阵腥风扑面而来,赶紧抬起右臂护住面部,一阵尖锐的刺痛从手腕处传至大脑,他不由自主地"啊"了一声。

"救命!"春雷被程丰的尖叫惊醒过来,大声呼救。

"咋啦,咋啦?"林大夫闻讯跑过来,见程丰捂着手腕,痛苦地蜷曲一团,赶紧扑到他的身边。

小镇大夫

程丰咧着嘴,有气无力地说:"被蛇咬了。"

林大夫知道蛇咬人后会立即逃跑,顾不上打蛇,迅速撩起衫子"唰"地撕下一绺紧紧扎住程丰的胳膊,然后取下腰间拴的小酒葫芦,拔掉塞子抿一口漱了漱嘴,端起程丰的手腕,用口对着蛇咬伤的地方使劲吮吸,连吐几口污血,并从腰带包中翻出一小瓶蛇药敷在伤口上,再撕下一绺衫子裹住伤口。程丰试着站起来,脚腕一阵剧痛,他"哎哟"一声,重新跌落在地。

"别动!"林大夫让程丰坐在原地,蹲下身子对他的双腿进行全面检查。

"爸,程丰为了救我,从树上跳下来,估计摔断了腿。"春雷像犯错误似的在一旁嘟囔。

林大夫顾不得搭理自己的儿子,双膝跪在地上,一手端着程丰的左小腿,一手扒掉程丰的鞋子,顺势握住左脚。他两眼盯着程丰,说道:"孩子,忍着点,疼一下就好啦。"然后,他侧过头对春雷说:"你去程丰的后面,把他抱紧。"一切准备停当,林大夫轻轻地摇了摇程丰的脚,乘其不备,猛地使劲儿一拉,只听"咔"的一声脆响,程丰大叫一声,晕厥过去。林大夫从小跟着爷爷和父亲学习人体结构,对人的骨骼和经络了如指掌,并积累了丰富的临床经验,一般性的骨折经他复位不会相差分毫。在春雷的协助下,林大夫把程丰背上肩,并收拾好药草,让春雷背上背篓,急急忙忙下山。

林大夫背着程丰匆匆赶路,春雷背着药草紧追紧赶,怎么也撵不上父亲,他满头大汗,气喘吁吁,索性停了下来。他长长地舒了一口气,冲着父亲的背影喊道:"爸,你别管我,我晓得路。"林大夫停住脚,回过身来,见春雷远远落在后面,大声说:"儿子,你别害怕,爸爸回去了就来接你。"

"叔叔,您放我下来,我自己走。"程丰被林大夫的声音喊醒了,他挣扎着想从林大夫的背上下来。林大夫将他向上耸了耸,说:"孩子,听话,你现在还不能用劲儿。"程丰也觉得浑身发冷,虚汗淋漓,周身疲惫,便不再挣扎,他把头轻轻地靠在林大夫的肩膀上。

路遥无轻担。尽管程丰瘦小,林大夫仍然累得上气不接下气,他走走停停,总算把程丰背下了山。几个种地的村民一见林大夫背上有病人,赶忙扔下手中的活计,跑过来帮忙。在村民们的帮助下,林大夫把程丰送回了诊所。

一进门,林大夫让村民们把程丰放到病床上,随即从药柜里取出一支"蛇伤解毒注射液"给程丰打了一针,并嘱咐父亲给程丰吊一瓶葡萄糖。他顾不上喝口水,匆匆忙忙返回去接春雷。

4

春雷回家后,林氏一家老小围坐在程丰的病床边,认真听完了春雷的历险记。

老林大夫瞥了儿子一眼,责备说:"济民,你也不好好照顾两个孩子,幸亏那蛇先咬了药袋,要不然,孩子出了大事,怎么向程家交代呀!"

"我说不带小丰去,您偏让带,现在反倒怪起我来。"林大夫满腹委屈,随口顶撞了老爷子一句。

程丰见状,赶紧圆场:"爷爷,都怪我不好,应该待在树上喊叔叔过来打蛇。"

老林大夫打内心深处喜欢程丰见义勇为,他轻轻地抚摸着程丰的脑袋,深情地说:"孩子,你记住,以后救人,要先保护好自己。"

说话间,吊瓶里的药水已经滴尽。林大夫熟练地拔掉程丰手上的针头,顺手将空瓶和针管递给了林婶,让林婶拿去消毒。林婶一走,程丰就嚷着要下床撒尿。林大夫想抱程丰,却被老爷子抢先抱在怀里:"济民,你累了一天,赶紧带春雷去休息,这里就交给我吧。"老林大夫把程丰抱至厕所撒完尿,回到病房,陪着程丰在病房睡了一夜。

又过了一天,程金宝骑着自行车来到了林家诊所。

听到"丁零零"熟悉的车铃声响,程丰竟然忘记自己还是个病人,他翻身下床,迎出门外,高喊着"爸爸"扑进了程金宝的怀里。程金宝顺势把程丰抱了起来,并仔细端详着儿子。他发现,儿子的脸蛋丰满了,长得有红似白的,非常高兴,狠狠地在儿子脸蛋上亲了一口。

林家老小听见自行车清脆的铃铛声响,也相继来到了大门口。林

大夫一边张罗："程先生,快请屋里坐。"一边吩咐夫人："春雷他娘,给客人沏茶。"程金宝从自行车后架上取下一只鸡和一小篮鸡蛋递给林婶,在林家人的簇拥下,进入客厅相应落座。老林大夫有意坐在程金宝的旁边,他拉了拉程丰："乖孩子,到爷爷这边来,让你爸歇口气。"接着,老人把程丰搂在怀里,歉疚地对程金宝说："程先生,真对不住你,昨天,春雷他爸带小丰他们上山采药,遇见了一条大蛇,小丰为救春雷被蛇咬了,还把脚崴伤了。"说罢,用手抬起了程丰的左腿。

程金宝这才注意到儿子的脚腕缠裹着纱布。程丰挣脱老林大夫的手,往客厅中间走了几步,转过身来对着父亲拍了拍胸脯说："没事!爸,林大夫的医术高明得很,昨天我还疼得走不成路,今天就没事了。"

林大夫接过话茬："好在只是崴了一下,休息几天就没事了。这孩子很勇敢,心肠也好,是棵好苗子。"

老林大夫紧盯着程金宝,诚恳地说："程先生,小丰今天跟你回去没问题,但我建议多住几天,一来离开学还有些日子,二来我想给先生开几服药……"

还没等老林大夫把话说完,程金宝就指着自己的鼻子,满脸疑惑地问道："给我开药?"

老林大夫非常有把握地说："我第一次见到你就觉得你心脏不太好,经过几次观察并和春雷他爸交换意见,更坚定了我的判断。我问你,你是不是经常被噩梦惊醒?是不是工作一忙就觉得很疲惫?"

"是呀,是呀。"程金宝被老林大夫言中,接连认可。

"你到床上躺下,我给你仔细检查一遍。"老林大夫一边说,一边示意程金宝进左厢房。林大夫见两个孩子也想跟进去,立即拦住他们："去去!一边玩去,别影响爷爷看病。"

程金宝脱掉鞋子,平躺在诊所的病床上。林大夫从桌子上取了听诊器和血压计送到了父亲手中,然后搬过一个方凳让父亲坐下来听诊。老林大夫给程金宝量完血压,又用听诊器在他左胸多个部位进行了听诊。听完后,老林大夫没有说话,他把听诊器递给了儿子。林大夫认真地沿着父亲听过的部位又仔细听了一遍,他对父亲说："先天性冠状动脉狭窄。"

老林大夫见儿子的诊断结果和自己一致，满意地点了点头。

"程先生，建议你到省城大医院去做个心电图，以便确诊。"林大夫扶起程金宝，很严肃地嘱咐了一句。

程金宝从来没有听说过什么"先天性冠状动脉狭窄"和"心电图"，满脸疑惑地问："我的病是不是很严重？"

"不！程先生，这样给你说吧，比方说你的身体是根扁担，能挑一百六十斤，现在，这根扁担有了一道陈旧性的裂纹，如果只挑一百二十斤以下的重量，一点问题都没有，但要挑一百六十斤，甚至一百八十斤，那就一定会出问题。俗话说'身体是革命的本钱'，程先生年轻有为，不能因身体影响前途。再说，县医院没有心电图设备，建议你有机会去省城大医院进行治疗，我们这个小诊所只能帮助你缓解症状，而无法让你今后不出差错。"老林大夫接过话题，用通俗易懂的话进行了说明。

林大夫补充说："第一次见到你时，父亲说你嘴唇发紫，担心你心脏有问题，当时考虑你救子心切，可能是骑自行车做剧烈运动导致的。后来两次，你搭长途车来，没什么症状。这次你骑车来，没有心理负担，不应该出现症状，因此父亲断定你心脏有问题。其实，这病目前对你的身体影响不大，但你要注意几点：一是不要抽烟，尽量少喝酒；二是不要劳累，尤其不要熬夜；三是适当运动，每天早上起来快步行走一个钟头。"

听了林大夫父子俩的话，程金宝心里踏实了许多。他说："不抽烟和适当运动没问题，少喝酒，努努力也可以做到，但不熬夜，难！我在县政府办公室工作，大量的文字材料都要靠晚上写，想不熬夜都不成。"

老林大夫拍拍脑袋，说："我看这样，你每隔两三个月来诊所取些草药回去，保你没有大碍。如果有机会，一定要到省城医院看看，以免年纪大了出问题。"

"好！"老林大夫说话时，程金宝已经扣好衣服，穿上鞋子站到了地上。他回答完老林大夫，和林家父子一起走出了厢房。

正在右边药铺跟着林婶辨认中药的程丰见父亲出了厢房，赶紧钻

出柜台跑到了老林大夫面前,他拉起老人的手晃了晃,问:"爷爷,我爸爸得了什么病?"

老林大夫抚摸着程丰的脑袋瓜子,微笑着说:"嗬!你小子怪心疼你爸的。没啥大毛病,就是不能受累,不能烦恼。你小子要听话,不能惹你爸生气,听清没?"

"知道啦!"程丰得知父亲没什么大毛病,松开老林大夫的手,又折身钻进了药铺。

程金宝和林家父子走到右厢房药铺柜台前,见儿子正在认真地跟着林婶学习识别中草药,便产生了让孩子拜师学艺的念头,但又不好直说,便问:"丰儿,你能认识几味中药?"

"几味?你小看人。听我给你说说解表药,麻黄辛温,解表发汗;利水消肿,宣肺平喘。桂枝辛甘,发汗解肌;温经通脉,助阳化气。紫苏辛温,表寒可用;解毒安胎,行气宽中。生姜解毒,温中止呕;解表散寒,温肺止嗽。香薷味辛,化湿和中;解表发汗,利水消肿。荆芥辛温,透疹止痒;祛风解毒,止血消疮。防风辛甘,胜湿止痛;祛风解表,止痉可用。羌活辛温,祛风胜湿;解表散寒,头痛更适。白芷解表,祛风止痛;燥湿止带,消肿排脓。细辛解表,祛风止痛;温肺化饮,鼻窍能通……"程丰有意在父亲面前卖弄,一口气背下了三十味解表药。

"行啦行啦,光会背有什么用,还要认得。"程金宝口头上不满意,但在心里夸自己的孩子不简单。

程丰隔着柜台面对父亲和林家父子,不屑回头看药柜,得意地叫嚷:"婶婶,请您随便取几味清热药,我保证辨认八九不离十。"

"嗬!口气还挺大的。"老林大夫也想见识程丰这孩子对中草药的悟性,于是吩咐林婶,"春雷他娘,你随便取五味清热药,让他试试。"

林婶从桌子上端起药盘,从药橱里取了五小份中药,放在了柜台上。程丰指着中药说:"知母、黄连、夏枯草、决明子。"他指着一种白色的片状物,想了想,肯定地说:"土茯苓!"

老林大夫高兴地捋了捋山羊胡子,连声称赞:"不错,不错!没想到你小子来我家这么短的时间,竟认识了不少中草药。"

"这孩子天性聪慧,对中医富有灵气,是块学医的料。"林大夫在一旁也对程丰大加赞许。

"承蒙林老先生看得起这孩子,干脆让他拜您儿子为师好啦。"程金宝顺水推舟,说出了自己的心愿。

程丰正想从医,两眼望着林大夫。

林大夫侧身和老父亲相视一笑,回过头来,拍了拍程金宝的肩膀,说:"一言为定!"

程丰机灵地钻出柜台,"扑通"一声跪在地上:"师父,请……"还没等他说出"受徒儿一拜",林大夫一把将他拽起来,连说了三个"慢"字。

老林大夫哈哈大笑,说:"看把你小子急的,等会儿咱们得举行个仪式。"说罢,吩咐儿媳去准备饭菜,自己则去请出祖宗的牌位。

一切准备就绪,老林大夫亲自主持拜师仪式,他让儿子和儿媳妇把他们的座椅并排放在左侧,把自己的座椅放在右侧,全家老小和程家父子分立于堂屋两侧。老林大夫移步到大堂香案中央,取过一支红香,在烛台上点燃,双手合十将红香托于掌心高高举过头,然后深鞠一躬,插进香炉,随后退往右侧。他站定后,大声宣布:"徒儿程丰,叩拜祖先。"程丰学着老爷子的样子,迈着庄重的步子走到大堂中间,他双膝着地,连叩三个响头,然后侧过身子面向老林大夫说道:"师爷在上,请受徒孙一拜!"话音尚未落地,人已"扑通"跪在地上连叩了三个响头。老林大夫将了一下山羊胡须,大声道:"徒孙免礼,叩拜师父、师母。"程丰起身就地一转,面向林大夫夫妇,大声道:"师父、师母,请受徒儿一拜!"说罢,"扑通"一声跪下,连叩三个响头,叩完第三个响头之后,他并没有立刻起身,而是伏在地上,听候师父的吩咐。林大夫稍稍前倾上体,说:"徒儿请起。"程丰从地上爬起,又补充了一句:"谢师父!"

"徒孙留步!"老林大夫移步到程丰身边,拨了他一下,示意他面向香案。林大夫也起身走到了老林大夫的另一侧。老林大夫面向祖先灵位,虔诚地说:"各位列祖列宗,林家世代行医,不收外姓门徒,吾见程丰心地善良,头脑聪慧,且迷恋医学,破例让他拜济民为师,此举已违祖训,愧对列祖列宗,愿独自承担祖先在天之灵的惩罚。"

小镇大夫

林大夫抢过父亲的话题，大声说道："各位列祖列宗，父亲一向恪守祖训，怪只怪济民不孝，愧对祖先，甘愿受罚。父亲为了传承林家医术，让我收程丰为徒，当属无奈，恳请祖先在天之灵，保佑父亲。"说罢，他转向程丰："徒儿切记，'医乃仁术，治病救人不分贫富；技无常师，望闻问切要辨虚实'，这是林家的祖训。"林大夫侧身，双手合十面对列祖列宗的灵位，闭上眼睛虔诚地祈祷："愿华佗再世，保佑林家医术后继有人，薪火相传。"

程丰对林家父子所说，似懂非懂，但他知道祖传之术是不传外人的，林家父子破例收自己为徒，此乃大恩大德，当永生不忘。于是，他也学林大夫的样子，双手合十，虔诚地说，"一日为师，终身为父。各位列祖列宗，我一定牢记家训，学好医术，让林家的美名发扬光大。"

老林大夫大喝一声："好！"当即宣布："开饭！"

一听"开饭"，林春雷急了，他跑上前来，一把拽住老林大夫："爷爷，还有我呢！"春雷的话让大家伙儿都愣住了。还是程丰反应快，他拉过春雷，学着宫廷女子的腔调说："师兄，请受师弟一拜！"边说边道了个"万福"。春雷不太满意地挥了挥手说："免礼！"他俩的样子惹得大家哈哈大笑起来，本来很严肃的拜师仪式就这样宣告结束。

收程丰为徒的当天夜晚，老林大夫待全家人进入梦乡之后，蹑手蹑脚地来到大堂，从香案上请过三支香在长明灯上点燃，然后高高举过头顶，深深一拜，顺手将三支香插入供案中央的香炉里。他弯腰打开供案右下方的柜门，从里取出一个圆形的毡垫，放到大堂中间，然后屈膝跪在毡垫上，双手合十面向列祖列宗的牌位轻声祷告："各位列祖列宗，恕晚辈不孝，没有遵循祖训，擅自将祖传医术传授给外姓弟子，但此举实属无奈，因济民近亲联姻，亲孙先天有疾，难以承传祖业，望各位列祖列宗网开一面，成全程丰。"说罢，连叩三个响头。

5

日子过得飞快，转眼又是一年。

这天上午，县卫生局来人，通知老林大夫到县政府参加集训，并且要求自带行李。老林大夫问集训什么内容，来人也不清楚，回复去了就知。来人走后，一家人聚在一起，猜测是福是祸。

老林大夫对"集训"二字非常恐惧。新中国刚成立那年，县政府搞过一次集训，老林大夫报到后发现，参加集训的大多数是地主、富农和反革命分子的亲属，以及商人和社会闲杂人员。所谓集训，就是集中学习毛主席的讲话、政府的文件和政策，听政府官员做报告，受训人员对照检讨自己的言论和行为。老林大夫不相信自己会和这些人在一起，感到非常震惊，于是去找教导主任评理。教导主任说他是自由职业者，属于被教育的对象，并以他闹事为由，关了三天禁闭。三天暗无天日的禁闭，让老林大夫身心皆疲。解禁后，他见参加集训的人个个战战兢兢，唯唯诺诺，便不知如何是好。巧的是一周后，县委副书记来检查工作，发现老林大夫，把他从集训班放了出来。

那天上午，老林大夫和集训人员正在埋头写学习体会，突然一声"全体起立！"他赶紧放下笔站了起来，只见教导主任领着几个政府官员走进了教堂。教导主任把一个戴着旧军帽的干部带上讲台，说："这是本县县委汪副书记，大家欢迎书记训话。"老林大夫举起的双手还没有拍响，便定格在了面前。他一下子认出来，这个人是荆山抗日支队的小队长汪元庆，抗战期间，老林大夫曾多次给他们送过药品。汪元庆的后脑勺被子弹擦伤了一大块，自己还亲自为他换过药。老林大夫发现，台上的汪副书记似乎也认出了自己，两人的目光相碰时，汪副书记淡定得和陌生人一样，没有一丝惊愕，难道汪小队长不认识自己了？老林大夫满腹疑惑，以至于汪副书记讲了些什么，他压根儿没有听进耳朵。汪副书记走后不一会儿，一个教导员过来把老林大夫带到了教导主任的办公室。一进门，汪副书记就迎头跑过来把他紧紧抱住："老林，没想到在这里会面，真是委屈你啦！"老林大夫万分激动，哽咽得半天说不出话来，两行热泪夺眶而出。汪副书记告诉老林大夫，抗战后期，他被调往别的地区组织抗日，然后参加解放战争直到新中国成立，现在刚刚调到丰阳县工作，还没来得及上小镇拜访。说罢，他告知教导主任，老林大夫是抗日功臣，不在集训之列，让其尽快放人。

林大夫安慰父亲，说："爸，您一生治病救人，为人忠厚善良，没有做过任何坏事，政府不会拿您怎么样，况且有汪书记撑腰，我看没

小镇大夫

什么。"

老林大夫并非胆小怕事,他是处事谨慎,不愿意给祖宗抹黑:"哎!是福不是祸,是祸躲不过。"

林婶还是有些不放心,她拽了拽丈夫,说:"济民,后天你陪爸去报到,顺便到汪书记那里探听一下情况。"

林大夫回答说:"嗯,天凉了,你多给咱爸准备几套御寒的衣服。"

出发的当天,林大夫背上背包,拎上父亲的洗漱用品。这父子俩走到东门城楼外,挤上长途公共汽车。进城之后,林大夫先找了一家茶馆,安顿父亲歇息喝茶,自己则去县委大院打探消息。县城不大,林大夫很快找到了县委大院,门卫让他登记后先到办公室秘书科找秘书引见。县委大院位于县城的中心地带,是由一所旧的学校改建的。一进大院,迎面是一幢三层土木结构的楼房,由中间楼道上二三楼,三层楼全部是内走廊,办公室的房间两两对称分布。大楼的左边是县政府官员的办公场所,右边是县委官员的办公场所。听门卫讲,县委办公室秘书科在二楼,林大夫便径直上了右侧的二楼。秘书科的门牌就挂在最当头的一间,办公室的门敞开着,只见两位公职人员正埋头抄写着什么。林大夫想引起他们的注意,顺手敲了敲敞着的门:"请问汪书记在吗?"

"找汪书记,你进来吧!"离门口近的公职人员抬头起身,给林大夫让座,然后倒了一杯白开水递到林大夫手里,这才问道:"你找汪书记有什么事?"林大夫第一次到县委机关,他觉得政府官员接待他和他接待病人没有什么两样,丝毫也不感到拘谨,随口答道:"我姓林,是汪书记的朋友,想找他问个事。"

"汪书记很忙,我是他秘书小李,有什么事你说,我负责转告。"

林大夫见秘书有意挡驾,只好起身告辞:"一点小事,既然书记忙,那就算啦。"

"小林!"就在林大夫离开秘书科的时候,碰巧遇见汪副书记到秘书科退文件夹,他似乎不敢相信眼前的人是林大夫。

"汪书记,我来找您打听个事。"林大夫显得有点拘谨。

抗日战争时期,他习惯于把眼前的汉子叫"叔",也从来不用"您"

字。现在，汪队长已经成了堂堂的县委副书记，他不得不保持距离。

"小李，这是我的老朋友，今后若来找我，直接领进我的办公室。"汪副书记拍了拍林大夫的肩膀，对李秘书做了交代，然后领着林大夫到了自己的办公室。汪副书记的办公室大约二十平米，除了堆满文件和资料的办公桌，和正对门摆放的一溜靠背椅外，最显眼的是靠墙摆放的一个大书柜，里面放满了马列著作等政治书籍。汪副书记拉着林大夫，把他按在紧靠茶几的那张椅子上。

林大夫还没坐稳，李秘书就把一杯热茶送过来："林先生，请喝茶！"

林大夫第一次听人家称自己先生，显得拘谨，他接过茶杯，顺手放在了茶几上。汪副书记桌子上的电话机响了，他接完电话，端起茶杯，走过来坐在茶几另一侧的椅子上："小林，你父亲身体咋样？"

"父亲的身体很好。汪书记，我来找您，是想打听这次办学习班的事。那年办学习班把父亲给吓坏啦。这次通知他参加学习班，他想知道是啥子事，也好有个心理准备。"林大夫知道汪副书记很忙，直接说明了来意。

"这次县里办学习班，是要对全县的个体工商业和自由职业者，当然也包括私人诊所全面进行社会主义改造，我们周边的县早就公私合营了。小林呀，你是知书达理之人，希望你做好父亲的工作，带个好头，千万不能做革命的绊脚石……"汪副书记语重心长地说着。林大夫早就从收音机里听到了这方面的报道，汪副书记的这番话正好印证了自己的猜测，他觉得一旦政府认定了的事，挡是挡不住的。

在返回茶馆的路上，林大夫一直在思考怎样告诉父亲。他知道父亲非常看重诊所，那可是祖传的基业啊！自己和金花是老表开亲，婚后生了个弱智儿，无法传承祖业。这是父亲和自己酿下的苦酒，如果父亲不坚持这门婚事，或者自己坚决抵制，也就不至于出现现在的后果。知道春雷是弱智儿后，金花曾多次提出分手，但林大夫自己不愿意让心爱的人受委屈，便放弃了再婚的念头。本来，收程丰为徒，父亲是有顾虑的，他已经冒了祖上之大不韪。如果这次再让他把诊所拱手相让，他能想得开吗？可是，这事已经无法隐瞒，箭在弦上，不得不发！

小镇大夫

在跨进茶馆之前，林大夫调整了心态，让神色轻松起来。他一进门，父亲就迎了过来："咋样？"

"爸！没啥大事，您先坐下来，听我慢慢跟您说。"林大夫把父亲搀扶到原先的位置落座。然后，他绕着圈子给父亲说着学习班的内容。

老林大夫一听说要将诊所公私合营，气得拍案而起："放屁！咱不是地主、资本家，没有剥削过人，是在救死扶伤治病救人，凭什么要没收我们的诊所？"

跑堂的伙计认识老林大夫，见他把茶杯拍翻在桌子上，赶紧跑过来打圆场。他一边收拾桌子，一边劝道："林老爷子息怒，有话好好说。"

"爸，政府又不是针对咱们一家，全国上下所有的私人诊所都要公私合营。"林大夫不高兴地嘟囔。

"咳！我这败家子，今后有什么脸面去见祖宗哟……"老林大夫生性胆小，自知胳膊拧不过大腿，长叹一口气，无力地坐回了原位。

从学习班回来，老林大夫一直闷闷不乐，经常长吁短叹。他知道共产党是为老百姓办事的，也真心实意拥护共产党，主动帮助八路军和解放军送药材，给伤病员治病疗伤。可是，政府要没收祖传家业，让他怎么想也想不通。他家既不是资本家，也不是地主，林氏诊所是他的祖辈辛辛苦苦凭劳动积攒下来的家业，没有剥削过别人。他是小镇上有名的孝子，济民的爷爷临终的时候，老林大夫曾对着祖宗的牌位发誓要传承好这份祖业。可现在却要眼睁睁地看着这份家业毁在自己手里，他无论如何也迈不过这道坎！老林大夫毕竟受封建礼教的影响太深，但他也不想和政府作对，想来想去，还是觉得眼不见为净。是夜，待全家人熟睡之后，老林大夫蹑手蹑脚地来到大堂，从香案上请过三支香在长明灯上点燃，然后高高举过头顶，深深一拜，将三支香深深插入香炉。他没有去取毡垫，直接跪在大堂中央，双手合十面向列祖列宗的牌位默默祷告："各位列祖列宗，恕晚辈不孝，无力传承祖业，只好以死谢罪！"说罢，连叩三个响头，长跪不起。

6

程丰拜师之后，林大夫坚决反对他辍学，只让他利用周末和假期到林家诊所学医。一年多来,程丰每个周末和假期风雨无阻,到林家诊所观摩学习。林家老小都不拿程丰当外人,除了攻读医学书籍、观摩临床、采摘和炮制中草药,很少让他打杂。在林氏父子的精心栽培下,程丰已经能够医治头痛脑热之类的常见病症。

时逢寒假,还没有等到成绩单下发,程丰已经迫不及待地上路。小镇离县城十多里路,一天只有一趟公共汽车,上午十点从县城发车,下午三点从小镇回返。别说程丰的时间与公共汽车的时间不合拍,即便能凑准,他也不可能开销来回的车费。程丰已习惯于步行,只需两个小时便可以从县城走到诊所。这天,东方刚刚泛白,程丰就已经上路,他穿过还在沉睡中的街市,直奔清河。他心里清楚,沿着清河边行走,比沿着公路走要节省一半的路程。

"爷爷,爷爷,我要爷爷……哇,哇!"

"爸,你走了,要诊所有什么用啊?爸,爸……"程丰刚刚走到小镇东门城楼下,就隐隐约约听到春雷、林大夫和林婶哭成一团,他预感大事不好,拔腿就往林家诊所飞跑。

林家诊所里里外外被小镇居民围满了。程丰上气不接下气跑到诊所,奋力从人群中挤进客厅,只见几个女人正搂着号啕大哭的林婶。林婶披头散发,泪流满面,"哇哇"的哭声已经嘶哑。春雷被一个壮实的女人紧紧搂在怀里,这个女人是东门居民委员会的主任,人们习惯地叫她"刘大妈",无论谁家发生红事白事,总是少不了她。林大夫正被几个男人拉扯着从走廊架入客厅,他奋力挣扎着,不愿意离开厢房。一个中年男子使劲儿地抱着林大夫的腰,另一个年长的男人紧紧握着林大夫的手臂悲怆地说:"林大夫,人死不能复生,你要冷静呀!"程丰顾不上与人打招呼,径直钻进了老林大夫的卧室。他看见躺在床上的人被用白布蒙着,脑子顿时一片空白,他完全不相信自己的眼睛。当缓过神来的一刹那,他突然双膝落地,大喊一声:"爷爷——"便扑上去紧紧抱住了老林大夫的尸体。"爷爷,爷爷!你醒醒,你醒醒呀——"程丰撕心裂肺的呼喊,像霹雳一样撞击着林家人的痛处。林大夫、林婶和春雷再次号啕大哭,在场的男女老少也纷纷落泪。

"老少爷们儿,大家动动手,先把大人孩子弄走,等黄老爷子来了,

我们再商量善后。"刘大妈一边抹眼泪,一边下命令。大伙儿七手八脚地把林婶、春雷和程丰架进了左厢房。

林婶娘儿俩刚被拉走,黄老爷子就到了。这黄老爷子是小镇上有名的司仪,无论谁家死人下葬,都得请他主持。黄老爷子在几个街坊人士的簇拥下来到大厅,他站定之后,双手抱拳对大厅两侧的街坊邻里拱了拱手,然后移步到香案前,从案面上取过三支香,双手擎过头顶,对着林家祖宗的牌位深鞠一躬,然后在长明灯上点燃,轻轻插入香炉,再鞠一躬。敬完林家列祖列宗,他掉转身来,在林老爷子的身边也鞠了一躬。黄老爷子是小镇的知名人士,虽然德高望重,但爱端架子,无论谁家办丧事,都得事先拎着烟酒上门请他。自打他行事至今,不请自到的事总共才发生过一次,也就是为小镇挑夫周老憨主持过丧事。老林大夫的名望比黄老爷子大多了,小镇上几乎每家每户都找林氏父子治过病。黄老爷子自然不会在林家摆架子。行过大礼之后,黄老爷子把几个熟门熟路的人叫在一起,对善后的有关事项做了吩咐。

一切安排妥当后,黄老爷子把林大夫叫进中院的病房,他掩上门,让林大夫坐在病床上,自己坐在了林大夫的对面。他说:"兄弟,我得信迟,晚来了一步,老爷子这是咋回事?"

林大夫告诉黄老爷子,自从参加县上的学习班以后,老林大夫就变了个人似的,整天郁郁寡欢,难得有一句多余的话。林家人满以为他过一阵子就会想开的,谁也不曾想到他会自寻短见。林大夫哭泣着说:"昨天中午,县卫生院的人把'锦屏镇合作卫生院'的牌子和证书送过来了,还派了两名医护人员。父亲对县医院的人阴沉着脸,一句话也没说。人家走后,他把自己关在房子里。吃晚饭时,我让春雷去叫他,老人推说不想吃,也没出来。晚上快转钟了,我隔着门喊他出来喝碗粥,他让我们去睡,别管他。我们睡下不久,我听他去过后院,以为他上厕所,也就没太在意。今天早上起来,我们想让老人多睡一会儿,也就没叫他,等早餐准备好后,孙子去叫他,喊不应,我预感大事不好,便破门而入,结果老人已悬梁……"还没说完林大夫又"呜呜"大哭起来。

黄老爷子站起身来,走到林大夫身边,用手轻轻抚摩他的肩膀,说："兄弟,人死不能复生,节哀顺变吧。"黄老爷子长长地叹了一口气,接着说,"你老爹太迂腐,合作就合作呗,成了公家人,还愁没吃的?"刚说完,似乎觉得不妥,一时不知说什么为好。时隔不久,刘大妈推门进来,她把手中的白纱和孝服递给黄老爷子:"快给孝子穿上!"

林大夫从黄老爷子手中接过孝服套在身上,黄老爷子顺势把白纱绾在林大夫头上,并在他的后脑勺上打个结,让剩余的纱带垂于身后。

"走,请老爷子就寝。"黄老爷子边说边和刘大妈搀着林大夫回到了大厅。此时大厅已布置停当,一口黑漆棺材被两个条凳架在大厅正中央,棺盖平放在侧面。黄老爷子把林家亲属叫到一块,对入殓的注意事项做了交代,吩咐刘大妈带两个老婶子和林大夫一起给老爷子洗澡穿寿衣,并打发几个支事忙相关事情。

一个时辰之后,黄老爷子招了招时间,大声宣布:"孝子孝孙,时辰已到,入殓开始。"林婶在刘大妈的配合下,把一刀刀黄色草纸和药包平铺在棺底,据说是可以防腐。接下来,林大夫将一条红色的床单铺入棺底,并模仿北斗七星的形状摆上了"垫背钱"。林婶将老人最喜欢的狗皮褥子垫在上面,并放好了枕头。左右邻里几个身强力壮的汉子已经将林老爷子的遗体抬至大堂,林大夫从后面接住遗体,让老父亲的脑袋紧贴在自己的胸口。林婶和春雷、程丰从侧面兜住老人的身子和腿脚,程丰顺手将林老爷子脚脖子上的绊脚丝扯了下来。林大夫和林婶一起高声喊道:"爸,请您迁居啦!"然后将老人平平稳稳地放进了棺内。林大夫转身到父亲的卧室,取来父亲生前最喜欢的铜烟袋和小烟壶放在老林大夫手边,林婶从诊所取出公公生前最喜欢的紫砂壶放入棺内,并在老人手中塞入了一块银圆。春雷看着父母的一举一动,似乎想到了什么,他也跑回自己的卧室取来布老虎,放到了爷爷的手边。接下来,林大夫从林婶手中接过父亲生前舍不得用的丝绵被子轻轻地盖在了老人身上。遗体安放后,黄老爷子将一个装有清水和棉球的碗端到林大夫的身边,准备给死者"开光"。林大夫瞥了一眼碗筷,他双手颤抖地去揭盖在父亲脸上的白布,当他再一次看见父亲那张乌紫的脸,眼泪禁不住夺眶而出。黄老爷子害怕出现差池,赶紧用筷子夹起湿棉球,擦拭亡人的眼圈,口里念道:"兄弟,你净净眼,眼观六

路。"再擦拭亡人的耳朵，又念道："兄弟，你净净耳，耳听八方。"再擦拭亡人的嘴，又念道："兄弟，你净净口，越吃越有。"而后，他摇摇头，无可奈何地挥了挥手。支事们明白黄老先生的意思，立即将"子盖"插合再将大盖盖上，入殓仪式匆匆结束。

黄老爷子当堂宣布："三天之后，辰时发丧，请各位亲朋好友届时前来帮忙，老生告辞！"他双手抱拳，表示谢意，转身离开林家。

林老爷子的死，让整个小镇都陷入极大的悲痛之中，就连苍天也为之动容。冬天的第一场雪不期而至，纷纷扬扬，小镇的山冈、树木、房子，除了林家门前的道路被频繁来往的祭祀行人踩出一溜黑印之外，几乎全都成了白色。林老爷子的死，一天下来，竟让林大夫完全变了模样，一向爱整洁的他，满脸泪痕，眼睛充满血丝。一有人来上香，他就得和亲属们一起下跪，以至于两条裤腿的膝盖处都沾满了厚厚一层灰土。林老爷子生前救死扶伤，在小镇，乃至方圆百里有口皆碑，很多汉子都自发来林家守灵。尽管不乏守灵之人，林大夫还是坚持亲自守灵。

林家客厅中央放着林老爷子的灵柩，白色的长幔从香案正上方垂下，呈八字状分别拉向两侧，固定在大厅与厢房的隔墙上，迎门左侧的柜台边和右侧的隔墙边都靠放着花圈，大门外的两侧也堆满了花圈。天气寒冷，林大夫坚持不另搭丧棚，直接把客厅布置成丧棚。

打丧鼓的老人连唱三宿，嗓子已经沙哑，他敬佩林老先生的为人，仍打起精神用沙哑的嗓音唱着那首如泣如诉的《丧事歌》。

下葬这天一大早，黄老爷子就来到了林家，他和阴阳先生将抬棺材的、举挽幛的、擎花圈的、扛纸扎的、放鞭炮的——安排就绪，并让所有帮忙的男女老少草草吃过豆腐粥，等待发丧。黄老爷子握着怀表，他见时辰差不多了，用胳膊肘儿碰了碰阴阳先生，转身给身边的汉子耳语了几句。汉子走上前，将跪在灵柩边的林大夫搀扶起来，让他扛着引魂幡，走到棺材正前方，八个抬棺材的也依次就位。"时辰到，起灵！"随着黄老爷子一声大叫，抬棺的八条汉子一起用力将棺材抬了起来。阴阳先生右手举起菜刀，口中念念有词，猛然间用菜刀把左手上的阴阳碗"砰"的一声击成了几瓣。顿时，孝男孝女和亲朋好友"哇哇"大哭，哭喊声与丧鼓声此起彼伏，鞭炮声震耳欲聋。

"移步!"黄老爷子一声令下,春雷捧着爷爷的遗像在程丰的搀扶下走在送葬队伍的最前面,春雷娘捧着灵牌排在第二,林大夫在一个汉子的搀扶下,举着招魂幡紧随其后,在后面是林家的五亲六戚,程丰的父母也佩戴黑纱俯身其中,大家缓缓走出大门,走上街头。

"停!"等送葬的队伍全部进入街心,黄老爷子大喊一声,队伍顿时停了下来。林大夫转身正对棺材跪在地上,其他孝男孝女依次跪在棺材两旁。阴阳先生将一个瓦盆子递到了林大夫手里,让他"摔尸"。林大夫满脸泪雨纷飞,他颤抖地站起身来,强打精神,将瓦盆举过头顶,重重地摔在地上。瓦盆子砰然落地,摔成了碎片。几乎是在瓦盆落地的同一时间,林大夫也重重跌跪到地上。阴阳先生着实为林大夫捏了一把汗,他担心身心皆疲的林大夫能否摔碎瓦盆,万一瓦盆摔不碎,则预示林家年内还会再死一人。黄老爷子见瓦盆摔碎,也松了一口气,赶紧安排人设香案路祭。程丰的父亲主动挤到林大夫身边,将他搀扶起来,几乎是半架着林大夫绕棺材转了三圈,然后陪着林大夫重新跪到棺材正前方。本来还要让丧棒鼓班子唱上一阵子的,黄老爷子和阴阳先生耳语之后,免了这一环节。

"孝子孝孙起身,走起!"黄老爷子话音一落,鞭炮声、鼓乐声再次阵阵响起,送葬队伍慢慢向伏虎山移动。

天空中,洁白的雪花在悲哀的唢呐声中漫天飞舞,仿佛老天爷也特别怜惜这位一辈子行善积德的大好人,将大把的"纸钱"撒向了人间,为他铺路。

林大夫觉得双腿像灌了铅似的,越来越沉重,如果没有程丰父亲的搀扶,自己恐怕要在地上爬行。他在心里告诫自己,即使是爬,也要将慈父安葬。送葬的队伍前前后后拉得很长,小镇上除了行动不便的老人、奶妈和襁褓中的婴儿,能来的全都来了。大家缓缓地移动在寒风中,依依不舍地送老林大夫最后一程。如果老爷子有在天之灵,他应该感到满足。

走哇,走!人们终于将灵柩送到了墓地。八个身强力壮的汉子在阴阳先生的指挥下,缓缓地将棺材移进了事先挖好的墓穴里。"爸!"突然,林大夫一声悲鸣,跌入墓穴。

小镇大夫

"爸！""济民！""师父！"春雷、林婶和程丰的惊叫迭起，乱成一团。程金宝和几个壮年汉子从惊愕中回过神来，立即跳进墓穴将林大夫抬了上来。林婶几乎是爬着过来，一把将林大夫搂进怀里："济民，济民，你醒醒，你醒醒呀！"她把林大夫的额头紧紧地贴在自己的脸上号啕大哭。林大夫缓缓睁开眼睛，他试图撑起身来，但没有成功。

黄老爷子蹲在地上轻轻地握着林大夫的手，对林婶说："他太累了，你把他的孝服脱下来，找几个人先把他背回去。"程金宝帮着林婶将林大夫身上的孝服脱了下来，转手塞给程丰："去，给你师爷擦擦土。"然后，伸手试图将林大夫背起来。林大夫推开程金宝的手，无力地摇了摇头。黄老爷子一看这架势，知道劝也无用，于是，站起身来，对大伙儿说："大家动作麻利一点，快快动手吧！"少顷，墓穴就被填平壅成土丘。林大夫挣扎着站起来，他从地上捧起一抔新土，培在坟上，然后从旁人手中接过招魂幡插在了坟墓上。人们七手八脚把花圈和纸扎都堆上了坟头。

雪，越下越大，似乎想抹去这令人悲伤的一幕。

7

林老爷子下葬后的第二天傍晚，一个三十开外的汉子上气不接下气地跑到林家，一进门就"扑通"跪在老林大夫的遗像前连叩三个响头。林大夫见状，连忙下跪还礼。汉子跪着移到林大夫面前又要叩头，被林大夫一把扶住。汉子边作揖边说："林大夫，求求你，求你救……救救咱的孩子，他们快不行了。"

林大夫扶起汉子，让他坐到椅子上："咋回事？你慢慢说！"

"两个孩子前天受了风寒，我们没太在意，今天高烧不退，我家住在河对岸锦山村，离县城太远，实在没办法，只好打搅您了。"汉子抓着林大夫不松手。

林大夫轻轻掰开汉子的手说："你稍等，我配好药就跟你走。"

"谢谢！谢谢！"汉子这才如释重负，长长地吁了一口气。

林大夫深知，救死扶伤是医生的本职，他顾不得重孝在身，给林婶交代了几句，背起药箱，和汉子一起向门外走去。等他们走后片刻，程丰起身悄悄出门。林婶跑到门口,一把拉住程丰,问道:"丰儿,你干什么去?"

"婶婶,师父这两天不思茶饭,也很少睡眠,我担心他扛不住,想去打个帮手。"程丰用虔诚的目光恳求着林婶。林婶想了想,觉得程丰说得在理,便说:"你等等。"她转身进药房取出一支红参,交给程丰,叮嘱:"让你师父抽空嚼嚼。"程丰点点头,把红参揣进怀里,夺门而去。

锦山村位于清河南岸的锦山脚下,和小镇隔河相望。村子不大,只有二十几户人家,由于清河阻隔,早先,村里人通常是从清河的浅滩涉水来小镇购买油盐酱醋等等。清河上面有一座大桥,位于县城东端,如果抄小路经清河大桥上县城至少要走五个时辰,但由跳桥上小镇则不到半个时辰。提起跳桥,锦山村的人都忘不了小镇渔夫杨子龙。杨子龙不仅仅是捕鱼、钓鱼的高手,而且为人厚道,乐于助人。为了方便小镇上的人和锦山村的人互相往来,他组织渔夫们用大石块在清河浅滩处垒了一座跳桥。有了这座简陋的桥,锦山村的老人和妇女进小镇办事,孩子到小镇念书,也就不用蹚水了。

林大夫和求医的汉子高一脚、低一脚匆匆赶路,他似乎听见身后有脚步声,下意识回头一看,发现了程丰。他停下来,等程丰走近后,责备说:"谁让你来的? 大雪天摔伤了咋办?"

程丰抹了一把脸上的雪水,嘿嘿一笑,说:"师父,没事! 我从小野惯了。"林大夫救人心切,说了声"小心就是了",便掉头往河边疾走。他们一行三人来到清河边,只见河水缓缓东流,河面上一溜大小不等的雪垛垛像一串长长的省略号连接着南北两岸。清河的南岸上是一大片沙滩和星罗棋布的苇塘,夏季涨水的时候,北岸有人工长堤保护,洪水只能向南边低洼地带流动,把山谷里的沙石挟带到此,形成了宽阔的河滩,此时河滩已是白茫茫的一片。登上南岸便是锦山村,不足三十户村民星星点点散落在锦山脚下,村庄和小镇遥相呼应。

"林大夫,把药箱给我。石头上有雪很滑,我走前面,您和孩子随后,千万小心。"汉子身板硬朗,他边说边从林大夫肩上取过药箱。

"兄弟,药箱不能有闪失,你得挎好!"林大夫等汉子拎牢药箱才松手。三人连蹦带跳过了跳桥,几乎一路小跑来到锦山村。等林大夫匆

匆跨进汉子的家门时,他的两个儿子均已进入昏迷状态。孩子的母亲泪流满面地站在床边,见丈夫掀开麻布门帘领着医生进来,立即扑过来跪在林大夫的面前:"求求您,救救我的孩子。"

厢房很简陋,一个陈旧的五斗柜和几把破旧的木背椅,靠墙支着一张双人床,床上两床缀满补丁的被子分别捂着生病的两个孩子。

林大夫合拢冻僵的双手,朝掌心里哈了几口热气,又使劲儿搓了搓双手,然后从药箱里取出体温表,先给小男孩测试体温。接下来,他戴上听诊器掀开被子,解开小男孩的衣服,隔着内衣在胸部和背部多个位置进行诊断,并以同样的方式给大男孩进行了听诊。听诊完毕,他抽出小男孩腋下的体温计看了看,脸色变得更加凝重。

程丰估计情况不妙,从师父手中接过体温计一看,吃惊地说:"四十二度,再不退烧,就会烧成肺炎。"

林大夫从程丰手里拿回体温计边用边交代:"你出去,当心传染!"接着对汉子说:"两个孩子已经出现了肺炎症状,必须尽快送医院。"他看看体温计,见水银柱已回到正常位置便插入了大男孩的腋窝,回头吩咐汉子:"我先给孩子打退烧针,稳住病情,你赶快找一辆车,立即送孩子到县城医院。"

"林大夫,咱村穷,没有一户有车的人家,如果有,我就直接奔医院去了,不会折腾!"汉子一边跺脚,一边向林大夫解释。

"唉——"林大夫无奈地摇了摇头,然后从药箱里麻利地取出注射器和药水,给两个孩子打了退烧针。打完针,林大夫对孩子的母亲说:"孩子发高烧,来不及送医院,先可以用冷毛巾降温,如果不及时降温,孩子就会烧成肺炎,一旦得了肺炎,治起来就非常麻烦。"他沉思片刻,抬起头来对汉子说:"这样,先把两个孩子背到我家吧。"

"这……"汉子知道林家正办丧事,不便打扰,面露难色。

"这什么这!救孩子要紧。"林大夫一边说,一边掀开被子要抱孩子。

汉子一见林大夫的架势,立即伸手将林大夫挡住:"这哪成?"他扭头朝女人嚷道:"娃他妈,我背老大,你背老二,我们赶紧上路。"说罢,他给小儿子套上棉衣棉裤,让女人背在身上。接下来,也给大男孩套上棉衣棉裤,自己顺势背上了肩,率先出了家门。

他们来到河边,汉子停下脚步,回过头来关照道:"林大夫,我打头,娃他妈第二,小伙计第三,您……"还没等他的"断后"二字脱口,程丰抢过话茬儿,大声道:"不!我在最后。"他是担心林大夫身子虚,怕出现闪失。

林大夫知道徒儿的心思,拍了拍程丰的肩膀,对汉子说:"就这样吧。"

汉子背着大男孩熟练地在石块间跳动着,他每跳三五步,都要停下来回头看看大伙儿。女人身子骨瘦小,背着小男孩似乎有点吃力,她不时地用双手将孩子往肩头上耸一耸。过了河心,女人一不留神,脚下一滑,差点儿掉进河里。

"当心!"林大夫发现女人身子一闪,大喊一声一个箭步冲上去把女人给牢牢稳住。

汉子听见"咚"的一声水响,赶紧回转身来,只见林大夫一只脚踩在石块上,一只脚掉进了水里。与此同时,程丰发出一声尖叫:"师父——"林大夫在稳住女人的同时,回头冲着程丰大吼:"别动!"程丰本来想跳进水里去保护师父,被这一声吼给镇住了,摇晃了好几下才收住了那只已经跨出去的脚。汉子回跳到离女人最近的一块石头上,大声骂道:"臭娘儿们,真是饭桶!"女人稳住神后,立即腾出一只手把林大夫拉上了石块,非常不安地说:"哎呀!这可怎么办呀?"

林大夫向汉子挥挥手,说:"没事,赶紧走吧。"

过河之后,他们一口气跑到了林家。一进门,林大夫顾不得换掉已经结冰的湿裤子和湿透的鞋子,吩咐林婶赶紧取药,给两个孩子输液,一直忙到挂上了吊瓶,这才抽身回卧室换衣服。

林大夫一进门,细心的林婶已经发现丈夫的鞋子和裤腿是湿的,并从程丰口中证实丈夫掉到河里了。乘林大夫回厢房换衣服的空当,林婶操起脸盆从门外捧了一大盆白扑扑的雪花,等她把雪端进卧室,丈夫已经脱掉鞋裤,半偎在床上。林婶来到床边,含着热泪说:"济民,来搓搓脚。"

林大夫顺从地将落水的腿脚伸出被褥,垂到床边。

望着丈夫冻得像红萝卜的腿脚，林婶的心被深深刺痛，禁不住泪水夺眶而出。她知道自己的丈夫是天底下最善良的人，为了拯救病人，不惜重孝在身，顶风冒雪，连夜出诊，做这种男人的媳妇，是她金花前世修来的福分。林婶抓起一把冰冷刺骨的雪按到丈夫的脚脖子上，一边抽泣，一边使劲搓揉。

林婶用冰冷的雪团压到林大夫的脚脖子时，林大夫竟然一点感觉都没有，下肢木楚楚的，只有小腿处在钻心地痛，这种刻骨铭心的疼痛使他联想起那些可怜的病人。他早已习惯于病人们撕心裂肺的号叫，而此时他也想号叫，可是，不能啊！父亲的尸骨未寒，家中还有备受疾病煎熬的患儿，眼前有心痛不已的贤妻良母，他一个堂堂七尺的男子汉只能咬紧牙关。

林婶使着劲儿不停地搓呀，搓！林大夫觉得一丝暖意透过妻子的双手穿透麻木的腿脚缓缓涌上心头。丈夫的脚趾微微一动，妻子就已敏感地知道，她加快了搓动的速度，直至丈夫的腿脚和自己的双手一样发烫。林婶见丈夫的腿脚已无大碍，撩起衣摆，擦干他腿脚上的水珠，轻轻地将丈夫的腿脚塞回到被子里。林大夫鼻子一酸，忍不住凑上去，把妻子紧紧搂住。林婶伏在被子上，给了丈夫一个甜蜜的深吻。

8

将两个病儿送进县医院后，林大夫就累趴下了。他觉得自己浑身无力，软绵绵的，几次想挣扎着下床，都没能成功。整天躺在床上，他睁眼闭眼，脑海里浮现的全是父母亲的身影。母亲当年去世，曾深深地震撼过他幼小的心灵。他记得那是日本鬼子侵占丰阳县的时候。那一年，日本鬼子从东向西，由南至北一路烧杀抢掠，直逼丰阳。丰阳县城是三峡夷陵的最后一道防线，因山川险固，日本步兵挺进受阻，他们就派出大量的飞机狂轰滥炸，一颗流弹飞进伏虎山，落到了林大夫和母亲躲藏的山谷。跑，已经来不及，母亲把他推倒在地，用整个身躯紧紧地把他压在身下。爆炸声消失以后，他见母亲没有动弹，便扳开母亲的手臂爬了出来。他起身一看，顿时傻眼：母亲的一只手被炸飞，脑袋被弹片削掉一块，汩汩流淌的鲜血已经将周围的草叶染红。林大夫当年还只是十来岁的孩子，吓得"哇哇"大哭。当时，老林大夫正在战地上抢救国民党伤员，无暇顾及他们母子。躲难的乡亲们顾不得掩埋林大夫母亲的尸体，强行拉着林大夫逃往更远的深山老林。丰阳沦陷后，国民党溃不成军，他们本来已经把老林大夫绑架从军，但老林大夫凭借对地理位置的谙熟，连夜逃离。半个月以后，老林大夫找到儿子。当他带着儿子来到老伴遇难的地方时，见到的只是一具白骨。老林大夫觉得自己对不起孩子的母亲，从此和儿子相依为命，不再续弦。林大夫从小聪慧，加上在中医世家耳濡目染，三岁就能分辨一些容易混淆的中草药，十岁便能切脉问诊常见病症。母亲遇难后，林大夫觉得父亲变得不再活泼开朗，直到自己长大成人与金花成亲后，父亲才慢慢开朗起来，尤其是春雷的呱呱落地，让父亲开心了好一阵子。但好景不长，父亲很快发现孙子的遗传变异，再度郁郁寡欢。

林大夫病倒后，林婶内心非常焦急，每天起早贪黑，除了临时应诊病人和抓药打杂之外，大部分精力都放在丈夫身上。是日，正值头七，天刚蒙蒙亮，林婶就起床下地忙碌起来。她捅开煤炉，添好新煤，麻利淘好一大锅小米架在了炉子上，回过头来才洗漱。洗漱完毕，她拎着竹篮和瓷钵上街头买了一钵豆浆、一篮子包子和油条。回到家里，她见炉子上的小米粥已经快熟好了，抽身先到春雷的房间叫醒儿子，然后端着热腾腾的洗脸水和洗漱用品进西厢房。她双手不空，只能用胳膊肘儿轻轻地推开房门。一进门，她见林大夫正起身下床，便迅速放下脸盆，跑过去把丈夫按在了床上："时间还早，你就躺在床上，吃过早点，等妈他们来后，我们再叫你也不迟呀！"林婶说的妈，显然是她娘家母亲。

"我这一躺就是六天，里里外外全靠你一个撑着，瞧把你累成了啥样？"林大夫边说边拉起林婶的手心疼地抚摩着。林婶一把抱住林大夫，把脸紧紧贴在林大夫的脸颊上，眼泪在眼眶里直打转儿。林大夫也紧紧地拥抱着自己美丽而又贤惠的妻子，仿佛一松手就会溜掉似的。

"妈，我的鞋子呢？"听见春雷在他卧室里大喊大叫，林婶迅速松开林大夫，一边应着"来啦，来啦"，一边跑向儿子的房间。

林大夫端着洗漱用品到天井和儿子一起洗漱。春雷一向瞧不起母亲，见父亲好了，带着讨好的口吻说："爸，你生病的这些天，来咱家

看病的人少得可怜。看来,大家对我妈看病多少有点儿不放心。"

林大夫正在刷牙,来不及吐掉口里的沫子,叱责道:"傻小子,你知道个啥?人家是怕打搅咱才不来的。"

"不管咋说,我妈就是没你厉害。"春雷说罢,端起水杯漱了漱口,将漱口水狠狠地喷在了阴沟里。

"嘿嘿!"林大夫冷笑了两声,接着说,"别嫌你妈妈,你要是有你妈妈一半的手艺我就放心了。"

"嘻嘻!"春雷被父亲一呛,反倒无话可说了。他搔搔头,问林大夫:"爸,你说我咋就记不住数呢?"春雷的话,像一记闷棍,狠狠地敲打在林大夫的心上,他顿时眩晕,险些栽倒。

"爸!你没事吧?"春雷见父亲几乎晃倒,扔下水杯,冲过来一把扶住父亲。

听到"砰"的一声,林婶冲出厨房,跑到天井,一把搂住林大夫:"济民,咋啦?"接着开始埋怨,"我要你别硬撑,你就是不听。"

林大夫轻轻推开母子俩:"没事!刚才起身快了点。"他不得不掩饰内心的感受。

林大夫和儿子刚刚洗漱完毕,林婶娘家的人就来啦。

"姥姥!"春雷见外婆进门,一下子扑过去和外婆拥抱在一起。外婆弯下腰在外孙脸蛋上左亲右亲,然后搂在怀里抚摩摩他的脑袋说:"乖乖儿,我的好乖乖。"

"妈!"林婶几乎是跑上前来,拥抱着母亲。

林大夫与岳父、春雷的舅舅和姨妈一一打过招呼,让大家先到后厨吃早点。

"金花,几天不见,你咋成了这般模样?"金花母亲见自己的女儿瘦了许多,脸色苍白且眼圈发黑,非常心疼地问道。

"妈……"林婶哽咽着欲言又止,泪水禁不住直往外涌。

"金花,当家不易呀!"母亲以为女儿是被林家的丧事给累的,她万万想不到女儿是为另一件伤心事难受。

吃罢早餐,程丰和他的父母亲也赶来了。林大夫埋怨程金宝,说:"金宝,你们不应该让程丰请假,这会影响孩子的学习。"

程金宝回答说："给他师爷做头七,是大事,岂有不来之理?"

程丰插嘴道："师父,你不用担心,误几节课,我一个晚上就可以补回来。"

说话间,其他帮忙的亲朋好友也陆续到来。林大夫张罗大家用过早餐,带上祭品,一起到伏虎山坟场为老林大夫烧头七。

天寒地冻,山里的雪还没有融化。天气预报说的是没风,人们也没有感觉到有风,可老林大夫新坟上的那支招魂幡若静若动,似乎他还有什么心愿未了,其灵魂还不愿意离开阳间。一看见坟墓,林大夫又一次悲从中来,禁不住两行泪水潸然而下。春雷和程丰跟在林大夫身后边哭边拜,重重地叩了三个响头。金花几乎是扑向墓碑的,她扑在那里号啕大哭,任凭她的姐姐和姐夫怎么拉也不起来。最后,还是林大夫跪下去,把她抱了起来。家人以为她是念及老人家对她好,哪里知道,她是想乞求老人家的在天之灵成全这个家,千万不要拆散她和丈夫、孩子。

翌日,春雷被外婆他们接回去小住几日,家中只剩下林大夫和林婶。吃过早餐,林大夫闲得无事,独自进在厢房看书。不一会儿,林婶送进来一碗参汤,劝丈夫趁热喝下。林大夫"嗯"了一下,目光仍然留在书上。过了好一会儿,他似乎意识到林婶并没有离开,这就奇了怪了! 往常,只要林大夫埋头看书,没有特别要紧的事,林婶一般放下茶杯或盅子就走。于是,他抬起头来问道:"有事?"林婶张了张嘴,欲言又止,没等开口眼角的泪水已经涌出,赶紧转身就走。

林大夫放下书本,撵到卧室,见林婶伏在床上号啕大哭。他坐到床沿,把林婶扳到怀里,不解地问道:"春雷他妈,你这是咋啦?"

"济民,我真的不想离开你和儿子!"林婶头也不抬,在林大夫怀里"嘤嘤"哭诉。

"看看,你说什么傻话?"林大夫觉得妻子的话莫名其妙。

"给! 前几天,你身子骨太弱,没敢拿给你看。"林婶从怀里掏出一封信,塞到了丈夫手中。她补充说,"这是在收拾父亲床铺时发现的。"

林大夫接过一看,信是父亲留给他的,但没有封口。他抽出信笺,父亲刚劲有力的字迹立即跃入眼帘:

吾儿见字：

父亲一生，为人坦荡，传承祖业，救死扶伤，街坊邻里，有口皆碑，但天不容我。因深爱你们母子，不愿续弦，让你单传，这倒也罢。千不该，万不该，最不该让你和金花联姻，生下春雷，遗憾终身。

你收丰儿为徒，实属我意，但已违祖训，此乃不孝。谁知政府又要没收祖业，我愧对祖先，无脸见人，决意去阴间受罚。

唯一无法了却的心愿，是希望林家后继有人。

愿苍天保佑你们。

父

绝笔于甲辰年冬月初一

林大夫看着看着，泪水潸然而下，原本已经被泪水浸染过的信笺，再度被眼泪浸润。

"这几天，我翻来覆去，思考再三，下决心带着雷儿离开林家，好让你再娶……"金花说不下去，她一把推开丈夫，准备抽身离去。

林大夫一把揽住金花，把贤惠善良的妻子紧紧地搂在怀里。透过泪水迷蒙的双眼，林大夫仿佛看见了昔日欢乐的场景：

——春天，他在清河边的绿草丛中帮助年幼的金花追逐着翩翩起舞的彩蝶，金花从垂柳树上拽下几条嫩绿的枝条结成了一个帽环，趁他不备轻轻地扣在他的头上。年幼的他取下柳帽仔细地欣赏了一会儿，然后从草地里采摘了一把五颜六色的野花，——插进柳条帽子中，编织成一个漂亮的花环，郑重地戴到金花的头上。

——夏天，年少的金花挽着裤腿来到凉凉流淌的清河岸边，帮助林母清洗衣裳，他一个猛子扎入水逮住一尾巴掌大的鲫鱼扔给了金花，金花捧着活蹦乱跳的鱼儿发出一串铜铃般的笑声。

——秋天，在抗战小学里，上完课，别的孩子都走了，只剩年少的他和金花在教室里。金花捧着课本认真地读着听写词语，他则在黑板上一笔一画，工工整整地写下一黑板生词。

——冬天,大雪纷飞,年轻的他从伏虎山砍柴归来,已在街口守候多时的金花突然蹿出来,拦住他,将一双亲手编织的毛线手套戴到了他那双被冻得通红的手上。

他们是青梅竹马的恋人,感情非常深厚。林大夫认为,既然爱上了一个人,就应该生死相依、无怨无悔!

9

过了老林大夫的百日大祭,刘镇长一行五人扛着一块用红布包着的竖形门牌来到了林家。因事先给林家打过招呼,林大夫知道镇长的来意,不慌不忙地迎上去打招呼:"刘镇长早,吃饭了没有?"其实,林大夫早就认识镇长,他没少来诊所看病。父亲去世之前,镇长还把林大夫叫到镇政府谈过一次话,让林大夫积极响应政府的号召,做好父亲的政治思想工作,支持政府对个体工商业和自由职业者进行社会主义改造。

"吃过啦!"刘镇长握着林大夫的手把来人一一做了介绍,然后,他和来人一起参观诊所、药房和病房。参观之后,他让随行的政府工作人员把牌子挂在门框上,随即在客厅落座,一边喝茶一边和林大夫讲政策:"林大夫,你是文化人,经常读书、看报,一定知道国家要对资本主义工商业和自由职业者全面进行社会主义改造。现在,全国已经进入尾声,我们省也就咱们这个县最落后,咱们不能再拖社会主义的后腿。现在的政策很好,你家诊所公私合营后,除了给你增加四个人,其他变化不大。你是院长,你媳妇可以担任护士长,你的儿子……"刘镇长顿了一下,接着说,"让他干点杂务吧!另外,政府派一个医生兼副院长、一个药剂师、一个护士和一个收费员……"

"镇长,就这么个小小的诊所,你一下子把规模整这么大合适吗?再说,我手下还有个徒弟……"林大夫认为政府的安排不太恰当。

刘镇长不喜欢别人打断他的话,不耐烦地挥挥手,说:"这好办,镇上在你家后院加盖几间病房,徒弟也给个医生编制。我说小林呀,你得有一点'为有牺牲多壮志,敢教日月换新天'的雄心壮志。咱们镇只有你一家诊所,一定要加快发展,让它迅速发展成镇上的第一家医院。

等一会儿，县卫生局长要来给咱们医院揭牌，你得打起十二分精神，好好表现表现！"说完，他转向林婶，说："林家妹子，你帮忙做一桌饭菜，人家局长轻易不到咱镇子上来，可不能怠慢人家呀！"

林大夫是实在人，满脸无可奈何地说："镇长，变成医院谈何容易？"

"林大夫，你应该看到合作医疗的前景。你原来看一个病人能收几个钱？合作后，全镇子的人只要上医院来看病，每人缴纳五块钱医保金，每次开处方收五分，加起来可是个不小的数目啊！镇政府不会向你伸手要钱的，多的钱用来添置医疗设备，可不能装腰包哟。我得把丑话说在前头，镇政府研究过了，你的工资每个月五十元，副院长三十六元，护士长和医生二十四元，药剂师和财务人员十八元。至于学徒嘛……"刘镇长拍脑袋想了想，果断地说，"不！以后叫见习医生，一个月六块钱。"

林家诊所历来看病收费很低，镇长说的办成大医院也有可能，但林大夫觉得一下子交五块钱太贵，按小镇人的生活水平是很难承受的。于是，他向镇长建议："镇长，五块钱太贵，小镇上的乡亲很多人恐怕都交不起。"

"这是省上的统一政策，不好变！"刘镇长的态度很坚决。他见镇上的锣鼓队已经来到门外，不愿意把事情搞僵，想了想说："这样吧！实在交不起的，先交一半，打上欠条。"然后起身走向门外，指挥锣鼓队敲响了锣鼓。

"咚咚锵！七咯隆咚锵！"喧天的锣鼓声，首先把小镇上没入学的孩童们给吸引来了，接着一些老人和妇女也陆陆续续来看热闹。

一辆北京吉普从东门楼子的门洞里驶过来，"叱——"的一声停靠在林家大门口。刘镇长一行几乎是跑上前去，一把握住第一个从车上下来的中年人的手："丁局长，欢迎、欢迎！欢迎您来锦屏镇指导工作。"

丁局长指着紧随着他后面下来的男人："这是县医院的郝院长。"郝院长没有穿白大褂，一身深蓝色的卡其中山装连皱褶都清晰可见，看上去是特意穿来参加挂牌的。丁局长接着把郝院长身后的女人拉

小镇大夫

到刘镇长面前,介绍道:"这是方医生,专门调到小镇卫生院担任副院长。"方医生看上去很年轻,比林婶还小,只是长相很普通,没什么特点。方医生很会来事,她顺势握着镇长的手说:"方芸芝,请镇长大人多多关照。"

刘镇长哈哈一笑:"反啦,反啦!应该请方医生多多关照。"接下来,他向丁局长一行介绍了自己的随行人员。刘镇长突然意识到林大夫没跟过来,他举目一扫,见林大夫还站在门口,立即招了招手,喊道:"林大夫,快过来!"

林大夫不紧不忙地撇开人群,来到镇长身边,在镇长的引见下和县上来人一一握手。

"小林呀,你可得给咱们县争口气,把锦屏合作医疗卫生院办成全县的样板卫生院。"丁局长握过林大夫的手后,拍了拍林大夫的肩膀叮嘱了一句。

"我可没那本事。"林大夫嘟囔了一句,因声音太小,不知丁局长听到没有。刘镇长却听得清清楚楚,他用胳膊肘儿轻轻地碰了林大夫一下。

刘镇长簇拥着丁局长一行由随行人员开道来到了林家大门口一字排开,面向群众站好。林大夫本来退缩到了一旁,却被镇上的工作人员拉到了刘镇长的身边。

刘镇长清了清嗓子,大声道:"乡亲们,今天是我们锦屏小镇合作医疗卫生院挂牌的大喜日子,县卫生局的丁局长带着郝院长一行风尘仆仆从县上赶来参加挂牌仪式。让我们以热烈的掌声欢迎他们的到来!"纯朴的乡亲们见镇长带头鼓掌,也跟着鼓掌。刘镇长接着说,"从今天开始,林家诊所就不再是私人诊所了,它将成为全镇人民的卫生院。我代表镇政府,任命林济民同志为锦屏镇合作医疗卫生院院长……"乡亲们不知道"院长"是多大的官,只知道带"长"的就是官。他们从内心深处爱戴和拥护林大夫,不等刘镇长带头便自发地鼓起掌来。掌声还没完全停止,刘镇长接着宣布,"任命方芸芝同志为副院长。"乡亲们不知道方芸芝是何方人士,没人鼓掌,只有站在门前的这一溜人在稀稀拉拉鼓掌。

刘镇长鼓掌时,故意把手抬得高高的,示意乡亲们鼓掌,但没人买账。他有点儿不高兴,但也没发作,继续宣布:"下面,请郝院长讲话。大家欢迎!"

郝院长讲了些什么,乡亲们不太清楚,但从他的讲话中知道了方芸芝是赤脚医生。"方芸芝?"林大夫觉得这个名字好耳熟,但一时想不起在哪里见过。他听围观的乡亲议论:"赤脚?她明明穿着鞋,咋能叫赤脚医生?"林大夫想笑,但觉得这场合不能笑,硬给憋住了,以至于后来郝院长讲了些什么,他压根儿没有听进去。

轮到丁局长做指示,林大夫不敢再分心。他听丁局长先是讲合作医疗如何如何重要,然后说:"医生要政治挂帅,全心全意为人民服务。毛主席早在抗日战争初期,便为我们广大医务人员树立了一个光辉的榜样,那就是伟大的国际主义战士白求恩同志,我们所有的医务人员都要像白求恩那样'对工作极端负责,对同志对人民极端热忱'和'对技术精益求精'。最后,预祝锦屏镇合作医疗卫生院越办越好,越办越大,成为全县的模范卫生院!"

刘镇长见丁局长话音一落,便带头鼓掌。然后,再次清了清嗓子,大声宣布:"现在,请丁局长为锦屏镇合作医疗卫生院揭牌!"丁局长在刘镇长的引导下,侧身走到门框边,把蒙在门匾上的红花和红绸用力拉了下来。顿时,锣鼓喧天,鞭炮齐鸣。小孩子们欢呼雀跃,有的冲向刚刚炸过鞭炮的地方,去抢拾没有炸响的哑炮子儿。

揭牌仪式完毕,林婶趁刘镇长陪着丁局长一行参观的时候,在客厅摆好桌椅板凳,把事先准备好的凉菜热菜全都端上了桌子。酒足饭饱后,刘镇长让丁局长和郝院长早点返回县城,并一再表示"一定把锦屏镇的合作医疗卫生院办成全县有名的卫生院"。他之所以有底气,是因为林大夫本身就是全县知名的医生。

刘镇长送丁局长的空当,林婶已经麻利地把桌子上的餐具收拾到后厨。刘镇长回转身来,张罗大家围着八仙桌坐了下来。他说:"大家听着,从今天开始,锦屏镇合作医疗卫生院就正式成立了,林大夫是院长,方芸芝是副院长,林家大妹子是护士长。我这里,还给你们送上了两个人手……"刘镇长指着和自己一起来的小老头模样的人说,"刘福

同志，他负责收钱管账，没事的时候在药房打个帮手。"

刘福赶紧起身，拱手转了一道弧线，表示给大家行礼，然后说："林院长，方副院长，请多多照顾。"林大夫认识这个小老头，他在镇政府打杂，抄写公文、端茶递水、扫地擦车无所不干。可是，刘镇长怎么舍得让这么一个勤快人离开呢？听说这人和刘镇长有点远房亲戚关系，估计是想照顾照顾。也好，来一个勤快人总比懒汉好。春雷似乎看不起这小老头，他觉得刘福那双眯眯小眼像是被人用指甲抠出来的，好在刘福的目光并不歹毒，言辞也彬彬有礼，春雷只是用鼻腔"哼"了一下，也就作罢。

刘镇长指着紧靠他身边的女孩说："这位是文静同志，高小刚刚毕业，先来当护士。"林婶认识这个女孩子，知道她是文副镇长的小丫头。林大夫不认识，他见这个扎着两个羊角辫的女孩子长得白白净净的，从内心里面也表示认可。

文静站起身来，喊了声"林大夫，林婶、方院长"，已经满脸通红，她结结巴巴地说："我，我一直想当白衣天使，林……"她咬着嘴唇想了想，接着说，"林巧稚是我的榜样！请各位老前辈和春雷哥多多关照！"春雷一听有人叫自己"哥哥"，"嘿嘿"一笑，摸了摸脑袋，冲着文静说："那是一定的！"

刘镇长开始还担心林大夫对县里和镇政府的人事安排不满意，一见情况不错，赶紧说道："大家来自五湖四海，都是为着一个共同的革命目标，也就是救死扶伤，治病救人，一定要齐心协力把卫生院办好！"他想了想，对林大夫说："我也没别的可讲了，方副院长是县里来的，你给安排个住的地方，以后有条件了再建医院。方副院长每星期六下午回县城，星期一上午来上班。就这样！散会。"

刘镇长和镇上的工作人员走后，林大夫和林婶商量，他们两口子搬到林老爷子的厢房里住，把自己的卧室腾出来给方副院长住。方副院长坚持暂时住病房，但最终拗不过林氏夫妇，只好客随主便。

10

清晨，林大夫在药园打完太极拳，遇见了上厕所的方芸芝，彼此礼貌地打了声招呼。林大夫一下子想起来了,前几天他听收音机时,县广播电台介绍了一则关于赤脚医生到生产大队、小队改善农村社员看病难的状况,里面提到过方芸芝。农村非常需要医生,她干吗要回到城里?看来,方芸芝是一个害怕吃苦的人。事实上,林大夫估计错了。方芸芝原本是县医院的一名普通护士,为了响应毛主席的号召,她第一批报名到边远山区当"赤脚医生"。到了生产队之后,她发现自己学的那点医疗知识压根儿满足不了农村治病救人的需要。于是,她通过在省城工作的表哥给县政府打招呼,先回到县医院学技术。郝院长正在为如何安排方芸芝犯难的时候,听说县里要在锦屏镇推广合作医疗,便顺水推舟把她安排到了林大夫这里。

锦屏镇合作医疗卫生院正式挂牌后,看病的人渐渐多了起来。在此之前,小镇上的人头疼脑热生个小病通常在家里扛一扛也就过去了,现在打个喷嚏也往卫生院跑,反正交过五块钱了,不治白不治。好在方芸芝悟性还算强,在林大夫的悉心帮助下,单独治个头疼脑热的小病已不成问题。这样,林大夫就可以抽身和春雷一起上山采药,以补充药房药材之不足。

一天午后,林大夫正在厢房坐诊,忽听见赵光棍在门外高声喧哗:"嫂子,春娃子猜叔给你带啥好吃的来啦!"

"哟!兄弟,好久不见,看样子发达啦!"林婶的口吻中明显地透露出了讽刺味儿。赵光棍是小镇上有名的"混混",他自小死了爹妈,无依无靠成了孤儿。林大夫的父亲曾让他在诊所打杂,但赵光棍游手好闲惯了,宁肯周游四方撮虾子,也不乐意找一个本分事情做。赵光棍天资聪明,总能混得一钱半子,饿倒是饿不着,但指望他攒几个钱成家立业,恐怕也是奢望,至少,小镇上的女孩子没有一个瞧得上他,就连寡妇柳婶对他也是嗤之以鼻。

"嫂子,你别糟践人,俗话说'士别三日,当刮目相看',我赵某在锦屏镇多多少少也算得上是知名人士。"赵光棍边说边颇为得意地将自己身上的中山装扯了扯。

"光棍叔,快给我瞧瞧!"春雷从客厅蹿出大门,越过正在走近赵光棍的林婶,一下子扑进了赵光棍的怀抱。

"去去去!"赵光棍没有像往常那样将春雷紧紧抱在怀里,他把手中的一个方盒往春雷手里一塞,一把推开春雷,厉声教训道:"小子,以后别再瞎叫唤,叔叔已经有媳妇了。"然后,他得意地将身边那个楚楚动人的少妇推到林婶面前:"嫂子,这是小嫚,我媳妇。"

"嫂子好!"长得眉清目秀的少妇稍稍欠身说道。

"小嫚,人家都说我们小镇出美女,你这一出现,镇上的姐妹们可得吃醋啦!"林婶握着小嫚的双手仔细端详着。这女人最多二十七八,长得如花似玉,身材匀称得无法形容,光一双纤细白嫩的小手就够人羡慕的,更不用说那双会说话的大眼睛,简直就是一双勾魂眼儿。今林婶不解的是,这么漂亮的女人,怎么会爱上游手好闲的赵光棍?

"嫂子,我哥在吗? 小嫚有点不舒服,想让我哥给瞧瞧。"

"长生,进来吧!"林大夫手头上还有一个病人,他冲着门外喊了一声。在这个小镇上,除了林大夫夫妻二人和林老爷子称呼赵光棍的大名,其他人几乎把"赵长生"三个字给遗忘了。

"哥,这是你弟妹小嫚。"赵光棍挽着小嫚来到左厢房,颇为得意地介绍着。

"坐! 等我给这位大爷看完再说。"林大夫抬头对赵光棍示意了一下,然后又专心致志地给老人听诊。听了好一会儿,林大夫才收起听筒,帮老人扣好衣服上的扣子,他拍了拍老人的肩膀说:"大爷,您的哮喘病好多啦,再坚持吃十几服药就没事啦!"说罢,埋头"唰唰"开好处方,并站起身来搀扶老人。

"你忙你的,我没事,慢慢走不成问题。"老人推开林大夫的手,接过处方,慢慢离开了厢房。

赵光棍把小嫚搀扶到刚才老人坐的位置上,对林大夫说:"哥,我媳妇说这两天胃不舒服,你给瞧瞧。"

"你小子艳福不浅呀!"林大夫抬头夸了赵光棍一句,然后对小嫚说,"我和长生是好兄弟,他小时候经常在我们家吃住。弟妹,你哪儿不舒服?"

郁小嫚见过许多男人,但眼前这位男人却让她为之一振。林大夫长得和赵光棍一样英俊潇洒,但林大夫的气质却远远胜过了自己的男人,尤其是这个男人有一颗善良的心,从他给病人扣扣子这个细小的动作中就可以充分显现出来。她知道,医生通常对病人的病痛司空见惯,麻木不仁,没有十足的善心,谁会为病人扣扣子?她说:"这几天没食欲,时不时还会犯恶心。"

林大夫示意她把右手伸出来,他轻轻地在郁小嫚的手腕扣上四指,微闭双目,缓缓地依次松紧四个手指,他触摸到了这个女人身体不适的原因,除此之外,他还感觉到了这个女人心跳加速。他抽出手来,双手抱拳对赵光棍道:"兄弟,恭喜你,弟妹有身孕了。"

"哈哈!老子有儿子啰。"赵光棍一听媳妇有喜,高兴地跳了起来。他一把搂住小嫚高兴地喊道:"老子有儿子啦!"

"轻点!"郁小嫚嗔怪地推了赵光棍一把。

"对对对!"赵光棍赶紧把小嫚轻轻放回到凳子上面。

"过几天,你的反应也许会更厉害一些,等过了这阵子就没事啦!"林大夫对小嫚说完,又交代光棍:"注意营养,多弄点好吃的。"

打这天起,郁小嫚隔三岔五就来林家走走,有事没事让林大夫号号脉,帮林婶打打杂,说是在家里闷得慌,镇上又没有别的熟人家可去。林婶倒不在乎,总是像姐姐一样疼着小嫚,反倒是方芸芝看不惯这个妖艳的女子,她不止一次地提醒林婶:"林姐,当心这个狐狸精把你的男人给勾走!"林婶却满不在乎地说:"那倒要看她有没有这个本事!"

"林姐,我可是为你好,这个世界上哪来不偷腥的猫?"

"只要你不去勾引你姐夫,我就一百个放心!"林婶冲着方芸芝开了句玩笑。

方芸芝被逗恼了,抡起拳头狠狠地在林婶的肩膀上砸了几下,但她在心里不得不承认自己也喜欢这个男人。

"逗你玩的,看把你给恼的!"说罢,两个女人"嘿嘿"笑了起来。

11

郁小嫚临产发生在小镇夜店打烊的时候,她杀猪般的叫声划破夜空,隔着两条巷子的林家都能听见。林婶将刚刚脱去的外衣重新穿上,她拉开厢房的门见方芸芝也出了卧室,便说:"你忙了一整天,先睡

吧,我来给她接生就成。"

"按预产期估算,她好像提前了一周,我还是给你做个帮手吧!"方芸芝担心郁小嫚早产有麻烦。

"要么我让春雷去把文静叫来。"林婶知道白天方芸芝和自己的丈夫一起看了近三十个病人,中饭和晚饭都没顾得上好好吃。

"算啦!小丫头也忙活了一天,说不定一个时辰就结束了。"

林婶见方芸芝态度坚决,也就不再说什么了。她俩一起向手术室走去。就在推门的时候,林婶似乎想起了什么,侧身对方芸芝说:"你先准备,我去催催老林,让他早点休息。"说罢,穿过前厅,来到就诊室。

林婶见丈夫还在伏案读书,便说:"春雷他爸,累了一天早点休息吧!"

林大夫抬起头来问林婶:"你听到小嫚叫了吧? 赶紧做好准备,迎接早产儿。"

"你放心睡觉去,有我和芸芝,没什么大不了的。"

林大夫对林婶非常放心。这个镇子上的孩子很多都是她接生的,只有遇上难产,父亲才会上阵。自从父亲离开人世后,还没有出现过难产。他对妻子说:"你们先准备吧,我再看一会儿就去睡。"

林大夫刚说完,门外就传来了赵光棍的呼叫声:"嫂子,嫂子,快开门!"

林婶赶紧转身去开门,林大夫也起身尾随其后。林婶拉开大门,见赵光棍抱着大肚子媳妇气喘吁吁,她迅速跨出门外,双手兜住了产妇。

"快! 先到病房。"林大夫指挥着。

"直接进手术室吧,省得折腾。"林婶改变了丈夫的主意。

"也行。"说话间,他们已经将郁小嫚送进了手术室。方芸芝帮助把郁小嫚在手术台上安顿好后,推了赵光棍一把,说:"你们大老爷儿们出去吧,这里交给我们好了。"说罢,顺手把手术室的门给关上了。

林大夫把赵光棍拉到诊断室,给他沏了一杯茶,安慰道:"放心吧!还得一阵子呢。"

"你估计小嫚生小子,还是生丫头片子?"赵光棍神秘兮兮地问林大夫。

　　林大夫见赵光棍既兴奋又激动的样子，反问他："你想要啥？"

　　"老子当然想生儿子啦！"

　　正说着，林婶过来了。她斜靠在门框边，对林大夫说："看样子，要到后半夜了。"

　　"这小子真会折腾人的，这下可得辛苦你们啦。"赵光棍笑着对林婶说道。

　　"重男轻女！你咋就敢肯定是儿子？ 我们偏让小嫚给你生个闺女。"林婶打趣地冲赵光棍甩下一句赌气的话，转身回手术室去了。

　　"嫂子，你别乌鸦嘴。如果生个丫头片子，我就不请你们坐上席。"赵光棍责怪林婶。

　　"得了吧，谁稀罕你那一顿饭。"林婶从手术室里探出头来回顶了一句。

　　"你嫂子是故意气你的。来来来，来喝茶。"林大夫拉过赵光棍重新坐回凳子上，闲得无事，调转话题问："长生，你是怎么认识小嫚的？"

　　"说来话长……"赵光棍"嘿嘿"一笑，讲述了他和小嫚相识相爱的经过。九个多月之前，赵光棍到夷市帮人家押送水果，晚上没事干，就到长江边纳凉，见一年轻女子要投江自杀，就跑过去一把抱住了她。原来这女子谈过好几个对象，当男的知道这女子解放前在青楼当过丫头，立马翻脸分手。久而久之，女子便有了轻生的念头。

　　"你说的女子就是小嫚？"

　　"正是！"赵光棍严肃地对林大夫告诫道，"哥，我可是只跟你一个人说了这事，你千万要给我保密哟。"

　　"放心！哥不是岔嘴巴。"

　　"当时，我抱着小嫚说：'老子不在乎你是不是妓女，只要你心甘情愿跟着老子过吃了上顿愁下顿的日子，我就娶了你。'就这样，我就把她搞到手了。"赵光棍颇为得意地说着。

　　"哎哟！哎哟！赵光棍，你个狗杂种！疼死我呀。"手术室里传出了小嫚的哭叫和谩骂声。赵光棍朝林大夫吐出舌头，扮了个怪相，说："这娘们吃不得苦，人家生娃就像放个屁一样轻松！"

小镇大夫

"兄弟,话可不能这么说。生孩子可不容易!儿奔生,娘奔死呢!"林大夫立马纠正赵光棍的错误说法。

"我的妈耶,哎哟!赵光棍,你个狗日的……"小嫚在手术室里哭骂了一阵,渐渐恢复平静。

"他妈的!咋这么难生呢?"赵光棍听到小嫚哭骂连天,变得焦躁不安,在诊断室里来回转圈圈。

"别急!你着急有啥用?"林大夫拍拍赵光棍的肩膀,离开了诊断室。少顷,听林大夫在敲手术室的门,赵光棍也急忙跑去,他见林大夫把一碗冒着热气的汤药递给了方芸芝。林大夫叮嘱:"让她趁热喝下去。"

"去去去!你来凑什么热闹?"林大夫边说边搡,把赵光棍推回到诊断室。两个男人东一句西一句无边无际地闲扯着。

四更的梆子敲响之后,郁小嫚的叫喊声再次响起。伴随着小嫚的叫喊,林婶和方芸芝也在叫喊:"吸气,用力,呼气,调整,再吸气,用力,呼气……"

"这次差不多啦。"林大夫告诉赵光棍之后,轻手轻脚向手术室走去,赵光棍神情紧张地尾随林大夫来到手术室门外。

"啊!好疼呀……赵光棍,你个王八蛋,妈呀……呜……"

"小嫚!我是狗日的,老子就是王八蛋!为了儿子,你一定要挺住!"赵光棍狠狠地抽了自己两个耳刮子。

"加油!快,快!再使一把劲!好!"

"哇——"随着"啪啪"两声,只听"哇"的一声,一个鲜活的新生儿用清脆的哭声向小镇宣告了自己的诞生。

"我的儿子!老子有儿子啦!"听到婴儿的哭泣,赵光棍抓着林大夫拼命摇晃。

林婶将手术室的门拉开一条缝,探出头来:"长生,恭喜你!生了个胖小子。"

"谢谢嫂子,谢谢你们!"赵光棍觉得自己从来没有像今天这样幸福和高兴。

"小嫚怎么样?"林大夫多问了一句。

林婶脸色一沉，说："有些虚脱，正在输氧，还得观察一阵子。"

赵光棍也紧张起来，不解地问林大夫："哥，不会有事吧？"

"小嫚身子虚，气血不足，加上生得时间太长，如果不产后出血，应无大恙。"林大夫想了想，对赵光棍说："这样，你去厨房把炉子捅开，我去准备点草药，以备急用。"说完，他拐进药房，抓了三十克煅龙骨和三十克煅牡蛎来到后厨，放进药罐，开始熬药。

"老林，你来一下！"听见方芸芝叫唤，林大夫三步并作两步来到了手术室前。听方芸芝小声说："产妇出血不止，这样下去会有危险，咋办？"

"跟我来！"林大夫将方芸芝带到诊断室，叮嘱说："你们先沉住气，我配一剂止崩固本汤。"边说边坐下来开处方，顺口问："小嫚除了出血不止，还有没有其他症状？"

方芸芝回答："她觉得头晕目眩，浑身无力，腹部冷痛。"

林大夫迅速开好了处方：人参十二克、黄芪三十克、白术十二克、熟地三十克、当归九克、黑姜三克、阿胶十二克（烊冲）、仙鹤草三十克、煅龙骨三十克（先煎）、煅牡蛎三十克（先煎）、茜草根九克、艾叶炭三克。

方芸芝接过处方一看，她不知道什么是烊冲，于是问林大夫："这烊冲是怎么个冲法？"

林大夫回答说："阿胶、饴糖、蜂蜜，包括鸡血藤这一类胶质或黏性大容易粘锅煮焦的药物，一旦黏附他药和药罐，就会影响药物有效成分的溶解，应当先加温让它溶化，再放进已去渣的其他药液中微煮，或趁热搅拌使之溶解。"

方芸芝在县医院担任护士期间，只是做些简单的护理工作，担任"赤脚医生"后，深感力不从心。来到锦屏卫生院后，她虚心好学，加上林大夫耐心教导，提高得很快。她从内心深处感谢这位德高望重的名医，见林大夫眼圈发黑，心痛地说："知道了，我去抓药熬药，你抓紧时间休息一会儿。"

"还是我来吧，你回手术室稳定产妇情绪。"林大夫从方芸芝手中要回处方，直接走进了药房。等他配好药，拿到厨房熬冲加工好，天已

小镇大夫

大亮。林大夫睡意全无,他安排赵光棍把药端到手术室交给方大夫,自己出去走走。

林大夫沿着青石铺成的街道一路向东,和早起扫街的清道夫、挑担赶集的菜农——打着招呼,信步来到了城楼脚下。

锦屏小镇早在三国时期曾是丰阳县府的所在地,随着岁月变迁,朝代更迭,包括清河改道,它逐渐衰败,最终零落成一个小镇。当年的四大城门门楼烧的被烧,淹的被淹,拆的被拆,唯独剩下这东门楼子保存完好。听父亲讲,这还仰仗自己爷爷的爷爷,是他们拼死抵抗清兵的破坏,使之保存下来,成了珍贵的历史文物。

林大夫拾级而上,登至顶楼长廊。他看见东方一轮朝阳缓缓升起,霞光满天,远方的丘陵在晨光中如波涛起伏,充满生机。他迎着旭日,舒展手臂,打出了一套娴熟的太极拳。

晨练完毕,回家吃过早饭,林大夫安排林婶和方芸芝进房间休息,让文静照顾产妇,自己一人在诊断室坐诊。

临近中午,小镇派出所刘所长带着三名荷枪实弹的干警来到卫生院。一进大门,高个子干警大喝一声:"不准动!"这突如其来的吼声和阵势,把卫生院所有人都给镇住了。刘所长迅速冲到林大夫身边,用手铐把林大夫铐了起来。

"干什么?刘所长,你们凭什么抓我?"林大夫并没有挣扎,只是大声抗议着。林婶连衣服都没来得及穿整齐,她愤怒地吼叫:"你们凭什么抓人?凭什么?哇……"她边哭边往林大夫身边冲,但很快被一名干警扭住了胳膊。春雷跑过来抱住母亲"哇哇"大哭。

"刘所长,你们凭什么抓人?"方芸芝镇定地来到刘所长身边。

"凭什么?这不用告诉你!方芸芝,你跟我老实听好了,你和林家的人也得跟着我们去派出所。除了看病的人,其他人一律不准随便离开卫生院,随时听候我们的审查。"刘所长用严厉的口气训斥着大家,然后狠狠地推了林大夫一把,吼道:"走!"

林大夫到了派出所,才从刘所长的审讯中意识到小镇昨晚发生了一起谋杀案。于是,他更加坦然,详细介绍了自己一夜的行踪和证人。经过一天一夜紧张的审讯,派出所全体办案人员一致认为林大夫没有作案时间和动机,翌日下午就把他放回了家。

林婶和春雷见林大夫回来,抱着他哭了好长时间。

方芸芝也抹着眼泪,劝道:"没事就好,赶紧给林大夫弄点吃的,让他好好休息休息。"不提"吃"字还罢,一提"吃"字,林大夫顿时觉得饥肠辘辘,困意万分。他已经连续几餐粒米未沾,两天两夜不曾合眼。

郁小嫚是从死亡线上被救回来的,她听说救命恩人回来了,顾不得禁风之忌讳,也拖着虚弱的身子来到客厅:"大哥,让你受委屈了……"还没说完便"呜呜"哭了起来。

"小嫚,你刚生过孩子,别哭!俗话说'心中无冷病,不怕吃西瓜'。这不,没事了!"林大夫说完,摊开手,摆了个无所谓的姿势。

刘福也是心细之人,在林大夫一家团圆之际,已悄悄退到后厨,下好一碗汤面,递到了林大夫的手里:"林大夫,快吃吧,吃完了好好睡一觉。"

12

林大夫整整睡了一天一夜才醒来。

从卫生院的人和病人的口中,他终于弄清了郁小嫚临产那晚发生的恐怖事件。当晚,食品公司的库管员被人杀害了,其尸体被大卸六块,分别扔在镇西派出所周围的五个厕所里。因为卸尸的手法娴熟,他和王屠夫成了重要嫌疑对象。

震惊小镇乃至全县,甚至省上的碎尸案,发案还不到十天时间就告破了,凶手是王屠夫。听说王屠夫去食品公司偷猪肉时被仓库管理员发现了。在那个缺衣少食的年代,偷肉是不可饶恕的罪行,于是王屠夫便杀人灭口。至于为什么要把尸体肢解并丢在镇西派出所周围的厕所里,是因为在案发前一个月,他和刘所长因买猪肉发生过争吵,并扬言瞧不起刘所长,迟早要放刘所长的血。林大夫和王屠夫没有打过交道,但此人的口碑很好,他对王屠夫因偷猪肉而杀人灭口百思不得其解,只能认定王屠夫一时糊涂,断送了性命。

程丰周末来卫生院才知道师父被误抓的消息,他对林大夫说:"要是当天我在的话,说什么也不会让刘所长把你抓走。"

小镇大夫

林大夫"嘿嘿"一笑,说:"幸好你小子不在场,你若在的话,非给我闯个大祸不可。你想想,如果你一闹,少说也得吃人家的枪托,对不?"

程丰搔了搔脑袋,不好意思地辩驳:"可是,他们也太欺负人了。"

"算啦,算啦!以后别再提这档子事了。"林大夫挥了挥手,让大伙儿各忙各事。

碎尸案把整个锦屏小镇闹腾得沸沸扬扬,人们却不知下半年发生的一系列的事情会让小镇再一次掀起狂澜。

"六一"儿童节晚上,林大夫从收音机中,听到了消息,说是要破除几千年来一切剥削阶级所造成的毒害人民的旧思想、旧文化、旧风俗、旧习惯,简称为"破四旧"。他压根儿想不到这破四旧会破到这个边远小镇。

一个月以后,程丰放暑假来到小镇,他一进门就大声喊:"师父,师父,告诉你一个特大消息,我们学校的学生把关陵庙给砸了,过几天他们还要到镇上来破四旧。"

一听特大消息,所有的人都围了过来。林婶她们并不知道"破四旧"的消息,林婶不解地问:"干吗要砸关陵庙? 那可是文物呀!"

"关陵庙里,有不少封建迷信的东西,比如说那些雕龙画凤,装神弄鬼的东西统统都得砸掉!"程丰一边说一边挥舞拳头,表现得非常亢奋。他突然想起什么似的,拨开刘福和文静,走到条案边抄起香炉,举在手中说:"对啦! 烧香也是封建迷信,这个东西也必须砸掉。"还没等大伙儿反应过来,他已冲向大门外,把香炉重重地摔在地上。

林婶听到香炉和地面的撞击声才反应过来,她冲出去拾起已经被砸扁的铜质香炉心疼不已,气愤地冲到程丰面前重重地给了他一巴掌,说:"反了你! 还没出师就敢砸师父家的东西,等你翅膀硬了那还得了?"

程丰被这一巴掌给打愣了。林大夫赶紧走过来把程丰揽在怀里,对妻子说:"孩子小,不懂事儿。再说,你没听收音机,全国好多地方都已开始破四旧,倾巢之下,岂有完卵? 随他去吧。"

"师父!"程丰依在林大夫怀里,抬起头满脸委屈地对师父说:"城里闹得很厉害,我们自己家封资修的东西也都被砸掉了,就连我最心疼的周岁照片因为上面有龙柱子,也被妹妹一把火给烧啦。"

"大伙儿忙去吧!"林大夫朝众人挥了挥手,转身把程丰带到诊断室。林大夫趁没有候诊病人的空当,给程丰讲述了历史文物和封建迷信的关系,让程丰受到深刻的启迪。

这天傍晚,吃完饭,林大夫二话没说就出去了,一直到转钟才回家。第二天一早,黄老爷子带着一帮子人登上东门城楼,将二层的"八仙过海"和与之对应的"紫气东来"两幅大型镂空木雕用草绳缠裹后糊上了泥浆,南北两侧镂空木雕一幅是"桃园三结义",另一幅是"穆桂英挂帅",它们压根儿和封建迷信沾不上边,因而没被搭理。三层的拱顶上先人留下了一幅栩栩如生的"龙凤呈祥"油漆画,黄老爷子指挥小镇上的两个木匠架着云梯,用篾席做了个假顶,把油漆画封在了里面。

一个来卫生院看病的乡亲把这个令小镇人震惊的消息带进了林家。除了刘福和林大夫,其他人扔下手中的活计,全都拥向了东门楼子。小镇上的人们奔走相告,争先恐后地聚集到城门楼子的四周,指着城楼的变化七嘴八舌,议论纷纷。

"借光,借光!"林大夫手持一个大红纸卷,和一个端着脸盆,一个扛着木梯的两名后生拨开人群,来到了城门口。他们架好木梯,刷上糨糊,给门洞两侧贴上了一副大红对联。上联是:破除旧习俗;下联是:提倡新风尚;横联是:破旧立新。不用问,一看对联上那苍劲有力的魏碑体,程丰就知道出自于师父之手。对联贴好后,林大夫朝城楼上的黄老爷子挥了挥手。

黄老爷子拉开嗓门吼道:"乡亲们,我们这样做,虽然愧对先人,但也是没法子的事。大家回去后,自觉将家里求神拜佛的玩意儿统统收拾收拾,省得县上的学生娃子让你们下不了台面。"

程丰知道这一切都是师父精心策划的。

又过了一个月,程丰的同窗好友专程从县城赶来,让他回县城参加红卫兵,并和大家一起到北京去见伟大领袖毛主席。一听能见毛主席,程丰顿时热泪盈眶,搂抱着他的同窗好友原地转了三圈。

"小丰,你们带上我吧,我也想去见毛主席。"春雷跑上前来抓住程丰的胳膊,一个劲地操着。

小镇大夫

程丰正在为难之际，他的同窗好友说："你不是红卫兵，去不成！"

"你们咋去呀？"林大夫不解地问。

"走呀！学当年红军长征呗。"程丰的同窗好友颇为自豪地说道。接着，他拽了程丰一把，催促道："快走吧！"

"等等！"林婶转身跑到屋里，取出一双新解放鞋交给程丰，并将一沓钱和粮票塞进了他的口袋。

"谢谢师娘！"程丰给林婶深深地鞠了一躬，头也不回地匆匆走向县城。

林大夫、林婶、方芸芝、刘福、文静和春雷一起拥向街口，冲着程丰的背影使劲儿挥手，几乎异口同声地喊道："代我们向毛主席问好！"

13

程丰走后不久，赵光棍率先发起成立了锦屏镇"井冈山"造反派组织，纠集一帮泥腿子，冲进镇政府，把刘镇长抓起来批斗，游街，一时在全县名声大震。纯朴的乡亲们念及刘镇长在位时给大家做了许多好事，不忍心看见他被造反派打得皮开肉绽，纷纷来卫生院求林大夫出面去保刘镇长。

林大夫满以为自己一出面，赵光棍就会高抬贵手，他信心满满地来到了赵家。

赵光棍住在小镇的东南巷，这里原本是一个商人的房子，在解放战争期间，这一家人都死于战乱，房子无人继承，镇政府就分给了赵光棍和一个五保户。林大夫远远听见赵光棍正扯着鸭公嗓子唱道："马克思主义的道理，千头万绪归根结底，就是一句话，造反在理，造反……"

"开门，长生开门。"林大夫的"砰砰"敲门声打断了赵光棍的歌声。

"哥，找我有事，快屋里坐！"赵光棍开门见是林大夫，满面春风地把他拉进门，回头冲着里屋大喊："小嫚，你还在磨蹭个啥，快给哥上茶！"

郁小嫚一手抱着孩子，一手端着茶杯来到林大夫面前，递上茶杯：

"哥,你喝茶。"

林大夫接着茶杯,顺手放到身边的方桌上,抬手摸了摸赵光棍儿子的小脸蛋,夸奖说:"这小子长得和他爹一模一样。"

"那还用说!老子英雄儿好汉。"赵光棍得意地打了个响指。

"长生,乡亲们托我来找你说说,放刘镇长一马,他芝麻大一丁点官,算不上走资派。"

"什么?"赵光棍立马拉下脸面,恶狠狠地盯着林大夫,说,"你还想公开当保皇派是不是?你也不撒泡尿照一照,要不是念及你一家人的好,老子早就把你当成反动的技术权威给押上了革命的舞台。"

"你!……"林大夫气得一时不知道说什么为好。

赵光棍昂首挺胸逼到林大夫跟前,用轻蔑的眼光盯着林大夫说:"你什么你?实话告诉你,毛主席教导我们:'革命不是请客吃饭,不是绣花做文章,革命是暴力,是一个阶级推翻一个阶级的暴烈行动!'知道不?"

小嫚觉得赵光棍做得太过分了,拉了丈夫一把,说:"长生,咋能这样跟哥说话?"

赵光棍挥手拍掉媳妇的手:"少废话,给老子滚远点!说不准哪天老子也要和你划清界限。"

"哥,你赶紧走吧!"小嫚胆怯地把林大夫推出门外,并用脚把门掩上。她埋怨丈夫:"哥一家对咱们诚心诚意的,你就不能好话好说吗?"

赵光棍爱理不理地说:"你一个女流之辈懂个屁!当年,老子没能参加解放战争,没当成英雄,肠子都悔青了。现在'文革'给了我机会,老子就得挺身而出,干一番轰轰烈烈的大事。我和林家从来就不属于一个阶级,这不是讲个人感情的时候,这是势不两立的阶级斗争!你懂吗?呸!"说罢,他将一口痰狠狠地吐在地上。

小嫚本来还想争辩几句,几个佩戴"红卫兵"袖章的学生闯进屋来,她把话又咽了回去。

有一个戴眼镜的红卫兵在赵光棍耳边悄悄说了句什么,赵光棍立刻把他们带进卧室,并将门反锁起来,进行密谋。

翌日清晨,小镇大街上昨晚进过赵家的三个红卫兵正举着铁皮喇

叭筒沿街叫喊："革命群众注意啦！请抓紧时间到东门楼子下集合，'井冈山'造反派总部有重要行动。"

郁小嫚听到喊声，急忙抱着孩子寻找丈夫："长生，长生！"她满屋子没有找到赵光棍的身影，赶紧掩上门向城门跑去。等她赶到时，门楼周围已经挤满了男女老少。城楼上下，包括门洞内外都贴满了各式各样的大字报，"打倒走资派刘大贵！"的大幅标语正悬挂在二层围栏上。二层走廊中间，五花大绑的刘镇长戴着白色的高帽子，被两个红卫兵架着。只见赵光棍拎着铁皮喇叭话筒耀武扬威地走到刘镇长的身边，他清了清嗓子，把话筒移到嘴前，对着城楼下的人群大声宣布："红卫兵小将们，父老乡亲们：毛主席教导我们'要斗私批修'，今天，我们要把走资派刘大贵押往县城，参加全县的批斗大会，这是锦屏镇文化大革命取得的重大胜利成果！"他振臂高呼："毛主席万岁！"城楼下立即异口同声地高喊："毛主席万岁！毛主席万万岁！"接下来，赵光棍又振臂高呼："打倒走资派刘大贵！"人们像疯了一样，也跟着歇斯底里地叫喊："打倒走资派刘大贵！"

"同志们！"赵光棍话锋一转，"在革命的关键时刻，有人狗急跳墙，公然站出来要保走资派，他就是反动医疗权威林济民。"人群中有一个红卫兵高喊了一声："打倒林济民！"赵光棍见无人响应，立即举起大喇叭高呼："打倒反动医疗权威林济民！"这一喊人们又跟着狂呼乱叫。郁小嫚觉得大事不妙，悄悄从人群中往后退。

"经井冈山总部研究决定，今天我们要押着林济民一起进县城批斗。"小嫚听丈夫宣布要抓林大夫，风一般跑到林家。她上气不接下气地对林大夫说："哥，你赶紧躲……躲一躲，红卫兵马……马上就要抓，抓你来了！"

林婶、刘福和春雷都束手无策地捶胸顿足。

林大夫显得比较冷静，他淡淡地说："小嫚，你放心，哥没做过亏心事，料他们也不能把我怎么样。"

林婶哀求丈夫："好汉不吃眼前亏！你还是先进山躲躲吧！"

还没等林大夫做出决定，红卫兵已经冲进林家抓人。郁小嫚见大事不妙，赶紧把孩子往刘福手中一塞，伸开两臂，挡在了林大夫的面前。

几个红卫兵认识郁小嫚，一时不知如何是好。

赵光棍走上前来，抡起手腕给了郁小嫚一巴掌，吼道："滚开！你这个臭婆娘。"

郁小嫚顾不上擦去嘴角上的血，愤怒地指着丈夫说："光棍！你这个忘恩负义的小人，老娘今天跟你拼了！"她边说边扑向赵光棍。

赵光棍猛地一掌，将郁小嫚推倒在地上。

"小嫚，小嫚！"林婶赶紧扑上前去抱住郁小嫚。

"带走！"赵光棍恼羞成怒，押走了林大夫。

"济民——"林婶凄声哭喊着丈夫的名字。

"爸爸！哇！爸爸——"春雷搂着人群不停哭喊。

程丰和大部分丰阳县一中的红卫兵千里迢迢，跋山涉水，几经周折到达北京时，已经错过了毛主席最后一次接见红卫兵的机会。好在进京后到处都有"红卫兵接待站"，吃住不要钱，他和同学们趁机在北京周游闲逛。原本打算把北京转个遍，谁知好景不长，党中央一声令下，要他们回去复课闹革命。回程时，程丰受湖北的红卫兵江远的邀请，到武汉市又滞留了一些日子，直到接近年关才回到丰阳县。

踏上故土，昔日整洁宁静的县城已面目全非，街上醒目的位置全被各式各样的大字报栏占领，红色标语铺天盖地贴满了大街小巷，高层建筑物上造反派各派系的红旗迎风招展，高音喇叭交替播放着革命歌曲和红卫兵的战斗檄文，佩戴不同造反派标志红袖章的人们东聚一群，西挤一团，在十字街口开展着激烈的辩论……程丰对此早已司空见惯，已没有太多的兴致，他一门心思要赶回家和亲人团聚。他从长途客运站出来，几乎是一路小跑，冲进了久违的家门："爸，妈，我回来啦！"

"丰儿，你总算回来了。你一走，杳无音信，把全家人都急死了，生怕你发生意外。"程母紧紧抓住程丰的双臂，禁不住眼泪直淌。

程丰简直不敢相信自己的眼睛，仅几个月不见，母亲的头发已经

小镇大夫

花白,眼角也爬满了皱纹。他问母亲:"程苹和我爸呢?"

"你爸被打成了右派,也不知道关在哪里,程苹整天野在外面,不到天黑不回家。唉!这日子真没法过了。"程母说罢已泣不成声。

"爸爸怎么会是右派?"程丰很意外。

"当年'大跃进'时,你爸写过一篇不同看法的文章,这次被他的手下揭发出来了,加上他不愿意诬陷汪书记,因此,被打成了右派。"听母亲一说,程丰顿时蒙了,他真弄不明白,汪书记和父亲都是兢兢业业为党工作,勤勤恳恳为老百姓办事的共产党员,咋一下子就成了坏人?更令他想不到的是,等他回到学校时,他已被红卫兵组织开除了。

他整天四处打探父亲被关押的地方,连师父也顾不上去看望。等他打听到父亲的下落,已经是大年三十。父亲不能回家团圆,他觉得过年淡而无味,连鞭炮也懒得放。母亲辛辛苦苦做了一桌饭菜,他只草草扒了几口,便搁下饭碗,带上点心,骑着父亲那辆破"凤凰"自行车去给师父辞年。

见到师父一家,他讲述了自己到北京的经过和沿途的见闻,他对"打、砸、抢"和好人挨整感到太不可思议,想让师父帮忙理出头绪。没承想,博学多才的师父也百思不得其解,只是告诉他:"这场运动,自有其道理,只怪我们的觉悟太低,理解不了。"

年后,新的学期开始了。说的是复课闹革命,实际上很少正经八百地上课,不是批斗老师,就是上街游行和写大字报,参加大辩论。无论哪一派,都说自己在捍卫毛泽东。这个说"要文斗,不要武斗",那个说"革命是暴力,造反有理"……说着说着就打起来了。

日子在打打闹闹中悄然流逝,转眼就到了六月下旬。这天,程丰懒得上街凑热闹,躺在床上翻阅《欧阳海之歌》。程苹突然跑回家,一把夺过程丰手中的书,神经兮兮地说:"哥,今天下午要发生重大事件,你还有闲心看书?"

一听要发生大事,程丰一激灵坐起来,问:"什么事?"

"前几天,武汉市'百万雄师'占领了武汉三镇大部分地区。最近几天,我们县工总和武装部联络,定于今天下午清缴'反到底'司令部。"听妹妹一说,程丰知道大事不好。"反到底"司令部是铁杆造反派组织,赵光棍就是副司令。此时此刻,程丰并不知道他们已反目成仇。他觉得,应该去通知赵光棍,以免他吃亏。

"这么重要的消息,你是怎么知道的?"程丰对妹妹的消息多少有些怀疑。

"我同学她爸是工总的头头。"妹妹得意地说。

"走!我得去给光棍叔通风报信。"程丰果断地挥了挥手,和程苹一起跑向县人民旅社。

县人民旅社是丰阳县一座比较高的建筑物,一共五层,位于丰阳县最中心的十字路口西北角。程苹的消息还是慢了半拍,远远看去,县工总和武装部的人已经将人民旅社包围起来,旁人根本无法靠近,程丰和妹妹只能在对街围观。

县工总的宣传员举着铁皮大喇叭高喊:"赶快投降吧,抵抗是没有好下场的!"

"反到底"司令部的高音喇叭里,传出一个女性悲壮的歌声:"抬头望见北斗星,心中想念毛泽东,想念毛泽东,黑夜里想他有方向……"

"冲啊!"县工总的头头已经失去了耐心,他突然从宣传员手中夺过喇叭,下达了进攻的命令。只见身着黄军装的民兵端着枪去砸旅社的大门。楼上的造反派拼命地抵抗着,开水瓶、玻璃杯、桌椅板凳腿雨点般地从各个窗口飞出来,砸向攻楼的人群。楼道里已经响起了枪声和歇斯底里的哭喊声。

"杀——"

"冲哇!"突然,一大批举着镰刀斧头和锄头的农民造反派从四面八方拥来,一场血腥的群殴在十字街头迅速展开。程丰怕妹妹遭误伤,让她赶紧回家,自己则牢牢地盯着旅社大楼。"毛主席万岁!"他听见了赵光棍那熟悉的男高音,只见赵光棍从楼顶上拔下"反到底"司令部的大旗,高喊一声,从楼上一跃而下。程丰顾不上危险,穿过搏斗的人群,向赵光棍落地处冲去。等他挤过去时,几个身强力壮的人已经将赵光棍背在肩上,向伏虎山突围。他也紧随其后,跑上了伏虎山。

县工总的头头没有想到"反到底"会采用毛主席"农村包围城市"的战术,等他们反应过来,一部分顽固分子已经逃进了伏虎山的深山老岭。

小镇大夫

赵光棍被农民背进了伏虎山最高处的一座破庙里。这座寺庙建在悬崖边上，是道教圣地，解放前香火较旺。解放后，虽然少了香火，但有几名老道士负责看护，倒还完整。"文革"开始后，这座寺庙被红卫兵小将们砸得乱七八糟，道士们也被赶走还俗。

"赵叔，你醒醒！"程丰来到赵光棍的面前，掐着他的脉搏大声呼唤着。

赵光棍躺在道观的破床上无力地睁开了眼睛。

"赵叔，你挺住，我这就去给你弄药。"好在赵光棍从楼上跳下来时，碰上了个垫背的，并无生命危险。程丰站起身来对几个农民汉子说："你们不要搬动他，也不要让他喝水，先想法捂住伤口，不让出血就成。我这就下山去取药，很快回来。"程丰经常跟随林大夫上山采药，对这一带非常熟悉。他为了节约时间，利用悬崖边的葛藤，直接溜下了悬崖峭壁，然后抄小路赶到了小镇卫生院。

林大夫听到赵光棍摔成重伤的消息，并没有幸灾乐祸，而是赶紧收拾药箱，准备起程。

"济民，你不能去！他忘恩负义，出卖亲情，借刀杀人，想置你于死地，凭什么去救他？"林婶死死拽住药箱。

程丰愣住了，他并不知道师父和赵叔反目成仇的变故。

"春雷他妈，你松手，我们当医生的哪能见死不救？"

"程丰！如果你还认我这个师娘，你就帮我拦住师父。"林婶对程丰大吼。

"行！不去也对。"林大夫故意做出妥协的样子。

"就是，对狼心狗肺的东西就得狠狠心。"林婶见丈夫妥协，这才松了手。

"春雷！"林大夫故作惊恐地朝林婶背后方向喊了一声，乘林婶转身的一刹那，他拉住程丰说："快跑！"等林婶回过神来，师徒俩已夺门而出，跑出很远。

林大夫跟着程丰跑跑走走，等来到破庙时上气不接下气，半会儿说不出话来。他也顾不上说话，忙着给赵光棍清洗伤口，包扎，打针。

"哥——！"赵光棍见林大夫不计前嫌，给自己治伤，感动得热泪盈眶。

"别说话,你现在需要好好休息。"林大夫安慰着他。

赵光棍羞愧地闭上眼睛,泪水从眼角缓缓流淌。

15

一九六八年秋,程丰高中毕业后,本想到锦屏卫生院工作,学校却动员他和同学们以"侯隽、邢燕子"为榜样,到农村去,到边疆去,到祖国最需要的地方去,滚一身泥巴,炼一颗红心,上山下乡干革命。迫于无奈,他只好随同学们一起上山下乡。程丰被下放到全县最贫困的边远山区,那里缺医少药,他的一技之长很快派上了用场,被大队安排到卫生所当"赤脚医生"。四年以后,他被推荐上湖北中医学院,成了丰阳县的第一批工农兵学员。大学毕业后,因品学兼优,他被分配到省城大医院工作,终于实现了个人的愿望。

春去秋来,日子过得飞快,转眼到了一九七六年十月。

二十二号这一天,程丰上班的路上,在一个街边的宣传橱窗前看见很多人都在围观什么。他挤进去一看,只见橱窗里一张刚刚贴出的《人民日报》以套红标题报道了"首都一百五十万军民举行声势浩大的庆祝游行热烈庆祝粉碎'四人帮'反党集团篡党夺权的伟大胜利"的消息,他一踏进办公室就拨响了锦屏卫生院的电话:"是刘叔吗?我是程丰,请喊我师父接电话。"

"师父,师父!告诉你们一个特大消息……"还没等程丰说出口,林大夫兴奋地对着话筒大声说:"'四人帮'垮台了,'文革'结束了,是不是?"

"你是怎么知道的?"程丰知道,小镇的消息通常比省城要晚几天。

林大夫得意地说:"昨天晚上,中央人民广播电台播发了北京人民游行的盛况,游行群众热烈欢呼粉碎王洪文、张春桥、江青、姚文元反党集团的伟大胜利,愤怒声讨'四人帮'阴谋篡党夺权的滔天罪行。"

"小丰,你今年回丰阳过年吗?师娘、方院长、刘叔、文静和春雷都非常想你。"自从程丰上了大学,林大夫再不张口"小子"闭口"小子"地称呼徒弟,而是按老爷子的习惯改称"小丰"。林大夫几年没见徒

弟,非常想念,在电话里说着说着情不自禁地哽咽起来。

"一定抽空回去看望大家,请师父保重!"程丰在电话的另一端表示。

"好,好!保重!"林大夫知道程丰工作非常繁忙。别说省城大医院,自己这个小小的镇医院就让人忙得不可开交。

"四人帮"垮台的消息很快传遍了小镇的每个角落,人们兴高采烈,唯独赵光棍高兴不起来,并且由失落发展到惶恐。"文革"结束之后,全国上下开始揭发批判林彪、"四人帮"的罪行,清查"文革"中与林彪、"四人帮"有牵连的人和事,清查各派群众组织中的"三种人",掀起了一场声势浩大的"揭批查"群众运动。轮到小镇清理"三种人"已经延迟了半年之久。当赵光棍听说自己有可能成为锦屏镇"三种人"的消息后,便惶惶不可终日。他感到非常冤枉,自己和林彪、"四人帮"八竿子打不着,也算不上是帮派思想严重的人,如果不是为了保卫毛主席和捍卫毛泽东思想,自己压根儿不会起来组织造反派造反。他觉得,自己虽然揪斗过一些老干部,包括揪斗林济民,但他并没有参加过真正意义上的"打砸抢"。他知道自己负有血债,但那是自己被逼得走投无路从楼上跳下来误伤了一个垫背的呀!他坐在写字桌前,思前想后,觉得自己这一生太不值得,后悔当年没有跟着老林大夫学医,后悔和最关心自己的林大夫反目成仇,后悔与自己最喜欢的女人无情分手。他最终还是选择离开这个世界,于是写下了一纸绝命书。

这是一个风清月明的夜晚,赵光棍却觉得天昏地暗。他悄悄来到林家,把自己的绝命书塞进了门缝,跪在门前重重地叩了三个响头。他艰难地站起身来,义无反顾地登上伏虎山顶,钻进破庙,跪在自己卧过大半年的破床前,给自己叩了三个响头。然后,他拖着沉重的步子来到了悬崖边,他面朝悬崖坐在石条上一支接一支地抽着最后一包香烟。远眺锦屏小镇,赵光棍心中有说不出的酸楚。他非常清楚,离自己一步之遥的悬崖下有一个深不见底的水潭,也许那一潭清水可以洗清他的罪过。

少顷,一声巨响在山谷回荡,在这个夜深人静的夜晚,没有人听见这撕心裂肺的声响。

第二天早上,林大夫看到了赵光棍留下的遗书:

哥哥、嫂子：

　　我对不起你们，你们的善良使我无地自容，你们的大恩大德我也无力报答。我决定离开这个我非常舍不得离开的世界。不用找我，你们也找不到我。

　　请帮忙照顾好我的儿子和小嫚，我对不起他们。小嫚，是我唯一爱过的女人。希望她能原亮（谅）我。

　　但原（愿）来世，还能做你的兄弟。

赵长生叩上

一九七八年七月二十五日

　　郁小嫚接到赵光棍的遗书后，她咬紧牙关，任泪水漫过脸颊，滴落在信笺上，把那些歪歪扭扭的字迹化成了淡淡的墨团。

　　赵光棍在卫生院的那一掌，使夫妻俩彻底分道扬镳。赵光棍被林大夫救治好后，曾多次找郁小嫚要求重归于好，均被郁小嫚严词拒绝。在郁小嫚的心目中，林大夫才是真正的男人，赵光棍算什么，充其量就是个俗人。可是，自己又算什么呢？解放前，父母双亡，举目无亲，被人贩子卖到青楼当丫头，整天给人端茶递水，动辄挨打受骂。还没等她长大成人，夷市就解放了。有了青楼的经历，人们把她也误认为妓女，真可谓"黄泥掉进裤裆里，不是屎也是屎"。她羡慕林婶，恨自己命苦！今天，她看了赵光棍的遗书，才意识到自己也是幸福的女人。她和林婶在一起探讨爱情的时候，林婶说："在这个世界上，只要有一个异性唯一爱着你，你就是幸福的。"她一直把林婶的这句话奉为至理名言。她毅然决定把儿子托付给林婶，自己去寻找赵光棍。

　　"你一个女人，满世界乱跑，怎么可以？"林婶想阻拦，一看郁小嫚是吃下秤砣铁了心，便说："让春雷给你做个伴吧！"

16

　　郁小嫚和林春雷从小镇找到丰阳县城，然后从县城辗转到夷市。夷市，是小嫚的伤心之地，也是她和赵光棍的相识之地。来到这座紧靠长江的古城，春雷被鳞次栉比的高楼、川流不息的人群、五光十色的

小镇大夫

店铺给强烈地震撼了。他第一次出远门,不仅仅是目不暇接,甚至感到有一些眩晕,便怯怯地问:"姨,这么大的地方,咋找呀?"

"别怕!跟着我就成。"郁小嫚见春雷畏畏缩缩的样子,便给他鼓了鼓劲儿。郁小嫚很疼爱春雷,这孩子虽然长得丑,反应迟钝,但心地善良。郁小嫚和赵光棍离婚后,她带着儿子赵宇一直住在林家,春雷将好吃的、好玩的全都让给了赵宇。她常常为林大夫鸣不平,觉得像林济民这样的好男人应当婚姻美满、儿孙满堂。她认为林大夫太迂腐,作为一个医生明明知道近亲结婚会带来什么样的不良后果,却偏偏听从母亲的安排娶了自己的表妹。她不相信男人的海誓山盟,在青楼里,她早已看清了男人们的嘴脸,那些道貌岸然的君子们恰恰是寻花问柳的常客。她喜欢林大夫,并多次明里暗里示好,这个男人却无动于衷。后来,她死心了,估计林大夫压根儿瞧不起曾在青楼待过的女人。可是,她不理解的是,方芸芝也爱林大夫,金花姐不知出于什么用意不仅不阻拦,甚至纵容方芸芝去勾引自己的丈夫,但林大夫仍然无动于衷。于是,她相信这个世界上还有真正的爱情。唯独令她没想到的是,像赵光棍这样的人也会专注地爱一个人。说实在的,郁小嫚从骨子里是瞧不起赵光棍的,不是嫌他穷,而是嫌他的粗暴和没有品位,如果不是走投无路,决不至于嫁给他。看了赵光棍留下的遗书,回想和赵光棍相处的那一段时光,郁小嫚觉得自己反倒有点对不住赵长生。她甚至开始怨恨"文革",如果不是那场令人疯狂的运动,赵光棍不至于失去理智,也就不至于产生后来的恩恩怨怨和现在的后果。在非常遗憾的同时,郁小嫚觉得自己还是很满足的,正如金花姐所说的那样,"一个女人被一个男人忠贞不渝爱着是一件非常幸运的事",如果不是遇见赵长生,自己早就见了阎王,更不用说尝到爱情的滋味。因此,她下决心要找到赵长生,活要见人,死要见尸!

郁小嫚带着春雷从车站到客栈,从客栈到码头,从码头到船坞,从船坞到货场,从货场到商铺,沿着赵光棍曾经的轨迹找遍了所有的地方,也没有半点蛛丝马迹。直到所带的钱物全部耗尽,才不得不返回丰阳。

回到丰阳,刚出长途公共汽车站,郁小嫚意外地遇见了多次进过赵家的那个戴眼镜的"红卫兵",她急急忙忙跑上前拦住他打听赵光棍的下落。据这个戴眼镜的"红卫兵"回忆,上个月,赵光棍经常出入伏虎山顶的寺庙。

寺庙!一听说寺庙,郁小嫚似乎觉得自己被电了一下。去夷市之前,虽说也上去找过,但由于天色较晚,当时并没有仔细寻找。她对春雷说:"我们再上伏虎山破庙里看看,如果没有,就只当你赵叔死啦。好不?"

春雷离开家十来天了,虽然和母亲通过几次电话,但还是非常想家,却又不忍心让小嫚阿姨一个人上山,只好点了点头。

伏虎山靠县城的方向比较平缓,加上有一条登山的道路,他们没费太多的周折就到达了主峰前,然后拾级而上,气喘吁吁地上了山顶。郁小嫚和春雷顾不上喘口气,急急忙忙在破庙里里外外找了个遍,也没见到赵光棍的身影。郁小嫚在庙里的破床前看见了不少长短不一的烟头,那是她熟悉的烟头,为了不让赵光棍抽烟,她没少挨赵光棍的骂。她拾起一根抽过一半的烟头,对春雷说:"你赵叔平时抽的就是'大公鸡',他一定就藏在这一带。"

春雷从郁小嫚手里接过烟头一看,他突然想起自己刚才经过破庙北侧的时候也见到过这种烟头。北侧是悬崖,赵叔会不会躲在悬崖下面?他以为大人和小孩子一样,躲猫猫要选别人想不到的地方。

"悬崖下面有房子吗?"郁小嫚经春雷一提醒,顺口问了一句。

"除了一个很大的深潭和树林,没有房子。"春雷非常熟悉这一带,他和程丰来采药时,曾多次攀岩上下过这里。他又补充了一句,"我们经常在下面采药。"

"深水潭?"一个不好的兆头涌上来,郁小嫚忽然听见了自己的心跳。她没有和春雷打招呼,直接向悬崖边走过去,春雷莫名其妙地跟在她身后。

悬崖边被一溜石条防护着,郁小嫚在石条边发现了赵光棍的打火机和七八个烟头,一个可怕的念头闪过她的脑海,让她倍感恐惧。她急切地问春雷:"怎样下去?"

"只有一条采药的小路,非常难走。"

小镇大夫

"从下面能回镇子吗?"郁小嫚又问。

"有小路回去,比上山的大路近得多。"

郁小嫚抬头一看,山脚下就是小镇,再抬头望了望,看天色还早,便对春雷说:"你带我下去看看。"

春雷认为下去比上来容易,便带着郁小嫚绕到悬崖的旁边,抄小路下山。说是小路,在郁小嫚看来根本没路,多数地方是人趴在岩石上慢慢往下移动,如果不是春雷帮助,她压根儿寸步难行。等到下了崖底,郁小嫚浑身上下都是泥土,狼狈不堪。

郁小嫚和春雷跌跌撞撞跑到水潭边,在水潭低凹的豁口处发现了一具被树桩绊住的尸体。一看见那身熟悉的衣服,郁小嫚眼前一黑,顿时昏倒在地。

"小嫚阿姨,小嫚阿姨,你醒醒,你醒醒呀!"春雷被这突如其来的变故弄得手足无措。眼下正值雨季,老天说变就变。突然,一声雷鸣,春雷抬头见天色变暗,知道要下雨了,赶紧背上郁小嫚向山上走,刚走出不远,他发现下山的路全给山洪冲毁了,迫不得已,他只好背着郁小嫚沿采药小径重返山顶。刚攀登了一半,雨就"哗啦啦"下了起来。

"放下我!"郁小嫚被大雨浇醒,她一挣扎,险些滑下山谷。春雷一手抓着葛藤,一手紧紧抓住小嫚的衣服。悬空的小嫚看了看黑压压的下方,吓得赶紧抱住春雷的双腿。

"稳住,快踏上岩石!"春雷一边提醒,一边转动身子让小嫚踩上了岩石。

春雷一看郁小嫚脱险,长长地吁了一口气,说:"下山的路全被冲垮了,天马上就黑了,我们只能先回庙里。"说罢,他拉着郁小嫚艰难地爬上了山顶。

进了破庙,郁小嫚和春雷都成了"落汤鸡",两个人浑身上下没有一处是干的,全都湿透了。望着郁小嫚蜷缩在墙角瑟瑟发抖,春雷在庙里找了一圈竟找不到一块可以裹体的东西。他回到郁小嫚身边,无奈地说:"要有火柴就好了。"

火柴?郁小嫚突然想起丈夫遗下的打火机,她起身冲出庙门,跑到悬崖边捡回了打火机。春雷见郁小嫚冲出破庙,等他反应过来追出庙门,郁小嫚正举着打火机向他跑来。春雷接过打火机,兴奋地说:"这下好啦!"转身去找柴火并将它们点燃。

火堆慢慢燃烧起来,春雷张罗郁小嫚说:"小嫚阿姨,赶快把湿衣服脱下来烤烤,不然会生病的。"然后自己三把两把脱下身上的湿衣裤,拧掉水分,在火边烤起来。郁小嫚知道春雷是智障儿,也没多想就脱掉了外衣。当她发现春雷正直勾勾地盯着自己,赶紧抬手捂住胸口。春雷自小到大,除了对母亲的胸脯有点模糊的印象,几乎没有见过女人的胴体。他发现郁小嫚尽管穿着内衣,但湿透的小衫仍然掩不住美丽的曲线。他觉得有一股热浪在全身涌动,竟迫使他不顾一切冲过去把郁小嫚紧紧抱住。郁小嫚压根儿没有想到春雷会来这一招,她奋力挣扎着,抡起双拳使劲儿捶打着,却无法挣脱。郁小嫚只注意到春雷的智商尚停留在十五六岁,没有意识到他的身体早已发育成熟。她想丈夫已死,不能复生。眼前的男人是林大夫的傻儿子林春雷,这个可怜的孩子生活在这个世上,却不能像正常人那样享受快乐。这种怜悯,让郁小嫚放弃了反抗,她干脆豁出去了,就让这孩子体验一次人生,也算是对林家的报答。于是,郁小嫚退到破床边,任凭春雷把自己压在床上……

17

赵光棍的死,在小镇上没有引起太大的反响,正如他生前不关心别人,他死后也就没有多少人去关心他。人命关天!小镇人对赵光棍的死可以不闻不问,小镇派出所却不能置若罔闻,尤其是新上任的宋所长。宋所长以高度负责的精神,亲自带着两名干警进行了一系列的周密调查,虽然证实了赵光棍确系自杀,但也意外发现了郁小嫚和春雷的秘密。

出于对一代名医的尊敬和爱护,宋所长把林大夫叫到了自己的办公室。

"宋所长,你叫我来是为调查赵长生的死因吧?"林大夫是一个光明磊落的人,不喜欢绕圈子。

"林大夫,您请坐。"宋所长一边给林大夫让座,一边顺手将门掩

小镇大夫

上。他给林大夫倒了一杯茶,说:"赵长生的确死于自杀,我们已经结案。"宋所长没有坐回到自己的办公椅子上,而是紧挨着林大夫坐在沙发上,他小声说:"林春雷和郁小嫚关系不正常,您察觉没?"

林大夫怔了一下,他从未想过自己的傻儿子和郁小嫚之间会有事。经宋所长一提醒,他突然想起一件事来。记得找到赵长生尸体的那天,郁小嫚不顾林婶的百般挽留匆匆搬回了赵家。本来,郁小嫚和赵长生离婚后一直住在林家好好的,林大夫以为郁小嫚要为赵长生守灵,也就不曾多疑。奇怪的是,郁小嫚搬走之后,自己的傻儿子整天像丢了魂似的,并且动不动就冲着林婶发火。看来,他俩之间……林大夫不敢多想,他忐忑不安问:"他们……"

"实不相瞒,他们在伏虎山寺庙里已经发生过关系,就这,我们还差点怀疑赵光棍是他俩勾搭成奸所杀呢!"说罢,宋所长自嘲地笑了笑。

"这个兔崽子,咋能干这种丢人的事!"林大夫一听,气得直哆嗦。

"林大夫,您别生气,依我看,郁小嫚名声虽然不好,但也还通情达理。您儿子春雷虽然先天不足,但郁小嫚并不嫌弃,况且她拖着一个小孩也需要有一个帮手,倒不如成全他们。"宋所长是一个热心肠的人,有意撮合这门亲事。

"宋所长,此事太突然。长生尸骨未寒,你容我想想,容我想想。"林大夫说罢起身告辞。

回到家里,林大夫把林婶喊进卧室,把去派出所的经过说了一通。

林婶一听,不仅不恼,反倒高兴起来,说:"这下可好啦,也不用为儿子的婚事担心了!"

"你别忘了,春雷是不可以结婚的。"

"春雷的情况小嫚非常清楚,只要她愿意,有什么可不可的?"林婶一听林大夫提儿子不能结婚就反感。

"即使小嫚同意,也得有言在先,一定不能要孩子。"林大夫担心他们以后会生下有缺陷的孩子。

"这事包在我身上,让小嫚结扎得了。"林婶不以为然地说。

"不行!还是春雷吧,免得小嫚受委屈。另外,你去找小嫚打听打听,她要真愿意和春雷结婚,也得等一年以后。"

林婶知道丈夫的意思,按小镇的习俗,女人死了丈夫至少得守一年。

一年时间过得很快。除了郁小嫚和春雷的感情在日益增加外,小镇的变化,也可以说是日新月异。从县城到锦屏小镇,新修了一条双向四车道的丰锦大道,乘车不用半个钟头就可以抵达县城。小镇保留了老街,新街以丰锦大道为轴心沿东西方向延伸发展。镇政府为小镇在丰锦大道旁兴建了一所正规的医院。新医院正式开张营业这天,程丰专程从省城请假,赶回来参加了锦屏镇卫生院的乔迁仪式。站在新医院大门口,程丰和林大夫师徒两人感慨万千。林大夫说:"程丰,改革开放后全县的医疗卫生事业发展得很快,但服务水平却明显下降,医生和药品商勾结作假的情况时有发生,医患矛盾也日益增加,这样下去,恐怕不是好事。"林大夫指着医院两边的建筑物说,"你看看,这左边是鲜花店、礼品店和洗浴中心,右边是饭店、旅馆和养生堂,全都是冲着医院来的,层层扒皮,患者和家属咋受得了呵!"

"是呀!您这小医院病人还不算多,您抽空上省城医院看看,可以说是人满为患。俗话说'萝卜快了不洗泥',我一个上午,就要接诊四十多个病人,平均六分钟看一个病人,您说能优质服务吗?"程丰也非常感慨。

"你们那里哪来那么多的病人?"林大夫平均一天也就诊断十多个病人。

"现在的人,有了几个臭钱,都迷信大医院,从乡下往城里拥。"程丰满腹牢骚。

"政府把精良的医疗设施、高明的医疗专家都集中在大城市,换了我是病人,也要到省市大医院去求治。"林大夫颇为愤懑地接着说,"要从体制、机制上去找原因!"

"还是师父把脉准确!"

"少跟师父贫嘴。"林大夫调侃地回了一句。

"师父,您干吗要把院长辞掉?"程丰从内心里希望师父能撑起一片天。

小镇大夫

"我年纪大了，不喜欢参与行政事务，还是潜心看病为好！"

"难得有您这样的善心，如果大家都像您一样那该多好哇！"程丰感慨地说。

林大夫没有接他的话茬，转换话题问："这次回来能多待几天吗？"

"不行！明天一早就得往回赶。"程丰回答。

"那你抓紧时间回县城看父母，我就不留你吃晚饭啦！"林大夫的本意是想留程丰在林家住一宿，师徒俩好聊个痛快，听说明天一早走，推测他还没回去看望父母，就临时改口。

"那我就告辞了，师父，再见！"

"再见！"林大夫看着徒弟钻进黑色的桑塔纳，一溜烟消失了，心中不免又多了一丝牵挂。

新医院开张后，林婶办理了内部退养手续，专门在家洗衣做饭，伺候老少三代。方副院长被调回县医院后，卫生院调进了不少医生和护士，文静接替林婶担任了护士长。春雷依然被安排打杂，虽然带有照顾性质，他可从来没有少干活，每逢休息日，他还义务上山采药，深得医院各方人士的好评。

新来的何院长原来是县医院分管药品的小科长，因和县卫生局局长关系密切，被调来锦屏卫生院担任一把手。他知道自己的业务水平低，非常看重林大夫，专门给药房配了一辆三轮车，让春雷隔一段时间将废旧医用耗材送到县医院集中销毁。

一天，何院长安排春雷去县医院拉一些事先预订好的小器材回来，春雷刚到医院门口，见地上躺着一个病人。围观的人告诉他，这个病人是慢性病，交不起钱，被医院轰了出来。春雷装好器材，把那个躺在地上的病人抱上了车。

春雷满头大汗将三轮车踏回锦屏医院，正好碰上何院长。何院长来到车边，夸奖春雷说："嚯！你小子真是雷厉风行呀。"他见车厢里还蜷缩着一个不断呻吟的人，以为是春雷撞伤的路人，不由得火冒三丈："你这是咋搞的，把人给撞啦？"

春雷赶紧跑到何院长身边解释说："何院长，你误会了，这是我在县医院大门口捡的病人。"

"捡的?"何院长一听捡了个病人,气不打一处来,怒吼道,"傻小子,你在哪儿捡的就给老子送哪儿去!你以为医院是慈善机构,不要钱是不是?"

"那也不能见死不救呀!"春雷不服气地顶撞何院长。

何院长指着大门外,对春雷说:"赶紧给我拉走!"

"春雷,你给我站住!"林大夫听到院长对春雷发火,立即跑下楼来。他对正准备蹬车的儿子说:"儿子,你做得对!这医院不是姓林的私家医院,但你可以把病人送我们家去!"

"是!"春雷从车子上抱下病人,疾步走出医院。

何院长狠狠地跺了跺脚,离开了医院。

18

林大夫的专家门诊室前,每天排着长龙,他一如既往地认真询问病人的症状,拿捏病人的脉相,观察病人的舌苔,望闻问切的每一个步骤都不遗漏。

何院长上任后,医院开始试行提成奖励制度,谁看的病人多,开的处方多,谁的奖金就多。新制度试行一个月下来,其结果,林大夫看的病人最多,但拿的奖金却排在倒数第三。林大夫对此不以为然,他知道自己开的都是小处方和常见药,并且为病人减少了许多不必要的检查费用,奖金提成当然就少。好在林家底子厚,并不缺钱,也就没把这奖金提成当回事。林大夫是锦屏卫生院的台柱子,很多病人就是冲着他来的,挂不上专家门诊号,也只能找其他医生治疗。何院长一看奖金分配排名,非常担心林大夫反对自己的方案,但林大夫丝毫没提反对意见,他暗自窃喜了好一阵子。

自从春雷把一个患有尿毒症的病人背回家后,林大夫白天忙卫生院的病人,晚上忙家里的病人,弄得他疲惫不堪。这个尿毒症病人名叫宋大福,他和妻子都是县纺织厂的工人,膝下两个女儿均已出嫁。自从宋大█患了尿毒症以后,多次透析下来,把家里仅有的一点积蓄花得一干二净,连两个女儿也都背上了一身的债务。俗话说"屋漏偏逢连夜雨,船迟又遇打头风",纺织行业不景气被迫关闭,工人只能买

小镇大夫

断工龄,惨遭失业。万般无奈之下,妻子抛弃丈夫,一走了之,杳无音信。

林大夫也无力采取透析的方法为宋大福治病,他只能采取保守治疗,严格控制病人的饮食,采取低蛋白、低磷、低脂、低盐、高必需氨基酸、高不饱和脂肪酸和足够热量饮食,同时让病人服用活血化瘀、滋阴补气、清热解毒类的中草药。在林大夫的精心照料下,宋大福的病情慢慢稳定下来,出现了好的转机。

临近五月端午,小镇进入了梅雨季节,整天阴雨绵绵,四处都是湿漉漉的,弥漫着潮乎乎的味道。别说衣物已经"长霉",就连人们的心情也开始发"霉"。

晚上九点,文静来值夜班,她在走廊上见还有一帮子病人家属围着林大夫问长问短,便急匆匆跑过去拨开人群,气愤地说:"喂!你们还让不让老爷子活命呀?都什么时辰了,还缠着不让人下班。"

"对不起!林大夫您赶紧回吧。"一个年长的妇女给林大夫让了让路。

"走吧!"文静拉着林大夫就往楼下走。

有一个不明事理的女人冲着文静的背影埋怨:"切!什么态度。"

文静正准备扭过头去,理论几句,却被林大夫一把拽住:"小静,别和人家一般见识。病人求医心切,很难换位思考,别去计较。"

文静非常不满意地说:"林大夫,我没想到现在的人如此不尊重'白衣天使'。譬如昨天,我母亲病了,丈夫脱不开身,打电话让我请假,一个脖子长疮的病人的母亲让我去看看她的孩子,我说打完电话马上就去,结果她二话不说,跑到院长那里把我给告了,您说气人不气人。她的女儿是人,难道我的母亲就不是人?而且我给她孩子处理好了之后才请假回去送母亲治疗。口口声声让医生善待病人,谁来体谅我们?"

林大夫揶揄地说:"你看你,当年口口声声要学林巧稚,现在后悔了是不?"

文静叹息道:"唉!怨谁呢?要知今日,真是何必当初。以后,就是打死我,我也不会让儿子当医生。"

林大夫反驳说："小静,这就是你的不对了!人吃五谷杂粮,不可能不生病。都不当医生,那谁来治病救人?想想人家国际共产主义战士白求恩,咱有多大的困难不能克服?是不?"

文静释然一笑,说："林大夫,就您觉悟高,我算服了您。"

"你母亲现在怎么样了?我去看看!"林大夫关切地问。

"已经没事了。有问题时我会麻烦您的,快回吧,省得阿姨念叨!"文静帮林大夫穿好雨衣,送到走廊的出口。

望着林大夫消失在黑沉沉的雨幕中,文静觉得做一名好医生真的不容易。

雨,越下越密。医院和林家的直线距离很近,但小镇扩建后,林大夫必须沿着新修的丰锦大道拐至东门楼下,进入老街。

文静的一番话,对他触动很大,他不知道怎样才能化解医生和患者之间的对立情绪。

"砰!"林大夫突然觉得自己被什么东西重重地撞倒在地,顿时失去了知觉。

"当,当……"林家大堂墙上的挂钟响了,林婶知道已到晚上十点,往常林大夫下午值班早已到家。她担心下雨路不好走,冲着隔壁喊道:"春雷,你爸怎么还没回来,你去接他一下。"

"好咧!"春雷一边应着,一边开门出去了。

春雷拿着手电筒,顺着老街走出东门城楼,向南拐进绕城路走不到两公里就来到了与老街东西走向平行的丰锦大道。上了丰锦大道,西行八百米,路北就是医院。春雷用手电筒往医院方向照射过去,只见一个穿雨衣的人倒卧在地上,那不是父亲的雨衣吗?不好!一个可怕的念头在春雷脑海中闪了一下,他迅速冲过去,一下子跪在地上,抱起父亲大喊:"爸,爸,你醒醒!"他发现父亲身上多处受伤,浑身是血,惶恐至极,近乎歇斯底里地呼号:"来人啦!救命!快来人呀……"春雷救父心切,他奋力抱起父亲,一步一步向医院走去。

住在新街两侧的人不多,陆陆续续有一些人赶了过来,他们借着扔在地上的手电筒余光,看见林春雷抱着一个人艰难地往医院行走。

"快!是林大夫的儿子。"

"咋回事？林大夫咋啦？"人们围住林春雷。

"我爸被人杀啦！哇……"林春雷见父亲浑身是血，以为被人行凶。

"快！来几个人帮帮手，赶紧送医院。"一个年长的男人自告奋勇地当起指挥。他接着说："谁跑得快？赶紧去林家报信。"他一边跟着人群跑，一边气喘吁吁地说，"谁……谁家有……电话，去，去报个警。"

值班医生听见门外喊"救人"，迅速跑到走廊上，指引大伙儿把"伤员"抬进二楼手术室。

文静一听说是林大夫，突然眩晕摇晃了一下，她一把撑住墙壁，怔了怔，迅速跑向手术室。

"林大夫怎么样？怎么样啊？"文静焦急地问道。

正在施救的医生说："撞伤！多处骨折，先止血输血……"他边施救边吩咐，"护士长，赶紧给院长打电话，让县医院来人……"

文静还没来得及听完吩咐，转身冲出手术室，跑到值班室拨响了院长家的电话："院长，大事不好，林大夫浑身受伤，快……快让县医院来人。"

"好好好！你们先抢救，我马上赶回来，千万要挺住。"文静听得出何院长也很着急。

文静返回手术室时，只见浑身淌水的春雷在瑟瑟发抖，林婶和郁小嫚全都满脸泪水被几个街坊女人搀扶着，还有许多不认识的人，大家全都围在手术室门口。文静见挤不进去，索性返回值班室，拨通了程丰的电话："喂！是程丰吗？林大夫不知被什么撞倒，多处骨折，昏迷不醒。"文静听到程丰的回答，不相信地反问："什么，你连夜赶回？最快明天下午？好，好好！"她放下电话，长长地叹了一口气。

19

程丰赶回锦屏小镇已经是林大夫受伤的第二天傍晚。

一辆黑色的桑塔纳小车直接开进了锦屏镇卫生院的大门，程丰下车时，文静已等候在大院，她把程丰先领去院长办公室。

何院长跑出办公室紧紧地握住程丰的手说："久仰，久仰！欢迎程

大夫来本院指导工作。"

"这是何院长。"文静把何院长介绍给程丰，然后指着何院长身边的男医生说："这位是负责给林大夫做手术的周大夫，是我们从县医院借来的最好的外科大夫。"

"周大夫，辛苦你啦！我师父的情况怎么样？"程丰急于知道林大夫的情况。

"请进屋坐下来说。"何院长把程丰拉进办公室让他坐在沙发椅上。

"林大夫已经脱离危险，但由于颅内有一块瘀血压迫语言神经，暂时还无法说话。他的左手和左腿以及腰部多处骨折，现已复位。这里无法做开颅手术，病人失血过多，身体虚弱，不宜连夜搬动，建议明天送县医院再做手术。"

"文静，师父是怎么受伤的？"程丰问站在院长身边的文静。

"昨天晚上，师父值完班回去时，雨很大，听说是被一辆大卡车撞倒的，肇事车辆已逃逸。"文静气愤地回答。

"谢谢你们！我先去看看师父本人再说。"程丰急于见师父。

在文静的引导下，何院长陪同程丰来到了手术室旁的重症监护室。

程丰举起一根手指头，示意林婶、郁小嫚和春雷不要出声，他蹑手蹑脚轻轻推开隔断的门，只见林大夫身上插满了管子，鼻孔里是输氧管，手臂上是输液管和输血管，腰间是导尿管和引流管，从头到脚缠满了绷带，真可谓惨不忍睹。程丰悄悄走到病床边，缓缓蹲下去，把林大夫的右手轻轻捧起来贴在自己的脸颊上。

林大夫缓缓睁开眼睛，身子轻轻颤动了一下，泪水从眼眶中夺目而出，汩汩漫过眼角。

"师父……"程丰哽咽得说不出话来，把头埋在师父面前，不停抽泣。

林大夫用手轻轻抹去程丰脸上的泪水，做了个写字的手势。

程丰会意，拉开门对文静说："文静，你帮我找笔和本子来，不知师父要写什么。"

文静很快找来了笔和一个本子。程丰把笔递到林大夫手里，自己翻开本子的空白页举在师父面前。林大夫举起右手艰难地写下了嘱咐：

丰儿：

　　我已经失语，腰部以下也无知觉，估计短时间站不起来，你能否帮我带走家中的病人，尽力帮助他。

程丰泪流满面，放下本子，握着师父的手说："师父，您放心！'医乃仁术，治病救人不分贫富；技无常师，望闻问切要辨虚实'，我不会忘记林家的祖训，我要不惜一切代价让您重新站起来！"他用手轻轻擦去林大夫眼角的泪水，小声叮嘱："师父，你刚做完手术，先安心养伤，我这次回来就住在家里。"

程丰离开病床，轻轻掩好门，走到林婶面前，说："师母，您先留在这里，我和春雷他们回家安排一下，再来换您。"说罢，和何院长、周大夫告别，离开了医院。

来到林家，程丰把一个大腹便便的男人介绍给春雷："春雷，这是我的好朋友江远，武汉市知名企业家，这次听到师父受伤的消息，他连夜开车把我送回来了，非常够哥们儿。"

春雷紧紧握住江远的手，说："你是不是我师弟经常念叨的江远？"

江远回答说："对！当年我们红卫兵去北京见毛主席，我在途中拉痢疾虚脱，幸好遇上了程丰，否则，早就见马克思了。"

春雷对自己的媳妇说："小嫚，你赶紧去烧饭，大家还空着肚子。"

程丰说："吃完饭，我去换师母，春雷抓紧时间睡一觉，从明天起要连续熬夜。等一会儿，我先给家中的病人开好药，让小嫚这几天在家里照顾病人。明天一大早，我和江远、春雷送师父到县医院做开颅手术。"

春雷说："晚上，我先到外婆家凑些现钱，明天应急。"

江远连忙冲着春雷摇了摇手，说："钱包在兄弟身上，你们尽管放心。"他边说边从上衣内口袋掏出一个厚厚的信封，塞到了春雷手里，"给！包两个红包，明天给麻醉师和主刀的外科大夫。"

春雷很难为情地收下信封，说："算哥借你的，日后一定奉还！"

"红包就别送了吧，我的同行们绝不会计较。"程丰一听送红包，心

中特别不是滋味，立马进行制止。程丰将心比心，坚信大部分医生不会拿自己一辈子的职业生涯开玩笑，也不会因病人家属不给点好处就不尽心尽力地看病，选择性地藏一点、掖一点，或者将伤口故意往歪了缝，手术故意往坏了做。别说职业道德，一个医生就算为了自己的脸面，或者说少给自己工作生活添乱，也不会这么干。

江远对程丰说："依我之见，必须送。尽管你非常正派，但我也不相信你没收过红包。"

程丰告诉江远："你说得对，我的确收过红包，那是万不得已。你想想，像我这样有一定名望的医生，不可能没人送红包。但我的原则是：穷人的坚决不收，碰上真没钱看病的我还倒贴，经朋友介绍的有钱人也尽可能不收，实在推辞不掉的暂且收下，等人家有婚丧嫁娶之事时悉数奉还。我并不想说自己有多么高尚，真正心甘情愿送红包的能有几人？我只是不想背骂名。"

江远十分认同："言之有理！如果政府官员都像你这样，我们经商就不用打点关系了。"

"我师父是最高尚的人，是名副其实的'白衣天使'，他从不收人红包，除了病人家属真心实意送的一点点土特产，但他无偿回馈给病人的却远远胜过了人家的那一份心意。"程丰从内心深处敬仰林大夫，这是一番发自肺腑的声音。

"越这样，我们越应该不惜一切代价挽回林大夫的健康！"江远竟然情绪激动地站起来，向空中挥动着拳头。

正说着，郁小嫚走过来让大家到后面厨房吃饭。程丰站起来，推了推江远，说："你们先去吃，我到病房看看病人就来。"说罢，径直去了病房。

病房空无一人，只见床上留有一张纸条，上面歪歪扭扭写着病人的留言：

林婶：

我走了，请不要找我。林大夫出了车祸，我不能再给你家添乱。

我本来已经是个死人，是你好心的儿子和丈夫让我多活了这一段日子,我已非常满足,死不足惜。

　　你们家也不富裕,但你为了我这个废物想方设法增加营养,我真的受之有愧。

　　但愿来世能报答你们!

宋大福

　　病人的留言,深深地刺疼了程丰的心。师父这一倒,不知何时才能重新站起来,春雷无力支撑这个家,尤其是无力承担行善治病的开支。自己亲口许诺师父,关照好他的病人,不能食言失信。为了师父的信念,为了拯救这个家庭,程丰不顾媳妇和孩子的反对,毅然做出了一个惊人的决定,他要辞掉省城医院的工作,回到小镇,撑起这个家。

　　十天以后,一辆黑色的"桑塔纳"驶出省城,沿着107国道一路向西,向小镇驶来。透过车窗,人们看见了那个熟悉的身影。

小镇大夫

小镇屠夫

1

　　当年，王屠夫因小镇碎尸案被屈打成招，蒙冤入狱。出狱后，他顺应改革开放的大潮，把一个简陋的私人作坊改造成了大型机械化屠宰公司，但在激烈的市场竞争中，险些丧命于竞争对手。人们都说"老天爷是公平的"，我却始终没弄明白，像王屠夫这样的好人，为什么不能一生平安。

　　我和王屠夫的来往，缘起于好友季方掉进冰窟窿里，那是上个世纪六十年代初发生的事情。

　　那年冬天，雪落得很厚，天寒地冻，做完寒假作业后我约季方一起去拾枯荷梗。荷梗是莲藕的叶柄，冬天枯焦后可以当柴火。那年月，小镇能够用得起煤的人家很少，多数以木材生火煮饭，烧水取暖。我家和季方家属于贫穷一族，买不起劈柴，只能靠孩子们进山砍伐死树枝当柴烧。大雪封山后，我们无法进山砍柴，只能到小镇周边冰封的荷塘上采拾枯荷梗。拾枯荷梗的方法很简单，只要荷塘冰层足以载人，我们就直接走上去把枯荷梗顺着冰面掰断，然后集中起来，用绳子一捆扛回家；如果荷塘冰层薄，就得事先准备一根绑有铁钩的长竹竿，用铁钩挂断枯荷梗，并钩回到岸边。

　　我和季方刚出小镇就遇上了夏至，他拦住我们："哥们儿，干什么去？"

　　夏至是县食品公司夏经理的独生子，长得细皮嫩肉，非常斯文，很讨女孩子喜欢。他是我同桌刘芸的哥哥的同学，我们相互之间少不了来往。我回答说："去拾荷梗。"

"我跟你们一起去。"夏至央求道。

季方不屑一顾地说："你们家有的是钱，不需要你去拾荷梗。"

"我可以帮你们呀！就算是看热闹，也不碍你们的事。"夏至说得很真诚。

"季方，让他去吧。"

季方听我一劝，点点头说："好吧，快走！"

我们三人一路疯疯癫癫，直奔镇西的大堰塘。来到堰堤上，我们发现长竹竿可以够着的荷梗已被捷足先登者拾得一干二净，只剩下荷塘中间几大片荷梗远远地诱惑着我们。我用竹竿粗的一端奋力扎向冰层，除了留下一点浅浅的印痕，整个塘面纹丝不动。季方见我试探着要走上冰面，立即拽住我的衣服："致远，我人轻，你和夏至在岸上，我下去。"

"探着一点，千万要小心！"季方比我矮大半个脑袋，干瘦干瘦的，也许是大我一岁的原因，他处处护着我让着我。为了保险起见，我把带来的绳子连在一起，让他拽在手中。

季方走上冰层后，用力在冰面上跺了跺脚，见冰面非常结实就大胆地向荷塘中间的荷梗走去。

"停！"季方快接近荷秆区的时候，我见绳子快放完了，大声喊他停下来。

季方停住脚，回过头来，见我示意绳子不够长，便用劲跺了跺脚下的冰层，扔掉绳子说："没问题！"于是，他大步走向荷梗忙活起来。我也小心翼翼地走过去帮忙。季方负责掰，我负责集中，然后一束一束运到岸边。

"让夏至先捆吧。"

"好的，你小心一点！"看了看堆成小山的荷梗，我开心地回应了一句，便上了岸。

不妙！还没等我捆第二捆，只听到"咔嚓"一声，紧接着季方"哎呀"一叫跌进了冰窟窿。

"救命啊，救命！"我和夏至在岸上大声呼喊起来。

季方浮出水面,试图爬上来,但他身边的冰不断被压裂。

"夏至,你快去叫人。"我让夏至去找人求救,自己赶紧溜下堰塘向季方跑去。"别过来,快、快去叫人!"季方一边挣扎,一边阻止我接近他。

我只好重新爬上岸,使出浑身的力气对着小镇方向拼命地呼喊:"快来人呀,救命!"

一个大胡子率先赶来,我认识他,他是小镇有名的屠夫,人们都喊他"王屠夫"。王屠夫脱掉棉衣扔给我,麻利地溜下堰塘,快速从冰面上爬过去,抛出绳子把季方拉出冰窟窿救上岸,然后背上季方一溜烟地跑向杀猪场。

2

王屠夫的杀猪场位于小镇最西端无人居住区,其东边是一条宽阔的马路,马路自北向南穿过杀猪场南边的小山冈便消失在错落的屋群里,公路以东是一大片杂草丛生的沼泽地,然后是参天的阔叶林,再远就是小镇居民区。杀猪场的西边是一大片荒芜的斜坡地,坡下是连绵起伏的水田并间杂着荷塘和水凼,其北边的公路两侧也是连绵不断的水田。长大后我才知道,王屠夫他爹之所以把杀猪场建在这里,主要因为这里交通方便,加上离小镇较远,猪的尖叫声被高大的树林挡住了,不会扰民,再加上污水能顺着坡地的水沟直接排进水田,可以说是难得的屠宰之地。

据说,当年王屠夫并不想学这门手艺,但他爹一再给他灌输"天灾饿不死手艺人"的古训,出于对父母的孝顺,他不仅从父亲手中接过了那一篮子杀猪的刀具和家什,而且把父亲的手艺操练得出神入化,有过之而无不及。

小镇自古就有杀年猪的习惯,大多数人家年初买下一只小猪娃,利用泔水和孩子们抽空打回的猪草,拌上买回来的米糠和麦麸把它养成百十斤重的大肥猪,等到十冬腊月,送往屠宰场一杀,其骨肉和杂碎不仅满足了一家人过年的需要,还可腌制一部分,以应付平日婚丧嫁娶接待客人之需。旧社会,小镇的杀猪佬属于个体手工业劳动者,新中国成立之后，政府对个体手工业劳动者进行社会主义改造时，因屠夫从业人数少、经营分散且季节性强，没有强行集中经营，只规定他们代收代缴屠宰税等。

小镇平时没人杀猪，王屠夫只好串街走巷，吆喝"阉鸡——劁猪儿!"他故意把"阉鸡"的尾音拉长，使"劁猪儿"三个字听起来嘎嘣响。我和王屠夫第一次相识是刚上一年级的时候。儿时的我们对什么都感兴趣，看阉鸡和劁猪也成了孩子们互相炫耀的资本。有一天，我听母亲和父亲商量请王屠夫来家劁猪，就事先约季方等男孩一起看热闹。劁猪那天是星期日，一大早季方和陈浩就来我家，说是温习功课，实际是为了看劁猪。听见巷子口传来了王屠夫的吆喝声，我们赶紧躲进了里屋，因为王屠夫不准小孩子看他阉鸡劁猪。王屠夫踏进我家堂屋后，父亲在给王屠夫递烟的同时，一边张罗母亲沏茶，一边张罗哥哥烧水让王屠夫净手。我从门缝向堂屋张望，只见王屠夫跷着二郎腿在悠闲地抽烟。等哥哥烧好热水，他示意哥哥端上脸盆跟他走向后院。

王屠夫径直走进猪棚，一手抓住顶棚的木条一手撑着栅栏闪身跨进猪圈，然后弓着腰张开双手一步一步地把小猪逼至角落。"嘚!"他冷不丁大吼一声，并迅速扑上去用铁钳般的双手紧紧地攥住小猪的两条腿，把它倒挂金钩提出了猪圈。可怜的小猪一边挣扎一边号叫，王屠夫全然不顾。回到院子中央，他把小猪平放在地上吆喝父亲和哥哥一前一后压牢小猪，不让它动弹。小猪瞪着可怜的眼睛，嘴里不停地哀号着，弄得我汗毛直竖。王屠夫长相很凶，满脸的络腮胡子加上一双三角眼，让人瘆得慌。他见四周围满了看热闹的大人小孩颇为得意，不紧不忙地从小竹篮里挑出一把劁猪刀，在我们面前亮出一道寒光，大声嚷嚷："小子们，把眼睛闭上，当心尿裤裆。"随后手起刀落，在猪的裆里剜出两颗白生生的像鹅卵石般光溜溜的东西。他摊在掌心里给我们看，眯起眼睛说："小子们，你们的裆里也有，当心让老子劁了下酒。"我们赶紧捂住自己的裤裆，飞一般地逃离人群，惹得大人们哈哈大笑，尤其是王屠夫的怪笑声，让我们对他又多了几分恐惧。

$\mathcal{S}$

等我和夏至气喘吁吁地赶到杀猪场，季方已被捂进了王屠夫窝棚

的床上,他脸色煞白,在被子里像筛糠一样不停地抖动着。

"快!冲碗姜糖水。"王屠夫一边吩咐他的女人,一边脱掉身上的衣服,只剩下一条大裤衩子,然后钻进被子把季方紧紧地搂在怀里。

王屠夫的窝棚是"人"字形的,外面用芦席夹一层稻草外加油毡包裹得密不透风,门口挂着一个补丁缀补丁的棉布帘子,阻挡寒风入侵。窝棚里很暖和,季方在王屠夫的怀里渐渐停止了抖动。王屠夫见自己的女人端进来一碗热气腾腾的姜糖水,立刻把季方扶起来搂在怀里,并用被子裹紧季方的肩膀:"来吧,孩子,喝了这碗姜糖水发一身汗,就不会落下风寒。"王屠夫接过女人手中的碗试了试温度,觉得合适便送到了季方的嘴边。这一刻,我对王屠夫的感觉变了样,不仅不觉得他有股子杀气,反而觉得他和蔼可亲。季方大口大口地喝着,脸上挂满了甜蜜,惹得我直咽口水。王屠夫似乎看透了我的五脏六腑,他对着外面大喊:"娃他妈,还有没?给杨家三毛子他们也来一碗。"

"不用,不用,我又没掉水里,我不喝。"我边摇着手,边和夏至一起退出了窝棚。

"小三子,刚才我涮了糖罐子,才烧了一碗糖水,等下个月'糖票'(按计划供应的物资一律凭票)到手,你们来大婶这里,我专门给你们煮糖水。"王屠夫的女人一边在灶前翻烤着季方的湿衣服,一边侧过头来和蔼地对我说。

夏至见季方已无大碍,怕父母寻找就先回去了。

我和王婶一直在土灶前翻烤着季方的衣服,没曾留意王屠夫是什么时间到荷塘帮我们把枯荷梗分成两捆扛了回来。等季方的衣服烤干,日头早已落山。季方穿着刚刚烤干的衣服倍觉温暖,一再谢过王屠夫救命之恩后才和我各扛一捆枯荷梗匆匆离去。

自此以后,王屠夫的杀猪场和肉摊就成了我们经常光顾的地方。

4

认识王屠夫之后,我自告奋勇地承担了买肉的任务。我们全家六口人,每人每月四两肉,总共一斤半肉(老秤十六两一斤)。去割肉之前,母亲少不了要叮嘱我:"千万不要买瘦的,越肥越好!如果能排上网油，就让你多吃油渣。"现如今，别说肥肉，即使是上好的精肉，多数人都不待见。那年月日子很清贫，人们的饮食普遍缺乏油水，孩子们天天盼着过年打牙祭。我们小镇上的人习惯称附在猪肠上的油脂为网油，称附在猪腰两侧的净油脂为板油。别说板油，网油也很难买到，一定要起早排队在前几名才可能有份儿。

这天是周日，不用去学校。一大早，我就来到镇西肉铺前排了个第五名。肉铺很小，紧挨百货店，除了布满铁钩的挂肉架和架下满是油渍和刀印的肉案，以及一张供屠夫休息的凳子外，几乎别无他物。"来啦！"随着一声响亮的吆喝，王屠夫挑着两半扇净猪和内脏杂碎闪进肉铺。他放好扁担，顺手从箩筐里拎起半扇净猪拍在案板上，然后又从箩筐里取出几把锃亮锋利的刀具由大到小依次摆在肉案右侧："哈，大伙儿瞧瞧，这猪多厚的膘，少说三指，算你们运气。"一个汉子打趣说："是呀，哪天猪娃子不长瘦肉只长膘就好啦。"

"做梦娶媳妇，你净想好事情！"说笑间，王屠夫操起那把最大的砍刀先剁下沁满血渍的刀首肉，也就是猪颈肉，也有人称之为"槽头"或"刀首"。因为槽头肉不易煮烂，又炼不出油，大伙儿都不喜欢，只能用来添斤两。卸完槽头，他换成二号刀，片下一整幅排骨架子并顺手从挂肉架上取下一只锃亮的中号铁钩扎进前颈椎，在手轻轻一提顺势挂上了肉架。紧接着，他卸下前后胛，将那块最招人喜爱的腰间中方肉挂在了肉架的正中央，随后操起细长的剔骨刀将前后的筒子骨和板骨从肉中剔了出来，并钩起前夹挂上肉架，又顺手从架子上取下大号铁钩转身钩住另一个箩筐里的半扇净肉，"嘿"的一声挂到了肉架左侧靠墙一端，然后依次取出板油、网油、下水、盐提（脾脏）、猪肝挂在架子上，至于猪头、猪脚、蹄膀、猪尾巴和猪肚、腰子等被他一律放到案板左端。熟练地做完这一切，他操起一把弧形砍刀，在后夹肉上拍了拍，问排在最前面的长者："大伯，割多少？"长者回应："一斤六两，全要板油行吗？"王屠夫一听，颇不高兴地说："天上掉馅饼，哪来那好的事情？给你半斤板油，六两尾装。"他接过长者递来的肉票清点后放进了搁在凳子上的木盒里，然后手起刀落，从架子上割下一块板油，用钩子称一称正好，接着又从后夹上割下一小块尾装一称也刚好，乐得老汉喜上

小镇屠夫

眉梢,若秤不足就得搭上一小块刀首。

"三娃子,你要什么?"轮到我时,王屠夫和蔼地问着。

"两斤肥肉。"我试探着。

"嗬,你小子想得怪美的,看你起了个大早,给你七成肥的三成瘦的。"屠夫话音刚落,一刀四指膘的腰条肉已经挂上了秤钩,且斤两正好。

"哎呀,糟啦!我的钱和肉票丢了。"我翻遍了身上所有的口袋,并盯着地上转了两圈,仍然没有找到钱和肉票,吓得眼泪夺眶而出。

"小兔崽子,别急,先转回去找找,我给你留着。"其他人也附和着屠夫的话,让我沿路回去找找。

钱和票没找到,母亲数落我记性让狗吃了。哥哥姐姐挖好野菜回来听愁眉苦脸的母亲一唠叨,异口同声骂我是笨猪。中午吃饭,我夹了一筷子白菜帮子离开桌子坐到大门槛上吃闷食。

"嗬!吃什么好东西也不叫老子一声?"我抬起头来,只见王屠夫拎着一挂肠衣和一小块刀首肉来到我家门口。我不好意思地叫了声"王伯伯",赶紧低下了头。

"老王,没什么好吃的,快进来凑合一顿。"父亲端着饭碗迎了出来。王屠夫拍着我的脑门示意我一块进去。他把手中之物塞到我哥手里,让他放到厨房去,然后在父亲移过来的条凳上坐了下来。他刚落座,母亲已从厨房端出一大碗米饭塞进王屠夫手里。王屠夫客气地说:"谢谢大妹子。"母亲抢过话题:"应当是我们谢你,没有你,下半个月别想有油腥味,都怨那个没用的东西。"母亲说完朝我狠狠地剜了一眼。在粮油凭票供应的年代,丢失肉票的滋味非常难受。

"来,挨大伯坐下。"王屠夫侧过身子把我拉到他身边坐下,一边抚摩我的脑袋一边对母亲说:"别责怪孩子,这娃儿够懂事的,拾柴寻猪草样样能干,还帮你们买油盐酱醋。"听王屠夫一夸,我的眼泪一下子滚了下来。"还有脸号?"姐姐在桌子对面白了我一眼。王屠夫拍拍我的肩:"快别哭了,男子汉不兴流眼泪。"说罢,顺手给我碗里夹了一箸炒茄子。

王屠夫自己没有文化,所以很崇拜读书人,对我父亲特别敬重。

我父亲不嫌弃任何人,包括王屠夫这种粗人。因此,王屠夫也是我家的座上客,只是王屠夫很识趣,用他的话说,"没尿事,不会给你爹添乱。"

5

一天清晨,小镇传播着特大碎尸案的恐怖消息。听说有一个人被杀害,其尸体被大卸六块,分别扔在镇西派出所周围的五个厕所里。中午,我们一家人顾不上吃饭,围着父亲议论着特大碎尸案。哥哥历来政治敏锐性强,他振振有词地说:"我敢断言这是一起怀有政治目的的刑事案。你们仔细想一想,杀人犯为什么要将尸体分别扔在镇西派出所周围的五个厕所里?显然是有意向无产阶级专政示威。"

姐姐却不以为然地说:"那不一定。也许杀人犯就住在我们镇西,仇杀、情杀,甚至错杀的可能性……"

"你们女人真是头发长,见识短。"还没等姐姐讲完,哥哥就不屑一顾地抢过了话题,"你想想,杀人犯最难的就是毁尸灭迹,做得越干脆利落越好,他干吗要把一次性处理变成五次,难道怕自己不被人发现?"

姐姐被呛得很不高兴,她气愤地说:"切!听你这口气,八成是你干的。"

父亲横了姐姐一眼:"咋这样说话?你哥说得有道理,听说这个杀人犯懂得解剖学,尸体分切得非常利索,很有可能是外科大夫之类的人。"

我插嘴道:"那也不一定,说不准是个杀猪的。"

母亲一听,脸色陡变,顺手把我拽进她怀里并一把捂住了我的嘴。我抬头看见她惊恐地望着父亲,哥哥和姐姐也张大嘴巴望着父亲。父亲非常严厉地对我说:"你小子可别瞎说。"他严肃地看了看我们每个人,接着说,"事关人命,千万别瞎说,赶紧吃饭。"吃完饭,父亲和哥哥去上班,我和姐姐上学去了。

下午上课,我多次走神。我和哥哥都崇拜福尔摩斯,喜欢推理。我在想,外科大夫可以准确地分解尸体,屠夫照样可以。我多次观看

小镇屠夫

过王屠夫解猪,他手起刀落,不到一袋烟的工夫,就把一头猪分解得七零八落,而且任何一块都只留下一刀痕迹,非常干脆利落。听说作案的第一现场是食品公司,王屠夫对这一带非常熟悉,加上他一向看不惯派出所的刘所长,很有可能是想给刘所长摆难堪,但这样一来势必暴露自己,逻辑上难以成立,加上王屠夫为人厚道,根本不可能杀人。那么,杀人者是谁呢?

还不到十天时间,杀人案就告破了,果然是王屠夫。死者是食品公司的仓库管理员。听说王屠夫去食品公司偷猪肉时被这个仓库管理员发现了。在那个缺衣少食的年代,偷肉是不可饶恕的罪行,于是王屠夫便杀人灭口。至于为什么要把尸体肢解并丢在镇西派出所周围的厕所里,是因为在案发前一个月,他和刘所长因买猪肉发生过争吵,并扬言瞧不起刘所长,迟早要放他的血。

宣判王屠夫无期徒刑的那一天,学校组织学生参加了公判大会。当王屠夫被押上台时,我压根儿不敢相信自己的眼睛,昔日的彪形大汉此时已骨瘦形销,成了霜打的茄子。我忽然有鼻子发酸的感觉,但那个年代绝不允许公开同情坏人,于是,我赶紧正了正身子。也不知什么原因,王屠夫只判了个无期徒刑,按说杀人偿命天经地义,至于坦白交代就可免于死刑似乎也不太在理,好在王屠夫为人厚道,整个小镇几乎没有听到非要置他于死地的呼声。

6

王屠夫入狱之后,可苦了王屠夫的女人。王婶原本是一个逃荒的女人,丈夫和两个孩子病死在路上,等王屠夫发现她的时候,这个女人已奄奄一息。王屠夫从野外将她背回窝棚,用猪血汤救活了这个女人,随后女人就把自己交给了王屠夫。王婶和王屠夫结婚后慢慢地养好了,不仅身子骨硬朗了,而且脸色也红润起来,加上那双明媚的大眼睛和匀称的身段,成了镇西最漂亮的女人。人们都夸王屠夫有艳福,说祖宗积德让他娶了个好媳妇。遗憾的是这个女人自从跟了王屠夫之后,就再没生过孩子,于是人们又说王屠夫整天杀猪、剐猪,干的是断子绝孙的事,能生孩子才怪。王屠夫听了也不气恼,总是呵呵一笑:

"大不了没人收尸呗,怕个尿!"

　　小镇上的女人多数没有工作,通常在家操持家务,照料孩子。王屠夫入狱后,母亲找过王婶多次,劝她改嫁。王婶认定王屠夫不会杀人,要等他一辈子。没有经济收入,我不知道王婶怎么过日子。没过多久,食品公司的夏经理让王婶去打杂,刮小肠,听说小肠衣是军用物资,用来制作缝合伤口的细线。夏经理在我心目中是个大好人,他长得很富态,白皮嫩肉的,逢人就露三分笑,非常讨人喜欢。

　　日子一天天流逝,王屠夫杀人一事渐渐淡出了人们的话题,已经不再有人提起,只是我的父母不能释怀,而且时不时因王婶来串门而旧事重提。这天,我刚从学校回来,见房门关着,里面有女人的哭声。我蹑手蹑脚走到门边,听见是王婶在哭:"大姐,我的命咋这么苦呀!呜……"母亲劝道:"想开点,先离开再说。你好好想想,老家还有没有亲戚,我让老杨替你找找。"

　　"大姐,这日子没法过了,我恨不得一刀杀了那个王八蛋!"

　　"别哭啦,小三子他们快回来了。"母亲的提醒起了作用,王婶的哭声变成了抽泣。我赶紧悄悄地走向后院。几天后,我从刘成口中知道了王婶差一点被食品公司夏经理强奸一事。刘成是派出所刘所长的儿子,比我高四个年级,他长得人高马大,和他父亲俨然是一个模子出来的。他的妹妹刘芸除了个头比她母亲高出半个脑袋,长相随她母亲,弯弯的柳叶眉下一双水灵灵的大眼睛,加上一个红嘟嘟的樱桃小嘴,十分讨人喜欢。她不仅和我是同班同学,而且是同桌,以至于我经常被同班男同学嫉妒。我和季方经常去刘芸家一起做功课和玩耍,不经意之中,也和刘成结成了好朋友。刘成性格孤僻,不喜欢与人打交道,也不太爱说笑,只喜欢养狗,最多时养过三条狗。听刘芸说,她之所以经常邀请我们去她家做作业和玩耍,主要是因为他哥喜欢我。她说她哥小时候很开朗,但三年级后突然不怎么说笑了,动不动就对父母发脾气。我不知道她哥为什么喜欢我,也许因为我品学兼优,是学校的标兵吧。每次做完作业,我和季方都要去逗一逗刘成的狗。刘成教我们怎样辨认公狗母狗,怎样辨别好狗孬狗,怎样养狗驯狗等等,俨然是个专家。他让狗站着,狗就站起来;他让狗叼球鞋,狗就去卧室里

小镇屠夫

把球鞋叼过来。刘成养过许多条狗，但多数都被杀掉了。其中有三条狗跟他的时间较长，一条全黑的叫阿虎，一条黄色的叫阿龙，一条杂色的叫阿狸。现在，只剩下阿虎了。

星期六下午下课的时候，刘芸告诉我，说她哥周日约我去遛狗，只让我一个人去。我很纳闷，以往总是季方、我和刘成三人一起遛狗，虽然他不爱和季方说话，但看得出他并不讨厌季方。本来季方和我约好去拾柴火的，我只好告诉他刘成要单独和我遛狗。季方对我说："刘成这个人心事太重，可能有什么事不想让别人知道，不去也罢。"

星期天，我独自一人来到伏虎山下，远远看见刘成和阿虎在草地上玩耍。伏虎山是北边离小镇最近的一座小山，其形状如同伏虎。听老辈子人讲，这山里有过一只老虎，所以叫伏虎山。我总以为这是老人们瞎编的，因为我这个"穿山甲"常年在这座山里转悠，狐狸、野鸡、野兔经常碰到，豺狼、野猪、野羊也不鲜见，唯独没有见过老虎。

阿虎灵敏地嗅出我的气味，远远地朝我直汪汪。"致远，我在这！"刘成站起身来向我挥了挥手。我撒开脚丫子向刘成跑去，与此同时，阿虎也箭一般地向我扑来，在我的腿前腿后蹭来蹭去，然后撒着欢儿地把我带到了刘成的面前。

刘成说："我今天约你单独出来，是想告诉你一个秘密，你可要保密哟。"

"我发誓，决不说出去。哎！什么秘密？"

"王屠夫的老婆差一点被夏杂种强奸。"刘成的话并没有让我吃惊，联想起一周前王婶在我母亲面前哭泣，我一下子明白了其中的原因。我猜测刘成一定是从他父亲那里知道的，但仍然问道："你是从哪儿知道的？"

"不瞒你说，上个星期三的晚上，我去食品公司给阿虎弄吃的，听见仓库里有女人和男人的打斗声，便悄悄地从下水道钻进去，趴在门缝一看，只见王屠夫的女人披头散发，上衣已被扯开，她双手举着木棍，愤怒地对着夏杂种。夏杂种跪在地上，一手捂着眼睛，一手不停地摇着，并压着嗓门说，'你千万别出声，这种事对杀人犯的老婆没好处，我可以反告你拉干部下水，不信你试试？'王屠夫的女人哟了一声

'滚',夏杂种赶紧起身溜出了仓库。我躲在墙角,听那个可怜的女人憋着嗓门哭了好长时间才离开仓库。"

"你为什么不喊人?"

"喊有什么用?那女人是个烈性子,说不定一喊,她就得寻短见。"刘成说得对,王婶不仅力气大、性子烈,也很顾脸面,出了这种见不得人的事,一旦公之于众,她一定会寻短见。

当年我对男女之事还不懂,但知道强奸是要坐牢的,可我不明白夏经理为什么要强奸王婶,他明明帮助王婶找了工作,很有同情心,而且逢人三分笑,一直被我视为好人。于是,我对刘成道:"幸亏你没喊,不然,夏经理就得坐牢。"

"看样子你很同情姓夏的杂种。"刘成似乎有些鄙夷地望着我。

"夏经理是个好人,他肯帮人。"

"呸!好个屁!黄鼠狼给鸡拜年,没安好心。我实话告诉你,食品公司没有一个好东西。"

刘成的母亲也在食品公司,见他充满仇恨的目光,我不好反问。多年以后,我终于明白刘成为什么仇恨食品公司的人。

7

父亲通过多次写信试投,终于打听到王婶的弟弟在家乡发洪水之后随着父母亲逃难到了河北石家庄,后来参军入伍,转业后在市政府工作。父亲给王婶买好了长途汽车票,让她去搬救兵。临别的头一天,我家像过年一样,准备了丰盛的晚餐为王婶饯行,但晚餐的气氛和过年完全相反,没有一丝欢快。王婶说了很多感谢的话,也流了好几次泪。

王婶回老家不久,刘成上山采银杏从大树上掉下来摔断了腿,因此休学。他以此为由,逃避上山下乡。腿好后,刘成收拾王屠夫的屠宰场,准备从事屠宰工作。开业那天,刘氏父子在屠宰场进行了一场搏斗,刘成仗着自己高过父亲半个头的优势把心中压抑已久的愤恨全部发泄出来,把刘所长打得鼻青脸肿,气得刘所长发誓要和儿子断绝父子关系。阿虎弄不清主人们为何搏斗,它无法帮助任何一方,只能

守在我身边，时不时发出几声烦躁的吼叫。要不是刘成的母亲和妹妹赶来劝阻，真不知会产生什么样的后果。

刘所长被刘成的母亲和妹妹拉走以后，刘成一头扎进了人字草棚。见围观人陆续散去，阿虎隔一会儿就会悄悄钻进人字棚并很快出来，依偎在我的身边。围观的人走净后，阿虎再次钻进人字棚，大约一袋烟的工夫才出来，它咬着我的衣摆往棚里拉。我拍拍它的脑袋，站起来走进了人字棚。

人字棚的木床上只剩下一张草垫子，刘成带来的被子还没打开，他仰面朝天以被包当枕头斜躺在床上，听见有人进来，他也懒得睁开眼睛，眼角满是泪痕。我顺着床沿，坐在刘成的身边并轻轻地推了推他："你这是何苦呢？"

刘成猛地坐起来："反正我这次吃了秤砣铁心要当屠夫。你知道，我摔伤后学习成绩一落千丈，高中毕不了业。话说回来，毕业又有何用？还不是要下农村，倒不如休学当个杀猪佬。"

"你即便是不想读书，不想下乡，也应该让你父亲想法找点正经事做。"

"呸！我死也不会求他，我没有他这样的父亲。"

我无言以对，只能陪他默默静坐。

棚外，天色渐渐黑了下来。刘成说："如果你还看得起哥，这几天就想法给哥送点吃的，等哥赚了钱再还你。再说，我也不会白用王屠夫的屠宰场，等他出狱后，我会还给他的。"

"杀人偿命，他被判了无期，还出得来么？不死已是万幸。"

"我坚信他迟早会出来，不信，咱们走着瞧。"

在刘成学杀猪的那一段时间里，几乎是我们家管他吃喝。不到两个月时间，刘成便成了一个手艺娴熟的屠夫，并能养活自己。后来，"文革"越闹越凶，我们一度停课闹革命，但所有这一切，并没有动摇刘成的屠夫梦，他对别的东西一概不感兴趣，成为我们心目中最没有出息的人。因此，我们之间的距离越拉越大，并最终失去了联系。

刘成的父亲因破案有功被提拔成县公安局副局长，后来还被送到省厅学习。刘成的妹妹也随我们应届毕业生一起下放到离县城最偏远

的乡村。孤独的刘母积郁成疾，竟一病不起。听说，刘母在弥留之际，一再叮嘱儿子不要记恨父母，并要为王屠夫守好那份家业。

8

再次和刘成来往，已经是二十世纪九十年代中期。我大学毕业后，留在省城，分配到工商联中小企业处工作。为了完成屠宰制度改革的调研报告，我从省城回到阔别多年的家乡。下了长途客车，我不由自主地向屠宰场走去，因为我已凭借车窗，看到昔日的草棚变成了一排排整齐的砖瓦房。我径直来到大门口，一只凶神恶煞的大狗隔着铁门一个劲儿地对我狂吠。一个老者不慌不忙地走过来，从头到脚把我打量了一遍才问："你找谁？"

"老大爷，刘成还在这里吗？"离开小镇多年，我不知道改革开放后，刘成是否改行。

老大爷并没有急着回答我，而是掉过头去，对着厂房大叫："刘经理，有人找你。"

"哎！来啦。"随之，只见刘成从排房里走了出来。

"致远？致远！"刘成一见是我，如同见到久别的亲人，直奔过来把我紧紧地搂住，又是拍又是擂："你小子回来，也不事先通报一声！走，快进去歇会儿。"那只狗见主人对我热情有加，也脚前脚后地蹦跶。

当年，小镇的猪肉市场价格一路看涨。一斤尾装猪肉从解放初的七毛五上涨到两块五。猪肉对只有百十元月工资的小镇工人和月收入不到三十元的小镇居民来说，无疑成了最奢侈的食品。我坐在刘成办公室的藤椅上，打趣说："刘哥，你行呀！人家辛辛苦苦饲养一头猪，一年下来也就赚个百十来块。你没费多大劲，轻轻松松赚十块，加上落下的猪尾和下水等，一天下来，怎么也能赚两百多块。"

"轻松？瞧你小子说的，那可是重体力活加技术活，不信你试试。话说回来，我赚的可是良心钱，不像夏杂种，他们食品公司赚的是黑心钱，一个月赚十几万。"一说到赚钱刘成似乎有很大的不满。

"在我的印象中，小镇没什么专业养猪户，居民有条件的最多能养两头猪，况且多数没有猪圈，压根儿养不成猪。小镇周边的农民一家

· 114 ·

大不了养三四头猪，一年哪来那么多的猪可供屠宰？"我不解地问道。

刘成接过话茬："这你就外行了。改革开放后，小镇的人都在寻找生财之道，养猪也算一个门道。你还记不记得东头的顾老三，原来是你中学的同班同学？"

"噢！那个小个子，不起眼的闷葫芦。"

"哈哈，那是历史了。人家现在红火得很，已经成了全县有名的养猪专业户，全年出栏三百五十多头。听说，他最近正在谋划扩大规模。"

我指了指窗外的建筑工地："你也是个人精，这不，也在扩大规模。"

"呸！别提了，要不是食品公司卡着，老子早发达啦。"

"有当公安局局长的爹罩着，谁还敢欺负你？"

"拉倒吧，我从来就没有指望过我爹。再说，他早已经调到河县公安局，又是说话不顶用的副职，况且……"他憋着嗓音模仿阿庆嫂唱了一句，"人一走，茶就凉。"

"刘经理，刘经理！"随着一阵犬吠，守门老头的呼叫声也仓促起来。

刘成不慌不忙地站起来示意我坐着别动，大步走了出去。紧接着，听他嚷道："老爷子，把狗拴住，让他们进来。"

我起身走到门口，只见十余人围在屠宰场的院墙门外，其中，有穿制服的，还有两个穿白大褂的人。我赶紧跟了过来。

门打开后，穿制服的大个子走到刘成面前，用蔑视的眼光上下打量了一番说："你就是刘经理？"

"有话就说，有屁就放！"刘成抱着膀子，不屑一顾地回了一句。

小个子用手指着刘成说："你小子先别横，等会儿够你受的。"

大个子顺手把小个子的手臂压了下来，阴阳怪气地说："刘经理，听说你倒腾了不少病猪，根据领导的指示，我们得查查。"

"随便查，心中无冷病，岂怕吃西瓜？"

大个子扭头对两个白大褂示意："走！"便领着众人走向猪圈。

刘成不想再搭理他们，拍拍我的肩膀："走，咱们回办公室喝

小镇屠夫

茶去。"

回到办公室,我坐回到藤椅上对刘成说:"你也别怪人家,国家提出要让城市消费者吃放心肉,实行定点宰杀和批发,但仍有一些人见利忘义,现在到处都有假肥料、假农药、假种子、死猪肉、病猪肉、母猪肉事件。"

刘成给我重新沏了一杯茶,在我身边坐下:"你知道为什么假肥料、假农药、假种子屡禁不止吗?那些所谓的专营压根儿解决不了老百姓'不放心'的问题,因为相关部门捞不到多少好处,所以不感兴趣。"他指了指窗外的猪圈,接着说:"他们的兴趣在这里。你知道吗,一头一百多斤的猪,从猪农出售到屠宰场或冷库出库,价格要涨一百至一百五,其中很多部门要搭车收费。居民和农民花大半年时间养一头猪,平均收入不到三百块,还要承担瘟疫、价格波动等风险,而生猪贩子、屠宰商、批发商一天转手几头或几十上百头猪,一头的成本不到二十块,收益却在两百块左右,并且没有任何风险。"

"这些人也太黑了!"我气愤地说。

"太黑?哈哈!食品公司那才叫黑。他们和猪贩子经常联合控制毛猪市场价格,农民养的猪只能卖给和食品公司、屠宰场有关系的猪贩子,否则很难出售。总之,养一头猪不如炒一头猪。"

经刘成一说,我一下子明白了,难怪有的人儿子贩猪、老婆囤猪、老子宰猪、媳妇批发和零售猪肉,进行一家人、一条龙作业。看来,定点屠宰制度真得改改,如果猪农不能直接进入贩猪、宰猪、批发和零售各个环节获得收益,养猪风险不能在各个环节分摊,谁还愿意养猪?我暗自盘算,回去后,一定要给工商联领导递交一份改革定点屠宰制度的建议。

9

听说,我离开小镇的第二天,季方领着王婶回来了。当年王屠夫锒铛入狱后,一向性格开朗的季方忽然变得沉默寡言,他把玩耍的精力都集中到了学习上,成绩也渐次由中等偏后跻身前茅。虽然我们高中毕业仍然上山下乡,却只在农村熬了两年多时间,高考一恢复,我和他都考上了大学,他以优异成绩考上了省政法大学。我早就知道,他的目的就是要为救命恩人申冤。

听说季方为王屠夫打官司费了很大周折,因为王屠夫一度承认自己是凶手。季方以"作案现场无痕迹"以及"杀人动机不明确",对案件提出了质疑。公判时,说王屠夫在食品公司仓库和屠宰车间杀死并肢解了库管员,但作案现场没有查到王屠夫留下的任何痕迹,既无人证,又没有物证。季方反复调阅卷宗,从勘查报告和尸检报告中得知,库管员被杀的当天饮了过量的酒,他先被人从后脑勺敲了一铁锤,当即死亡,然后被凶手从仓库移至宰杀车间肢解,最后从下水道运走尸块,被分别抛于五个厕所。凶器是杀猪车间的铁锤、刀具和尼龙带。现场被冲洗,没留下凶手的任何痕迹。从头部击中的位置和角度来看,凶手和库管员的个子应相差无几,但王屠夫要高出库管员一个脑袋,况且王屠夫和库管员无冤无仇,杀人动机几乎没有。在调查过程中,季方得知王屠夫是在刑讯逼供下伪供的,为此,他和他的法学老师曾联名向高院建议修改刑事诉讼法,提出"为了避免冤假错案,既要重人证,又要重物证,确保两证俱全,尤其要避免强迫人证实自己有罪。"后来,经过很多法律工作者的共同努力,国家对刑事诉讼法做了修改,规定采用刑讯逼供等非法手段收集的犯罪嫌疑人、被告人供述和采用暴力、威胁等非法手段收集的证人证言、被告人陈述,应当予以排除。同时规定违反法律规定收集物证、书证,严重影响司法公正收集的证据,也应当予以排除。经过长达十多年的努力,王屠夫终于被无罪释放。

后来听父亲讲,王屠夫从监狱里出来的那天,刘成在小镇最好的酒店摆了两桌酒席为王屠夫接风,父亲也被请去做客。刘成当着众人的面,把屠宰场的钥匙、账簿和存折全部交给了王屠夫。王屠夫坚决不要,并说坐牢以来,刘成一直出钱帮助王婶上访和打官司,自己要用余生之力来报答刘成,并举杯为刘成敬酒。情急之下,刘成失言说王屠夫是替他坐的牢,致使全场哗然。接下来,刘成声泪俱下,说出了自己杀死库管员的经过——

刘成小的时候,家庭并不富裕,加上父亲秉公守节,生活很清贫。

小镇屠夫

刘成喜欢养狗,为了给狗改善生活,少不了去食品公司排水沟旁打捞废弃的下脚料。有一次,库管员偷偷扔出的一块肉被刘成意外拾到,刘成当时并没有意识到库管员监守自盗,反而被栽赃。库管员以此要挟刘成的母亲。刘母为了顾及丈夫的地位和儿子的名誉,被迫与库管员发生奸情,这一幕恰巧被刘成无意中撞见。因此,刘成蓄意除奸,并故意与库管员套上了近乎。刘成生性聪慧,酷爱侦探小说,尤其崇拜福尔摩斯,他虽然和库管员个头一样,但要制伏一个大活人也非易事。当他发现库管员嗜酒成性,就决定利用他醉酒的时候下手。刘成利用下水道进出食品公司,作案后对现场进行了全面冲洗,并且在次日杀死了自己心爱的阿龙,以至于警犬也未能嗅出问题。

当王屠夫明白真相后,泪流满面,当场给参加酒席的亲朋好友下跪,请求大家为刘成保守秘密。季方从维护法律尊严的角度出发,坚决反对。他说:"如果这样做,不仅救不了刘成,反而要连累大家,所有的知情者都会犯下包庇罪。"最后,他建议刘成投案自首,争取政府宽大处理。

刘成自首后,全镇哗然。大家忽然明白,刘母为何长期郁郁寡欢,直至病故。刘母因涉嫌包庇儿子,被贬回小镇。刘父是一个非常精明能干的老公安,他很可能知道儿子是真正的杀人凶手,为了儿子徇私枉法,终归咎由自取。刘父面对如此重大的打击,觉得无脸见人,上吊自尽。刘父死后,我一直在思考,刘父死得非常不值。刘成之所以怨恨父母,就是因为他们苟且偷生,活得没有骨气。

刘芸自幼丧母,如今哥哥坐牢,父亲自杀,她哭干了眼泪,变成了一个沉默寡言动辄发呆的痴女。

10

王屠夫出狱后,被王婶的弟弟接到河北石家庄疗养。其间,他感受到了改革开放的气息和屠宰业的发展前景,立志办一个现代化的大型屠宰场。身体康复后,王屠夫从媳妇家亲戚手中借了三十万元并向银行贷款两百万元回到小镇兴建了一个现代化屠宰场。王屠夫很快成了全江城地区创业致富的典型,工商联领导让我专程回小镇一趟,去收集和整理王屠夫发家致富的先进经验,于是,我在上世纪九十年代末的最后一个春天回到了小镇。

刚改革开放时,整个江城地区的企业不多,规模也不大。我在工商联工作,少不了和小镇的食品公司打交道,对屠宰业全行业的情况比较熟悉。我国的屠宰加工业起步晚,发展慢。新中国成立前,屠宰业基本上是私商手工作坊式经营。新中国成立后,从五十年代开始,国家陆续在武汉、郑州、天津、北京、蚌埠、重庆、长沙等地兴建了一批肉类加工厂,机械化和半机械化屠宰厂应运而生。二十世纪六七十年代基本沿袭原来的老工艺、老设备,虽然在仿制、消化、吸收一些国外先进技术与设备的基础上有一定发展,但由于研发资金与人力资源不足,加工手段及设计手段落后,始终未能有质的飞跃。八十年代后,国家推出了生猪"定点屠宰、集中检疫、统一纳税、分散经营"的十六字方针,从而促进了屠宰业的发展,特别是一九九八年初开始实施《生猪屠宰管理条例》,把屠宰业的管理纳入了法制化、规范化的轨道。工商联的领导多次提醒我:"小杨,你千万不要小看屠宰业,它对人民的生活和身体健康起着举足轻重的作用,你要多去调查研究,用先进经验引导江城地区屠宰业的发展。"

带着使命,我又一次回到小镇。一走进阿成公司,映入我眼帘的是高大的屠宰车间和加工车间,它们和刘成原来建造的三栋大型猪圈和一个办公楼相互匹配,显得非常协调。屠宰场四周的围墙边种满了垂柳,那长满绿芽的枝条在轻风中翩翩起舞,一派祥和。王屠夫之所以要保留"阿成"这块牌子,其目的就是要感谢刘成为自己保留并创下的这一份基业。王屠夫满面春风地把我迎进公司,并带我参观了新建的两大车间。准备车间里有淋浴冲洗廊、电麻机,放血平台、脱毛机,生猪从停食猪圈直接进入准备车间,经过淋浴冲洗,被电麻机打昏,然后由王屠夫亲自放血,再用吹气筒充胀并送入脱毛机脱毛,这一系列程序走完后,一头油光鲜亮的净猪就展现到了人们的眼前。接下来,净猪被悬挂式传输机送进加工车间,这车间里配备有桥式劈半锯、洗肚机、打蹄机等,经过开膛净腔、劈半、整修等基本工艺流程,一头猪身首各异,被肢解得七零八落,然后送往柜台或深加工企业,走进千家万

小镇屠夫

户,被人们烹调成美味佳肴。

王屠夫的屠宰场投产之后,生意非常兴隆,加上收费合理,周边县市的生猪都被贩子们运来加工。王屠夫告诉我,自从流水生产线投产以后,县食品公司的生意便日趋萧条,濒临破产。

真是巧,说曹操,曹操到。夏经理提了两瓶酒和一封茶也来到了阿成公司。

"王总、侄子,你们好!听说侄子从省城归来,我特地翻出两瓶茅台和一听舍不得喝的好茶来和咱有出息的侄子一起分享分享。"小镇上的人,习惯于把行署所在的江城称之为"省城"。我和夏经理八竿子够不着,没有丝毫的亲属关系,他完全是为了套近乎才称我侄子。改革开放后,人们都时兴以老总自居,屁大一丁点的公司,其负责人也敢称自己为老总,甚至有一些空壳公司的人夹个皮包也称老总。夏经理对王屠夫点头哈腰,无非是想套套近乎,另有所图。

"嗬!你消息真灵通。你称呼我老总?哈哈,老子可没那能耐。和你堂堂的大经理相比,老子充其量还是个屠夫。"王屠夫一边揶揄着夏经理,一边把他引上了办公楼紧靠经理室的接待室。

夏经理走进接待室,目光从空中悬挂的有机玻璃连珠灯,到墙壁上的油画,再到人造革沙发和实木茶几,最后落到精美的景德镇茶具上:"王总,真想不到你这个接待室如此豪华。"

"我这算什么,和河北娘舅家那里的比,简直叫寒碜!人家的吊灯是水晶的,油画是进口的,沙发是真皮的,茶几是红木的。再说,朋友们经常过来坐坐,总得像个样吧。"王屠夫不无遗憾地进行了表白。王屠夫之所以不把夏经理带到自己的办公室,是因为靠最里面的那间办公室实在是太简陋,除了那套刘成用过的标准办公桌和几把木靠背椅外别无他物。说实在的,并不是王屠夫置办不起,关键是他不习惯享受。

王屠夫取过茶杯,给夏经理沏了一杯好茶,然后转入正题:"说吧,有什么事需要老子帮忙的?我知道你无事不会钻矮檐。"

"咳!看你把我高抬的。我就喜欢老哥快人快语,直说了,我是来找你商量联合办厂的事,政府⋯⋯"

"哼！老子就知道黄鼠狼给鸡拜年——没安好心。"王屠夫打断夏经理的话，顺手把酒和茶叶往夏经理面前一推，"我这小庙供不起你们那尊大菩萨，你另寻高就吧。"王屠夫起身做出送客的架势。

夏经理赶紧起身绕到王屠夫身边，把他按在沙发上："别急，别急！买卖不成人情在，你先听我把话说完再做决断也不迟嘛。"

"俗话说，瘦死的骆驼比马大，你以为我是想吃掉你吗？非也！我是响应政府的号召，走改革开放之路，通过公私合营改制，壮大社会主义经济。侄子，你说对不对？"夏经理振振有词地说着，想用"政府"把王屠夫给唬住，并且想让我做帮手。

王屠夫越听越气，他端起茶杯狠狠地磕在茶几上："你少啰唆，老子不吃这一套。"

"好好好！别狗咬吕洞宾——不识好人心。说不准哪一天你会后悔的，咱们走着瞧。"夏经理自知没趣，他把酒和茶叶往我面前一推，"这是留给咱侄子的。"

"谁稀罕，滚吧！你走你的阳关道，老子过老子的独木桥！"王屠夫想想很生气，追至接待室门口冲着夏经理的背影狠狠地甩了一句。

我和王屠夫回到座位不一会儿，王婶就气呼呼地冲了进来，她指着王屠夫说："老头子，我告诉过你，姓夏的不是好东西，你少跟他来往。"

我知道王婶为什么恨夏经理，不想捅娄子便敷衍王婶："大婶，王伯伯知道姓夏的不是好人，已经把他轰走了。话说回来，交道还是要打的，人家毕竟是屠宰协会的会长，代表政府管事，咱不得不服人家管。"

王婶怒气未消，甩下一句："那是你们男人的事。"然后，转身离开了接待室。

听说，王婶买菜回来，在大门口撞上了夏经理，啐了他一脸口水。我心想：夏经理这一趟很狼狈，以他的性格和为人，一定会记恨王屠夫他们。

11

果不出我所料，没过多久王屠夫就遭到了刁难。政府有关部门隔

三岔五地来阿成公司找茬,不是派出所来查黑人黑户,就是供电局来查偷电漏电,要么就是防疫站来查死猪病猪,就连居委会也经常来查清洁卫生。王屠夫很注意守法经营,他坐牢坐怕了,不说被犯人们欺辱,也不说被狱警们歧视,关键是没有人身自由。尽管王屠夫做得很好,但不可能一点毛病都没有,譬如,猪圈就很难做到没有臭味。居委会竟然以臭味太重开出了一张罚单。

有一次,听说屠宰协会要来检查,王屠夫不愿意见姓夏的,就让王婶应付,自己出去转转。王屠夫说:"什么行协?说白了,就是姓夏的挤对'阿成'的工具。"是呀!按说阿成公司的规模不亚于县食品公司,成不了会长单位,至少可以成为副会长单位,可偏偏只让王屠夫成为普通会员,并且挖苦他没什么文化,不能担任任何职务。其实,王屠夫对担不担任职务倒无所谓,他在意的是不能让心怀鬼胎的夏经理担任会长,可是,人家是吃政府口粮的,自己怎么在意也不解决问题。

王屠夫很久没有逛街了,他沿着青石板铺成的老街漫无目的地走着。在一个拐角处,他看见一伙小孩子围成一团看热闹,便走上前去,原来这群孩子正在骚扰一个脏兮兮的女孩。那女孩目光呆滞,抱膝而坐,对小孩扔在身上的果皮和石子全然不顾。王屠夫认识这女孩,她是刘所长的女儿。刘所长自杀后,王屠夫曾和王婶琢磨着要把刘芸接到屠宰场,却被刘芸坚决拒绝。没想到,两年之后这孩子竟然流落街头,他顿起怜悯之心。听王屠夫讲,他当时赶走围观的小孩,想把刘芸接回家,但被刘芸拒绝。他估计刘芸怕自己是个大老爷们,不怀好意,于是打电话搬来了王婶。

刘芸被王婶接回家后,经过两个多月的悉心照料,情况大为好转,只是从不开口讲话。转眼到了年三十,王婶为了抢个头晌,前一宿就备好了丰盛的年饭。小镇吃团年饭的习俗是午餐,十二点至下午两点之间,谁家先团年,谁家就吉利。饭菜上桌后,王屠夫将一挂大红鞭炮挂在门前,卡着手表准时点燃了鞭炮。随着"嘭"的一声响起,刘芸"哇哇"大哭起来。王屠夫和王婶一下子给愣住了,很快,两人都反应过来。王婶搂着刘芸激动地流着泪水:"哭吧,哭出来就好了。"

刘芸在王婶怀里哭了半个时辰,她慢慢地抬起头来,眼泪汪汪地说："大伯、大婶，谢谢你们收留我，我以后就是当牛做马也要报答你们。"

"傻孩子，我们无儿无女，有你做我们的女儿也算是我们前世修来的福气。"王婶再次给刘芸抹干眼泪。

王屠夫见刘芸开口说话了，一下子高兴起来："好啦好啦，快吃吧，饭菜都凉了。"

年后，我和夏至去王屠夫家拜年，听说了刘芸的遭遇和变化，我深感内疚，多年来一直忽视了同窗学友的不幸。刘芸清楚我在外地工作，不让我道歉。她说，最开始她姨妈陪她住了一年，后来，钱花光了，她跟着姨妈回了老家。又过了几年，姨妈生病住院，欠下了一大笔债务，无奈之下，她才回到小镇，刚流落街头就被王大伯和大婶收养了。

12

新年伊始，刘芸又成了活泼可爱的大姑娘。她不仅帮助王婶料理家务，而且帮助王屠夫管理账目，里里外外都是一把好手。王屠夫辞退了原来的出纳，并听从刘芸的建议，制定了一系列管理制度，使屠宰场的经营管理变得井井有条。

转眼又是阳春三月，屠宰场四周的杨柳开始飞絮，呢喃的燕子穿梭在轻轻飞舞的柳条之间，滋生出一派生机。三月三的头一天晚上，夏至打电话给我，要我翌日陪他约季方、刘芸一起去伏虎山下踏青。夏至比我们高二届，是刘芸哥哥的同班同学，对刘成非常崇拜，也一直暗恋着刘芸，只是不好意思开口。刘芸也喜欢夏至，喜欢他的英俊与文气。刘芸自从父亲自杀后，精神受到了极大的挫折，患上了严重的抑郁症。一开始，刘芸的姨妈来照顾她，生活过得很清贫。其间，我母亲省吃俭用，经常接济她们。夏至没有下农村，被夏经理走后门弄了张先天性心脏病证明，直接安排进县食品公司当了检验员。刘芸家发生变故后，夏至依然爱着刘芸，并经常往刘家跑。刘芸第一次犯病晕倒在地，是夏至亲自将她送进医院的。夏至家庭条件好，他三天两头往刘家跑，不断接济刘芸。后来，被夏经理发现了，父子大闹一场，弄得满城风雨。刘芸在清醒的时候从内心深处非常感激夏至，但她知道

自己的身体状况和家庭境况,不愿意拖累善良的夏至,故意用冷漠疏远了夏至。

三月三一大早,我和夏至、季方一起来到阿成公司。

刘芸见到季方上去就是两拳:"真不够朋友,这几年你躲到哪里去啦?见死不救,亏你还是我哥的好朋友。"

"刘芸,你别误会,季方为了给王伯打官司,这几年没少吃苦。"我以为刘芸不知季方帮王屠夫打官司的事,赶紧出面圆场。

"刘芸,夏至一直想来看你,怕大伯大妈误会不敢来,这次听说我出差路过小镇,非要拉我一起来见你。"季方一解释弄得刘芸和夏至都羞涩地低下了头。我赶紧调转话题:"走吧,咱们到伏虎山下踏青去。"

"婶子,我和致远他们出去转转,中午吃饭别等我们啦。"刘芸回头对着办公楼嚷了嚷,然后和我们一起向伏虎山进发。

早春的伏虎山春意盎然,刚刚抽芽的橡子树呈现出斑斑青黄,山桃花粉红一片和洁白的野梨花交相辉映,各种小鸟在林间穿梭争鸣,一派生机蓬勃。山脚下的那片旷野,青草盈盈,格外养眼。我们一行四人欢呼雀跃,奔进草地。季方和夏至一连在草地上打了好几个滚,刘芸看着他们笑弯了腰,索性席地而坐。季方和夏至你推我搡地闹够了才来到我和刘芸身边坐了下来。

"哇,真美!"刘芸发出了一声由衷的赞叹。

就在这时,挂在季方腰间的 BP 机响了,季方取下 BP 机一看,拍了拍我的肩膀,对刘芸说:"镇政府找我和致远有急事,我们得先走,你们好好玩。"然后拉着我起身离开。

没走多远,我和季方相视一笑。我知道是季方设的圈套:"一听就知道是你定的闹铃,你太善解人意啦,给那小子提供了机会。"

"就看他的本事了,但愿他能把生米煮成熟饭。"季方不怀好意地朝我笑了笑。

我示意他停下来回头看看。

青青的草地上,夏至搂着刘芸深深地亲吻着⋯⋯早春温暖的阳光,把这一幅美好的情境定格成了一幅动人的剪影。

夏经理原本不想承包经营食品公司,但分管副县长多次找他谈话,要求他带头走改革开放之路,并暗示,如果他不带头改制,也不会另作安排。无奈之下,夏经理只好硬着头皮搞改革。他原以为改革会遇到很大的阻力,岂料一场动员大会竟赢得了大多数人的支持。食品公司改制成小型股份公司后,不到一年时间便起死回生,当年扭亏为盈,盈利五十万元。他作为公司总经理,不仅拿到了两万元的奖金,还被县政府披红挂花。改革开放初期的两万元在百姓心目中,简直就是天文数。尝到了改革开放的甜头,夏经理一下子胃口大开,他恨不能一口吞并阿成公司。起初,他低三下四地去找刘成入股,但刘成坚决不同意,执意给王屠夫留下一份家业。他不明白这个王八羔子究竟吃了什么迷魂药,连副总经理的待遇和百分之三十的股权都看不上眼,直到后来刘成败露锒铛入狱后他才明白了其中的缘故,他不得不佩服这小子讲义气。

自从上一年在阿成公司被泼了冷水之后,夏经理找到分管副县长,让他从保护改革开放的成果出发,给县食品公司贷款,引进了先进的设备,使食品公司再次起死回生。有了危机感,夏总经理对发展不再掉以轻心,只有发展才是硬道理。他想,无论如何也得把阿成公司归顺到自己名下。他原本是反对儿子与刘芸来往的,后来听说王屠夫收留刘芸做干女儿并且给刘芸治好了病,便觉得这是老天爷在成全自己,一定要促成这门亲事,因为王屠夫无儿无女,一旦婚事办成,总有一天屠宰场就会自然而然地转到他儿子的名下。

"五一"放假期间,我回小镇休假,夏总约我去阿成公司上门提亲。

临近中午,夏总和他的女人拎着四瓶茅台酒和两条中华牌香烟及一个装有翡翠玉镯的精美首饰盒和我一起来到了阿成公司。夏总是一个很有心计的人,为了避免见到王婶时出现尴尬,他特意带上了自己的老婆。其实,我已事先给王婶打过招呼,本来王婶是坚决反对的,当她听说刘芸在病危的时候是夏至发现并献血挽救了刘芸的生命也就罢了。王屠夫按惯例把我们领进了接待室,并吩咐王婶一起陪陪客

小镇屠夫

人。刘芸进来沏茶,她先给夏总递上一杯:"请夏伯伯用茶。"夏总满面喜悦地回复:"谢谢!"

"呀,几年不见,小芸出落成了一个大姑娘,并且越长越漂亮啦。"夏总的女人一边打量刘芸一边赞美。她从刘芸手中接过茶水,轻轻拍了拍身边的沙发空位:"小芸,快过来陪婶子坐坐。"

"不啦,你们先谈正事,我去准备午餐。"刘芸满面羞涩,依次给王屠夫和王婶沏完茶,然后回复夏总的女人,并顺手把门给掩上了。她事先已经从夏至口中得知他父母要来提亲,她不知道王屠夫的态度,只能装着不知道。

刘芸走后,夏总直截了当地说明了来意,王屠夫坚决不答应。我赶紧打圆场:"王伯伯,刘芸和夏至从小认识……"还没容我解释,王屠夫就打断了我的话:"你小子少插嘴,这事老子说了算,说不成就不成!"说罢,他板着面孔,背向夏总夫妇。

"夏叔,你们先回去,我来给王伯伯仔细说说。"看来,王婶还没来得及给王屠夫说刘芸的事情,我只好使用缓兵之计。

"好吧,后会有期。"夏总就坡滚驴,扯了扯他女人的衣角,无奈起身离去。

"王伯伯,你消消气。这事都怪我,我应该事先给你说说夏明远儿子和刘芸的关系!"王屠夫一听这话,似乎觉得不对劲儿,于是转过向来听我说。

我把刘芸和夏至的关系从头到尾细细地说了一遍。刚说完,王婶满脸不高兴地走进来,冲着王屠夫说:"你看你,你看你,今后咋做人?"

"怎么啦?"王屠夫不明就里。

王婶说:"我刚送走夏家夫妇,回头就碰见了芸儿,她问我客人怎么就走啦,我说让你爹轰走了,她听罢脸色一变,转身就跑进了自己的房间。我估计她知道夏家来提亲的事,就赶过去劝她,说夏家为人奸诈,重财不重情,老爷子也是为她好,不想让孩子受委屈。谁知她一听竟然大哭起来,说她和夏至青梅竹马,在自己最绝望的时候是夏至给了她活下来的勇气,除了夏至,谁也不嫁。还说,她不图我们的财产,今生一定找机会报答。"

"你看看、你看看,这是什么话?我们无儿无女的,她就是我们的亲闺女。什么报答不报答的!"王屠夫急得团团转,不知怎样为好。

我给王婶使了个离开的眼色:"王伯伯,你放心,我和王婶去给刘芸说清楚,保准雨过天晴。"

王屠夫:"老伴,还愣着干啥,赶紧走呀!"

我说通了刘芸,也顾不上午餐,立即赶到夏家通报喜讯,结果被夏总父子灌了个酩酊大醉。

14

刘芸婚庆的大喜日子与我的重要出差相左,所以没能到场祝贺。后来听刘芸说,婚后她在公公的鼓动下搬进了夏家,并且到县食品公司担任了会计。结婚三天后她回过一次门,后来因县食品公司搞技改和管理升级,一个多月后,她才抽出空来和夏至一起回去探望二老。她说,离开才一个多月,没曾想到,王老伯夫妇竟一下子苍老了许多,对经营也不再用心,方方面面的管理都变得松懈和随意。

刘芸夫妇回去后,王屠夫高兴得像个过年的孩子,立马张罗杜厨师安排人杀猪。刘芸让夏至给二老介绍县食品公司技改的情况,自己则和杜厨师去屠宰线上看看。她和杜厨师叫了个熟悉的丁师傅径直走进了静养室。当时处于销售淡季,静养室内只有三十余头待宰杀的猪,这些猪饿了一两天,见有人光顾,以为前来投料,赶紧围上来吼叫。那师傅一见此景,便给厨师开了个玩笑:"老杜,你真不愧为饲养员,猪都熟悉你身上的气味。"厨师回骂了一句并指使他挑一头肥的宰杀。刘芸知道二老平日里很节俭,便让师傅挑了一头蔫不拉唧不太起眼的猪。谁也不曾想到,等屠宰后劈开一看,竟是一头米猪。王屠夫闻讯后脸色一沉,他知道米猪是感染了寄生虫的病猪,对人的危害很大。我更清楚,米猪寄生虫的幼虫多生长在猪肾脏和瘦肉之中,呈黄豆样大小不等,乳白色,半透明水泡状,像是肉中夹着米粒,故称米猪肉。人吃了米猪肉会得两种病:一种是绦虫病,会在小肠长出长达二至四米长的绦虫,在粪便中排出一节节的白虫子,叫寸白虫;另一种是囊虫病,误食了囊虫后,虫卵在胃液和肠液的作用下,孵化出幼虫,钻入肠

小镇屠夫

壁组织，经血液带到全身，在肌肉里长出一个个像米粒一样的囊肿。囊虫可寄生在人的心脏、大脑、眼睛之中。若长在眼睛里，就会导致失明，若长在大脑里，就会引发癫痫，治疗非常困难。刘芸告诉我，王屠夫顾不上其他事，立即布置和动手消毒，安排丁师傅和工友将米猪肉运至伏虎山深埋，并要求仔细观察圈养的其他活猪，发现不对劲儿的，立即进行处理，不要为赚钱而坏了名声。没有想到的是，次日整个小镇都在传播王屠夫卖米猪肉的消息。县防疫站还专门派人到阿成公司进行了突击检查，又查出了两头米猪，便对阿成公司进行了重罚和限期停业整改。随之而来的是银行上门催促还贷。也不知咋整的，夏总偏偏那时候高薪招工，阿成公司的人接二连三跳槽，生意也几近停顿，门可罗雀。这一系列打击使王屠夫又气又急，竟一病不起。

王屠夫住院后，刘芸赶去探望，结果在医院门口被王婶拦住。王婶骂她是"吃里爬外的丧门星"，"串通夏家把阿成公司逼上绝路"。刘芸深受委屈，满脸泪水地跑出了医院。

刘芸告诉我，她回到家后，心情慢慢平静下来，并反复琢磨事情的缘由。小镇风传"阿成公司卖米猪肉"一事，起初刘芸也感到非常蹊跷，因为此事只有很少几个人知道，丁师傅一向对王屠夫忠心耿耿，绝不会去传播这事，丁师傅的两位帮手，事发后压根儿就没出过屠宰场，也不可能是传播者。刘芸认为最大的可能就是夏至，她问夏至是否将米猪的事情告诉过旁人，夏至回答告诉过父亲。她曾经问过夏至，咱爸为什么要把这事给张扬出去，是不是想逼垮阿成公司？夏至责怪她不动脑筋。夏至说，你想想，一边是你的婆家，一边是你的娘家，都是亲得不能再亲的人，怎么可能互相伤害呢？刘芸想起了她哥和食品公司的人打架一事，她哥曾说过夏经理是个心术不正的人，一心想吞并阿成公司，现在回想起来，自己的公公很有可能利用米猪肉事件来挤对阿成公司。

刘芸弄明白事情的缘由后，曾单刀直入地问她公公为什么要对阿成公司落井下石？夏经理听罢，仿佛受了天大的委屈，连声说道："你这孩子，这是从哪儿说起？夏至从阿成公司回来提醒说近期可能有米猪上市，让我严把收购关，我虽然做了布置，但只字未提阿成公司。话说回来,阿成的老板是我亲家,我帮助圆场还来不及,怎么可能做那事?再说,当初我去提亲,亲家不同意,我也没有责怪过他,就怕他小心眼,认为咱是图谋他的财产。这不,终归还是怀疑咱。"刘芸经公公这么一说,反倒无话可说,只好作罢。

当天晚上,刘芸和夏至再去医院探望王屠夫,并对二老做了解释,认为最有可能的是县食品公司的人听夏总布置检查米猪之后,有意挑拨离间。王屠夫却说,这事怨不得别人,只怪自己不上心,再说,身体不好是坐牢留下来的后遗症,养一段时间就好了,回过头来,再把公司办好也算不了多大个事,让刘芸他们别往心里去。

利用出差的机会,我专程到医院探望了王屠夫,并听刘芸讲述了她结婚以来的变故。不曾想到,此次见面竟成永别。

15

刘芸纵火自焚的消息很快传遍了江城,我请好假,立即赶回小镇。

听办案的干警介绍,阿成公司一歇业,县食品公司的生意格外红火起来。刘芸既要忙业务,又要给王屠夫夫妇送饭或临时顶班看护,忙得不可开交。转眼一个多月过去,在王婶和刘芸她们的精心照顾下,经过医院的治疗,王屠夫逐渐恢复了健康。出院之前,刘芸决定和夏至先把阿成公司打扫一下,再接二老回家。

刘芸他们回到阿成公司,除了门卫老头,其他人均已放假回家。院落里杂草丛生,办公室的桌椅板凳上落满了灰尘,车间的角落里也有了不少蛛网,更让刘芸恐怖的是冷不防蹿出一只只肥硕的老鼠,吓得她汗毛直竖,无法久待。刘芸生性怕鼠,晚上回到家里,提起阿成公司到处是老鼠的事情仍面如土色。夏明远在一旁听了哈哈一笑,建议刘芸买毒鼠强灭鼠,说非常管用。第二天上午,刘芸去物资公司营业厅买回毒鼠强,让公公抽空去帮助投放。

刘芸做好饭菜本来要去医院送饭的,不凑巧接到了季方的电话,约她去监狱探监。她跑到办公室让夏至早点吃饭,然后去给王屠夫送饭并换王婶回家休息。等探完监回家,她发现夏至倒在客厅口吐白沫昏迷不醒,婆婆也倒在床上,没有了气息。她大喊救命,并和应声前来

的员工,把婆婆和丈夫送往医院抢救。接到报警,公安干警赶到医院带走刘芸进行了审讯,并将畏罪潜逃的夏明远缉拿归案。听公安干警介绍,这一切都是夏明远所为。夏明远趁刘芸不注意,在鸡汤中下了毒,却不曾想到被自己一贯吝啬的老婆调了包,不仅害死了自己,还害傻了儿子。

刘芸虽然被无罪释放,但她经受不住这沉重的打击,再度诱发抑郁症,并纵火自焚。我无法揣度刘芸临死前的心情,但我想:她一定万分难受!一方面,因自己的过失,险些害死救命恩人,她无法再去面对王屠夫和王婶;另一方面,深爱她的人和她爱的人已经成了植物人,她一看见那双无神又无助的眼睛,就难免产生强烈的负罪感而痛不欲生。

我真不知如何面对这一系列意想不到的变故,好在季方还没来得及回程,我劝他请假留下来一起处理夏家的后事。

刘芸下葬后,我和季方没有回家,直接住进了镇政府招待所。我躺在季方对面的床上翻来覆去也想不明白,夏明远为什么要投毒,便问季方:"喂!律师大人,我整不明白,刘芸的公公为什么要下毒手?难道他就没想想,这种案子傻子都能破。再说,阿成公司到头来终归还是他儿子和媳妇的。"

"哼!都像你这样思考问题就好了。人心一膨胀,脑子就缺氧;脑子一糊涂,思维还能正常?"季方见我还不太明白,接着说,"早点睡吧,明天还要起早赶路,以后你慢慢想就明白啦。"

16

是年春节放假,我再次回到小镇,在家打了个盹,便去阿成公司看望王屠夫。这天已是腊月二十八,来到阿成公司正撞见二老蹬着一辆三轮车出门。我问:"王伯伯,你们干啥去?"

"去医院接你夏至哥。"王婶回答说。

我问:"咋不用小车?"

"老头子不愿意让孩子受屈。"我看见车厢里堆了好几床被子,也就没有再多问。

"你们上车,我来骑。"我从老人手中接过把手,径直蹬到了医院。

经过半年的治疗,夏至没有一丝好转的迹象。办完出院手续,医生一再叮嘱,每天要喂易消化的食物,经常清洗、按摩等等。夏至的眼睛睁着,任凭我怎样呼唤,他都无动于衷,我真不敢相信他还会醒过来。夏至全身僵硬,我和王屠夫小心翼翼地把他抬上了三轮车,这一刻,我才明白王屠夫为什么没用小车。

王屠夫给夏至披好被子并且在头部围上了围巾,只让他的鼻子和嘴巴暴露在外。一切准备停当,王屠夫执意自己蹬车:"这一路都是上坡,你长期坐机关,蹬不了多久,别看我年纪大了,老子有的是力气,放心好啦。"

王屠夫蹬着车往回走,我和王婶在两侧搭手推车。天色渐次暗淡,还飘起了雪花。这一路全是上坡,我们走得很吃力,尽管前面的路还很难走,有王屠夫奋力蹬车,我的腿脚也似乎越来越有劲儿。

小镇挑夫

1

甜水井在锦屏小镇西南侧的伏虎山脚下。小镇总共有七八口水井，别的都略带咸味，唯独这口井水质甘甜。

甜水井的井口比小镇别的水井井口都大，需要三个大人才能合抱。井壁垂直而下，大部分是花岗岩，靠井底的部分是红砂岩。这口井很深，大旱之年才会露出井下的红砂岩，从我记事起，就没有见它枯竭过。有次，我对黄老爷子说："这口井啥时候干了，我就下去看它究竟有多深。"黄老爷子奚落我："乳臭未干的毛小子！实话告诉你，老子活了大半辈子，别说看见它干，就连听说也不曾呢。"

从十岁开始，我就担当起家里的挑水任务。一开始，我只能挑半桶，一路上要歇很多次；后来，歇的次数越来越少；再后来，满满一担水只需两歇就可以挑回家了。

我非常羡慕周老憨。他人木讷，说话有点不沾弦，大人小孩都喜欢取笑他。为此，他尽量不开口说话，时间一久，话越来越少，成了个"闷葫芦"。周老憨中等个儿，长了一副好身板。每到夏天，他光着膀子，露出黑里透红的脊梁和鼓胀的三角肌，着实让小镇的婆娘们赞叹不已。赞叹归赞叹，但谁也不会真的嫁给他，因为他憨，他穷。除此之外，还因为他名声不大好——他是个逃兵。十五岁那年，周老憨跟随父亲上前线支援解放战争。他父亲在一次战役中受伤了，大量的伤员在路边躺着等担架。天寒地冻的，周老憨怕父亲死了，便不管不顾，把枪丢了，自己将父亲一路背了回来。后来部队追究，见他是个憨子，也就不了了之，但周老憨这"逃兵"的名声就在小镇传开了。

周老憨近乎文盲，做不了别的，便成了职业挑夫。谁家有担柴、挑水、扛砖、搬瓦之类的重活，只要叫一声或者捎个口信，他立马就到，干完活，随便人家给几个零钱，即便不给，管口饭也成。因甜水井离镇子有三四里地，很多人隔三岔五地让他挑水。

我车水是周老憨教会的。小镇人称从井里取水为车水，通常以吊杆为主，它是用两根长长的杉木杆做成的。人们在当作竖杆的杉木杆子上方钻一个通孔，并在用来做横杆的杉木杆子中部也钻一个通孔，两孔用铁铰链联结在一起，然后，在横杆的粗端绑上一块磨盘或者大石块，并在横杆的细端安装一根长长的绳索，最后，把竖杆的粗端栽在井台边的空地里固实，一个完美的吊杆就大功告成。车水时，把水桶系在井绳上放入井口，用力向下拉动井绳，等水桶落入井水之后，一手在上方稳住井绳，一手在下方晃动井绳使水桶摇晃没入水中，再利用杠杆原理，稍稍用力就将一桶水提上了井台。甜水井没装吊杆，只能靠绳索使蛮力车水。

甜水井没有正规的井沿和围栏，不知是谁在井口四周铺了一圈凿着斜纹的大石板，并在井口边横了两根石条，以防止人们打水时失足。记得那天，我从井台旁那棵高大的古刺槐树干上取下井绳，把活头牢牢地拴在桶梁上，然后小心翼翼走到井口边，把水桶慢慢放到井里。我汲了半桶水，躬下身子试了试，觉得有把握便开始往上提，谁知越提越重，无奈只好让水桶落回水面。我把桶里的水再荡出去一些，这次一把紧接一把丝毫不敢松劲儿，一口气把水桶提出了井口，只见桶里晃荡着浅浅一点晶莹剔透的甜水。这时周老憨来了，他放下水桶，亲热地摸摸我的头，便利索地将右脚上前抵在井口的石条上，然后右腿弓，左腿绷，稳住脚跟，上身前倾，眼睛俯视井里的水桶，两手轮流使劲儿，不慌不忙，一把接一把向上拉，一会儿满满一桶甜水便拉了上来，他尽数倾倒在我的桶里。我崇拜地望着他。他一边继续车水，一边说："万一拉不动了，你可千万别撒手，弄不好连人带桶就下去了。你一口气车不上来时，可将绳结勒在石条上，歇一口气再往上提。"临走，他又叮嘱，"冬天挑水要格外小心，不要把水洒在井台上，结冰了，容易

小镇挑夫

摔跟头。”

2

周老憨没什么朋友，我算是他最好的朋友，虽然他大我许多。他似乎很乐意有我这个崇拜他而且伶牙俐齿的小朋友，当然，我有他这么个朋友，好处也是显而易见的。一次我过生日，哥哥给我买了一支棒棒糖，我舍不得吃，故意拿到小伙伴面前显摆，那年月穷人家的孩子能吃上棒棒糖是一件很值得夸耀的事。正当我得意扬扬，几个大孩子从街口路过，抢走了我的棒棒糖。正巧周老憨撞见，他放下担子就撵，一直追了很远才把糖夺回来。我见糖已被人吃过，立马哭了。周老憨便把棒棒糖在水桶里涮了涮，然后塞进我嘴里，哄着说：“等叔挣了钱，一定给你买很多棒棒糖吃。”周老憨很讲信用，说到做到，差不多每隔一段时间，他就会给我买一颗水果糖，但有交换条件，必须给他讲一个故事。这样一来，妈妈讲给我听的故事，我全部贩卖给了他。

就为这，姐姐还取笑过我：“总听你夸周老憨好，什么好不好的，我看你就是个馋嘴猫，只要人家给吃的，你就说好。”母亲说：“你别说，周老憨除了没文化，其他没什么不好的，镇上的老人哪个不夸他？”姐姐噘着嘴说：“女孩子们都不喜欢他，说他总是色眯眯的。”母亲笑了笑，不再说话。

其实，我也发现周老憨对男女之事很感兴趣，这让我有点看不上他。记得六岁那年，我家隔壁王二毛娶媳妇，闹过洞房后，周老憨仍不愿意走，他把我叫到僻静处，让我替他看新郎新娘怎样上床睡觉。王二毛家的窗台很高，大人踮起脚也够不着。周老憨让我骑在他脖子上，从窗缝里偷看，直到灯熄后才放我下来。然后，他把我领到他家厨房，问我看到了些什么。我告诉他，王二叔进屋后急急忙忙地把新娘子的红头巾给扯了下来，猛地一下把新娘子按倒在床上亲嘴，然后剥了新娘子的衣服，自己也脱得精光和新娘子抱在一起玩耍。周老憨似乎不满意，一个劲儿地问：“然后呢？”我说：“然后王二叔下床把灯吹灭了。”他非常遗憾地叹了一口气。接下来的几天，周老憨重复着叫我讲述新郎和新娘那天晚上的事，惹得我心烦，很长时间没理他。

我记得王二叔结婚不久就进入了夏天。一到三伏天，小镇上的人热得受不了，吃罢晚饭全都搬着门板、抬着躺椅、拎着长凳到街边找空地纳凉。这时候，周老憨会挑来一担清凉可口的甜水沿街走动，他从不吆喝，见人多的地方就歇一阵子，自然有人来讨水喝，给不给钱，他从不计较。好在小镇民风淳朴，给钱的人总是多数。

一个繁星闪烁的夜晚，我坐在哥哥身边，听他和王二毛、铁柱等人在一起闲扯。王二毛说："我出个谜语，猜不中的人讲故事，注意听好啦：'山上有堆土，土中有口柜，哪个猜中哪个睡'。"他眼睛贼溜溜地往四周一转，用手指着周老憨说："周老憨，你猜，猜不出来你讲故事。"这个谜语的谜底是"棺材"，我知道王二毛是想戏弄周老憨，就想悄悄提醒他别上当，可周老憨忙不迭地说："棺材！"大伙儿全都哈哈大笑起来。周老憨委屈地说："王二毛，你不是东西，知道我不会讲故事。"王二毛收住笑，对周老憨摇摇手："算啦！我不和你一般见识。我再说一个，猜对了你就不用讲故事了。"他做出暧昧的表情说："一个东西▎把长，一头毛来一头光，插进去叽叽响，拉出来流白浆。"他说完便阴笑起来。我知道谜底是"牙刷"，这有啥可笑的？周老憨涨红了脸，憋气了半天说："王二毛你少欺负人，这个谜底是……"我压根儿想不到周老憨会说出那么下流的字眼。他刚说完，哥哥和铁柱他们就哈哈大笑起来，一个个笑得直不起腰。

8

我喜欢到柳婶家去玩。

柳婶是丁大旺的媳妇，中等身材，长得不算出众，言语不多，但那双丹凤眼似乎能看到人的心里。丁大旺是小镇上的商人，新中国成立前经常到外面跑单帮。柳婶嫁给他后，生育一男一女。女儿丁建群大我两岁，儿子建华和我同岁，并且是我的同窗好友。建华刚满周岁那年，丁大旺在江城遭受风寒烧成肺炎，等他辗转回到小镇就死了。柳婶不到三十岁就开始守寡，在恶姑子的挤对下，原本殷实的家底很快败落了。好在家里有台缝纫机，柳婶凭着心灵手巧，起早贪黑地踩着缝纫机，靠给小镇上的人缝补衣服养家糊口。虽然是寡妇门前，但柳婶行事端庄、勤恳踏

小镇挑夫

实，街坊邻居，包括我母亲，都赞她贤惠，从来没有闲言碎语。

柳婶家的后院有块菜地。这块菜地是周老憨帮助开垦的。大前年的一天，周老憨挑完水后，柳婶让他和我们在后院吃西瓜，周老憨推说自己犯胃病，吃不得。我们吃西瓜，周老憨闲着，便对柳婶说："婶子，这院子太大，空着可惜，不如辟出一块种菜，多省些钱给孩子们买几个西瓜。"柳婶望着碾成铁板一样的地面，为难地说："这院子早年请人夯过，恐怕挖不动了。""妈，我来试试！"建华一听挖菜地，高兴地立马跳了起来。他跑进杂屋，拎出一把锄头，来到院角，高高地抡起锄头，那架势还够威风，但一锄头下去，在地上只留下了一个浅浅的白印子。"还是我来吧。"周老憨边说边脱下汗衫往腰间一扎，向手心里啐了一点唾沫，双手一搓，从建华手中接过锄头，"吭哧吭哧"挖将起来。他每一锄落下，就能掘起一大块结实的硬土，他胳膊上的肌肉和胸前那两砣肌肉随着锄头的起伏一鼓一鼓的，俨然像个大力士。我见柳婶目不转睛地看着他挖地，脸上挂着浅浅的笑意，样子真好看。不到一个时辰，菜地就挖好了，柳婶让周老憨歇一会儿，他却顾不上，回过头来，又把大土块用锄头砸碎，一会儿一畦簇新的菜地展现在我们面前。趁几个孩子兴高采烈的当儿，柳婶已端来一盆水，让周老憨擦洗。周老憨解开腰间的汗衫，擦了擦满脸的汗水说："不用了！乘着劲儿，我去挑一些猪粪来垫垫底，这地不肥，长不了庄稼。"柳婶不由分说拉住周老憨，用毛巾给他擦去背上的汗珠子。周老憨忸怩着，一边躲闪一边接过毛巾擦了一把胸前的汗水，然后挑着空桶匆匆离去。

柳婶后来托人弄了一服治胃病的药，让我给周老憨送去。周老憨捧着药激动得说不出话来，都差点儿掉眼泪。他告诉我，他没得胃病，只是想着柳婶家困难，孩子们难得吃西瓜，他舍不得吃才编的谎话。

柳婶的缝纫机边总摆着个青釉陶罐。这个陶罐我认识，是周老憨送给柳婶的。记得那天放学后，我到柳婶家做作业，正巧碰上周老憨去补衣裳。他先是到后院劈柴，然后进缝纫店帮助上柜台挡板。突然听柳婶"哎哟"一声，我和建华丢开作业本赶紧跑进店铺里，只见柳婶招着手指，咧着嘴直往手指上吹气。周老憨抓起柳婶的手一看，指尖还在渗血，低头就吮。柳婶左手操起直尺轻轻敲了一下周老憨的脑袋，

并抽回右手背到身后。周老憨一边摸着脑袋，一边"嘿嘿！"地傻笑，说："我娘说过，针扎了，吸一下就没事了。""好啦，好啦！没你们的事了，快做作业去。"柳婶朝我和建华挥了挥手，然后弓腰去拾散了一地的针线杂物。当晚，周老憨把我叫到他家，让我帮他送一个装针线杂物的小陶罐给柳婶。我很纳闷，便问："你为什么自己不送？"周老憨搔着脑袋傻笑，半天憋不出一句话来。"你是不是怕柳婶不收，给你难堪？""对呀！"他赶紧点头。我说："那好呗。明天放学后我来取。"他一下子高兴得把我抱起来转了一个圈："我请你吃糖。"他放下我，又神秘兮兮地叮嘱道，"你千万别告诉旁人，只能你一人知道。"我点点头，周老憨盼咐的事我从来没有对其他人讲过，包括自己的父母。令我没想到的是，柳婶收下了青釉陶罐，但样子很奇怪，似乎不大高兴，又似乎非常高兴，我看不大明白，并且她也同样叮嘱我不要对旁人提及。大人的事真奇怪。

4

小镇的日子平淡无奇，寂寞悠长。

我已经长成了宽肩细腰的半大小子，可以一口气车起整桶甜水，稍稍歇气就能挑一担水回家了。我和建华上了初中，建群上了高中，没有像镇上一般女孩子那样，初中读完就算了。镇上人议论说柳婶一个寡妇家，居然有这个心气和财力供孩子读书，既惊奇又叹服。

柳婶家的后院，依然是我们快乐的天堂。周老憨依然经常去柳婶家劈柴、挑水、种菜。只是，我觉得周老憨似乎老了。我以为憨子是不会老的，但他的确老了。他宽厚黑红的后背似乎佝偻了些，笑容里也似乎有了点落寞。柳婶似乎也变了，她乌黑的总是梳得光洁齐整的鬓发里有了几根银丝，她看着周老憨劈柴，也不再浅浅地笑了，黑眼睛里有一种说不出的愁苦。

这年寒假的一天上午，我正准备去甜水井挑水，远远见井边站满了人。听人们七嘴八舌地议论："怎么回事？""这娃子不知咋搞的，掉到井里了，可惜呀！"也有个别人说："作孽呀，作孽！可惜了这一井甜水。"我急忙打听是谁，却如晴天霹雳般地听到了周老憨的名字。

"闪开！闪开！"派出所刘所长和两个干警拨开人群，来到井边。大人们把井台围得严严实实，我挤不进去，只好攀上古槐，骑在树杈上。井台上，有水的地方已经结冰，非常滑。刘所长他们小心翼翼地踩上去，先是围着井台仔细地察看了一圈，然后趴在井口朝下观察了一会儿，最后捞起垂下井中的井绳琢磨了好一会儿。高个子干警指着绳子的断口说："八成是绳子快断时，他想把水桶抢到手，不料脚下一滑，栽了下去。"

刘所长对围观的人说："大伙儿回吧，人已经送回家了，没啥好看的，别在这里喝西北风。"说罢，拨开人群，骑上停在路边的自行车，往周老憨家去了。

我赶紧"哧溜"下树，往周老憨家狂奔。等我赶到他家，大门口已经挤满了人。周老憨家原本是三间正房，一间偏房，他父亲病死后，卖掉了两间正房，现在唯独的一间正房既是堂屋（客厅），又是卧房。正对门的那面墙上贴着毛主席的画像，下面摆着一张很破旧的条桌，桌面上放着一些不起眼的杂物。条桌靠墙角的地方还没来得及摆周老憨的遗像，周老憨的灵牌放在他爹画像的正下方，那灵牌上工工整整地写着"周光灿之位"。周老憨活着的时候，很多人都不晓得他的真名，现在才知道他叫周光灿。平时，周家堂屋里摆着一张床，供周老憨母亲用，他自己睡地铺。每到晚上，他把靠墙的活动门板往地上一横，铺床被絮，抱床褥子就得了。本来正房拐角处还有一间偏房，可是因为太小，只能用来做伙房和杂物间。此刻，堂屋的床铺已被拆走，周老憨常年睡的那块门板被架在堂屋中央，他僵硬地躺在上面，身上蒙着层白布。地上放着一个破搪瓷盆，里面刚烧过的草纸余烟缭绕。周老憨的母亲哭昏了好几回，已被送进镇上诊所抢救去了。人们围在周家大门口，面对这凄惨的景象，想帮忙却不知如何下手。

"让一下，让一下，大家让一让。"人们闻声自觉地让出一条通道。我侧过身子一看，只见黄老爷子来了。黄老爷子是小镇上有名的司仪，无论谁家死人下葬，都得请他主持。黄老爷子在几个乡党的簇拥下，来到大门前，他站定之后，双手抱拳对大门两侧的街坊邻里拱了拱手，然后移步进门，从一位婶子手中接过一支香，在长明灯上点燃，然

后轻轻一摇，明火便化成一缕青烟。他双手擎香，对着周老憨的遗体鞠了一躬。身后一个女人悄声议论："这娃子死得可怜，黄老爷子不请自来，也算是他前辈子积德。"黄老爷子爱端架子整个小镇无人不晓，无论谁家办丧事，都得事先拎着烟酒上门请他。至于这一次破例，我心里最清楚，周老憨生前经常帮他挑水和干粗活。

黄老爷子已经开始吆喝一帮人听他支使："铁老大，你带几个人去伏虎山挖墓穴，最好选能看见甜水井的地方，灿娃子挑了一生的水，让他在阴间有个念想。出丧定在后天一大早，你找八个年壮的抬棺材。老铁媳妇，你找两个女人，后天从诊所接回老婶子，发丧时让她和儿子见最后一面。"站在黄老爷子身边的铁老大向老爷子欠了欠身子："老爷子，放心！"他朝人群挥了挥手："伙计们，跟我抄家伙去。"有几个大汉立马随铁老大走了。

"杨校长，请你找学校的美术老师，给灿娃子画个像，也给老婶子一个念想。"见黄老爷子朝我这个方向喊"杨校长"，我回过头一望，不知何时父亲竟然站在了我的身后。父亲没有出声，只是朝黄老爷子点了点头。

"张主任，你想办法让大伙儿凑几个钱，买几个花圈。棺材嘛……"黄老爷子捻着胡须想了想，"先用他母亲的，至于……以后再说吧。灿娃子孝顺，事先省吃俭用，给老人预备下寿材，到头来还是自个用了，不能尽孝，作孽呀，作孽！"黄老爷子仰天长叹一口气。

"黄老爷子，买个花圈不成问题，关键是灿娃子家没亲戚，谁来给他抱灵牌子？"张主任是个很干练的女人，办事从来不拖泥带水。

"是呀！这可是个难题。"黄老爷子一下子没了主意，大家伙也都沉默了。

"交给致远吧！"父亲挤到我身边，轻轻地抚摩我的脑袋。我抬起头来，看见父亲的眼眶里噙着泪水，于是我先前忘记流了的泪水便一下子流了满脸。

5

出殡的一大早，我和父母匆匆赶到周家。在我们之前，有不少热心快肠的人早就忙活开了。周老憨的尸体已经入殓，只待发丧。黄老爷子一边指挥铁老大和八个年轻汉子往棺材上绑抬杠，一边安排婆娘们举持花圈。张大妈和父亲打了声招呼，转身去偏房取出一条白色的布带系在我腰间："好孩子，委屈你啦！"我还没来得及回话，只听身后不远处响起了女人尖厉的哭声。我回过头来，只见柳婶头扎孝带，领着两个孩子发疯似的朝周老憨家跑来。柳婶冲开人群扑在棺材上号啕大哭："大哥，这是咋回事呀？你为什么就这样走了啊，为什么?!啊!"柳婶一边哭，一边使劲儿地拍打着棺材，两个孩子也跟着柳婶"呜呜"地哭着。这一刻，几乎所有的人都惊呆了，我更是呆若木鸡，柳婶似乎一夜之间就变了，不再是那个轻言细语浅浅笑着拿丹凤眼看人的柳婶了，她披头散发，拍拍打打，哭声震天，不再是我认识的柳婶了。还是张大妈反应快，她冲进屋子，把柳婶紧紧地抱住。随后，我母亲和另外两个年长的女人也挤过去帮忙，大家七手八脚把柳婶架进了偏房。

"咋回事? ……咋回事嘛!"人们从短暂的沉默中醒来，便开始交头接耳地议论着，这声音越来越大，开始有些轻佻和不怀好意。

"呆子，这还不明白，有一腿呗!""咳! 作孽呀，作孽!"一些轻佻的笑声响起来。

人们还没有弄清事情的由来，只见丁大旺的妹子丁大荣领着一帮子人气急败坏地赶了过来。他们循着哭声冲进偏房，挟持柳婶就走。

"你们放开我，放开我，你们管不着我!"柳婶拼命挣扎着。

丁大荣指着柳婶："骚货，还不嫌丢人现眼! 吃着我哥的喝着我哥的，你号哪门子的丧?"她朝帮手们吼道："赶快把这个不要脸的拉回去!"

柳婶在撕心裂肺的哭喊声中被架走。我不知道柳婶，还有建群姐、建华有没有看到我。我呆呆地站在人群中，像个木偶，似乎我的不作为是对朋友们的背叛，所以我希望他们没看到我。

丁大旺的妹子丁大荣，是小镇有名的泼妇，不用说柳婶，就连她五大三粗的男人也畏她三分。柳婶似乎更怕丁大荣。我在柳婶那儿玩，只要丁大荣一去，柳婶立马收住笑脸，毕恭毕敬地听她吆喝。

送殡的队伍在一阵稀稀拉拉的鞭炮声中出发。我抱着周老憨的画像走在队伍的最前面，身后除了唢呐奏着哀乐外，隐隐约约有女人的哭声。天色很沉，零零星星地飘着雪花，风虽然不大，但很冷，我时不时地打着哆嗦。我一直在想：柳婶和周老憨要好，我从没敢跟别人说，柳婶这是疯了吗，小镇哪能容得下？这回怕是不死也得脱层皮。周老憨已经死了，他苦了一辈子，早死早托生，但柳婶却要遭罪了，不知她能否扛过这一劫。建群和建华来哭灵，是他们自己愿意呢，还是柳婶让来的呢？他们怎么也不告诉我呢？他们不知道周老憨死了我也很难过吗？

6

柳寡妇给周老憨哭丧的消息像一枚重型炸弹在小镇炸响，人们茶余饭后有了精彩的谈资。一出门，我就听见小镇的婆娘们毫无顾忌地扎堆议论。"总以为柳寡妇一本正经，原来也是假正经。还是古人说得好，不叫的狗子咬死人。""你看周老憨一身好肉，柳寡妇哪能受得煎熬？""柳婶也真是痴心，人都死了，干吗还要去奔丧，岂不是自己找事？""小偷不打，三年自招。这一下可有好戏看啦，那泼妇不把她打个半死才怪呢！""你们都不知道吧，前天打了半宿呢！"听一个粗嗓门女人颇为得意地宣布，我的心立即为柳婶悬了起来，赶紧往她家跑去。

柳婶家的大门掩着，缝纫店的窗口也被木板严严实实地闭着。我轻轻地敲门，建华一听见我的声音，赶紧过来把门打开，他把食指压在嘴边，示意我别吱声。

我跟在建华的后面进门，反手把门掩上。建群姐趴在八仙桌上做寒假作业，抬头望了我一眼，什么也没说，低下头继续做作业。

建华把我带进他的卧室，插上门悄悄对我说："前天姑妈带人把妈妈抓回来，吊在天井的柱子上狠狠打了一顿，妈妈不肯告饶，被打得昏死过去，我和姐姐跪在地上求情，姑妈才饶了妈妈。妈妈到现在还躺着不起，也不愿意吃东西，你帮我劝劝吧。"

我随他走进了左厢房。屋里没开灯，借着门口的光线，我看见柳婶面壁而卧。我走到床边，轻轻地喊道："柳婶，是我。"

"哦,是小三子啊!"柳婶听见我的声音,慢慢转过身来。"我妈让我来看看您。"我不知道为什么突然撒了这么个谎。柳婶挣扎着坐起来,建华赶紧把棉衣披在了她的身上。柳婶脸色苍白,非常憔悴,丹凤眼也失了神,听了这话,她眼睛闪过一丝亮光。她伸出手来轻轻抚摩着我的脑袋,沙哑地说:"小三子,谢谢你妈妈,谢谢你。"我看见泪水在她眼眶里打转。

"小三子,别走啦,就在婶子这儿吃饭。"柳婶边说边撑着下了床。

我本不打算在柳婶家吃饭的,建华在我身后拽了拽我的衣摆,我赶紧表示赞同。

晚餐很简单,三个炒菜,一钵蛋汤。我们几个孩子为了打破沉闷,大家互相夹菜,柳婶的情绪渐渐好转起来。

吃罢饭,建华和建群收拾完碗筷,柳婶让我们围着八仙桌坐下。建群姐耷拉着脸装作没听见,刚要走,柳婶喊住她,让她坐下。柳婶说:"孩子们,有很多事你们现在还不懂,等你们长大成人后,自然就明白了。建群,你不要觉得妈妈给你丢了脸,我要给你们说的是,妈妈没有做见不得人的事。周大叔是一个好人,一个非常难得的好人,你们父亲刚去世的那几年,幸亏有周大叔帮忙,妈妈打心眼里感激他、喜欢他。本想你们再大一点,妈妈就嫁给他,谁知你周大叔命苦……"说到这里,柳婶已泪流满面,哽咽得说不下去。

大概是都想起了周老憨的好处,建华姐弟也都流下了眼泪。我也索性痛痛快快地哭了一回。

柳婶对我们几个孩子认认真真地说了这番话,是真把我们当作大人对待,我似乎也真的一下子长大了,原来那些不明白的事好像都清楚了。柳婶喜欢周老憨,周老憨也喜欢柳婶,但他们不敢让旁人知道。回家的路上,我一直想着这些年不明白的事,一下子全想明白了。

"你野到哪儿去啦? 天黑了还不来,赶紧去厨房吃饭,菜给你温在灶膛里。"母亲见我进门,显然很生气。

我说已在柳婶家吃过了。

母亲愣了一下,说:"你这娃子真不懂事,你去凑啥热闹。"

"妈,我觉得小镇上的人对柳婶不公道,她没做啥对不住人的事,

小镇挑夫

干吗要打她、骂她？"我知道自己的父母一向公道，便为柳婶鸣不平。

"小孩子懂个啥？赶紧洗洗上床睡觉。"母亲说罢，已摆出不再理我的架势。我不想自讨没趣，赶紧打一盆热水泡了泡脚，然后回到自己的房间。

我和哥哥住的是偏厦子，也就是靠房子的后墙接出一截，像一个"薄"样。这是父亲带着我和哥哥拾砖头搭建的，屋顶没有瓦，直接铺一层不值钱的芦席，再在芦席上面铺一层油毛毡。偏厦子盖好后一分为二，一半用作厨房，一半成了卧房。我进屋时，哥哥已经睡了。他在县里工作，每天清早还要到河边打零工——搬运一个小时的木材，很辛苦，一般睡得较早。我蹑手蹑脚地上了床，哥哥还是被弄醒了，他往床边挪了挪身子，把已经烘热的地方让给了我。躺在床上，我无法入睡，我又把这些年关于他俩的桩桩件件逐一回想了一遍。我想，他们两个如果真的结婚了，该是多么好的一件事，那个快乐的后院，简直是我的天堂。唉，周老憨死了。

"咚，咚咚！"父亲的敲门声打断了我的回忆。父亲是县城第一小学的校长，工作很忙，每次回来，他就会轻轻敲门，他的敲门声很有规律，我们都熟悉。

母亲蹑手蹑脚地起身下床去给父亲开了门："饭菜焐在灶膛里。"

"我已经吃过了。丁大荣两口子找我，商量让你出面劝她嫂子安心过日子。"父亲在小镇德高望重，谁家有了麻烦事都要找他去调解。

"你当老好人！给我揽下这些破事！唉！柳婶也命苦。"母亲叹息着说。

"我对丁大荣说了，柳婶和周老憨都是自由身，就是暗中往来，也不关谁事，不存在伤风败俗。"

"唉，他们两个都是苦命人，让人想不明白的是，人都死了，干吗还要捅破那一层纸？"

"柳婶捅破这层纸，是她可怜周老憨孤单一世，是她感激周老憨帮扶她拉扯孩子，她这是看重这分儿情义呢。她是个重情重义的烈女子呢。"父亲赞叹说。

"寡妇人家，终归是难为情。"母亲小声说。

父亲后来还说什么，"子曰，'食色，性也'。"我听不懂，迷迷糊糊进入了梦乡。

7

送走周老憨的第二天上午，小镇派出所的刘所长和高个子干警来到我家，找我了解情况。

"小三子，过来坐我这儿。"他拍了拍他身边的靠背椅。刘所长的女儿是我的同桌，我经常到他们家，刘所长见到我，总是亲切地喊我的乳名。别看他长得人高马大，但没有丝毫的杀气，小镇上没人怕他。

"小三子，听说你和周老憨是好朋友，你知不知道有谁和周老憨结过仇？"刘所长抚摩着我的脑袋问道。

我掰着指头将与周老憨来往的人全部数了一遍，没有觉得谁会和一个老实巴交的人结仇，便摇了摇头："没有！"

刘所长又问："你能给我们说说周老憨通常是怎样车水的？"

"也就是指他的习惯动作。"高个子干警补充了一句。

我把周老憨教的动作演示了一遍，心里默默想着他教我车水的情形。

"周老憨死之前，有没有人换过井绳？"高个子干警问道。

"换井绳？干吗要换井绳？"我不解地问。在我的印象中，周老憨的井绳历来就是公用的，就挂在古槐树干上，小镇人只图方便，没人会去帮他更换新井绳。他在古槐树离地一米多高的地方揳进了一个大抓钉，把车水用的麻绳一端系在抓钉上，每次车完水，他就把井绳绕成一盘挂在抓钉上，谁要用就自己去取。一旦绳子有的地方快磨断了，他就剪掉不能用的部分，剩下的用死结连起来再用，实在用不成了，再换新井绳。

"听说周老憨前年摔了一跤，是你和几个小朋友发现的，那是咋回事？"刘所长又换了个话题。

我想起来了，前年寒假，一连下了三天大雪，紧接着又冰冻了一个礼拜。周老憨惦记着刘奶奶家水快用完了，还没等化冻，就去给刘奶奶挑水。刘奶奶和刘大爷无儿无女，属于小镇的五保户。刘大爷得了

哮喘病,经常卧床不起,家里的重体力活儿多是周老憨帮忙打理。我告诉刘所长:"那天雪还没化,我们在刘奶奶家附近打雪仗,周老憨挑着一担水到刘奶奶家,脚下一滑就摔倒了。见他爬不起来,我们才跑过去把他扶起来。后来他在家里躺了好几天才下地,并落下了腰痛的毛病。为这,柳婶责怪他是冒失鬼,还托我给他捎药。"

"柳婶为什么要给周老憨捎药?"高个子干警不怀好意地问道。

我想起了那些讥讽的言语、轻佻的笑声,和柳婶哭号的模样,心里忽然非常不高兴,便神使鬼差地大声回答:"柳婶喜欢周老憨!周老憨也喜欢柳婶!他经常帮助柳婶干活,劈柴火,挑水,开菜地,吸手指头!"我梗着脖子嚷嚷,泪水一下子涌了出来。

刘所长轻轻地拍拍我的脑袋,温和地说:"小三子,谢谢你!"他站起身来,对正在后院晾衣服的母亲说:"大嫂,我们告辞啦!"

"就在这里吃中饭嘛!"

"时间还早,我们先走了。"刘所长边说边和干警离开了我家。

"慢走!"母亲丢下手中的活儿,回到堂屋,轻轻搂着我。

8

早晨我赖在床上不想起来,母亲却一个劲儿地催我,我也心灰意冷懒得动弹。但得知母亲让我陪她去柳婶家,我立马跳了起来。母亲拿了一件父亲的破褂子,牵着我径直来到了柳婶家。母亲一向勤俭,一家老小的衣服破了,都是她亲手缝补,绝不会拿去找柳婶,现在带件破衣服,无非是找个说话的由头。

远远就听缝纫机"嗒嗒嗒⋯⋯"响个不停,母亲隔着柜台喊了声:"柳婶。"

柳婶停下手中的活儿招呼我们进屋里坐。柳婶的脸色还很苍白,但丹凤眼里已经有了一丝往日的光亮。她一瘸一拐地出大门,把我和母亲引进了缝纫铺。她搬了一个靠背椅让母亲坐下,摸着我的脑袋夸道:"章大妈,您真有福气,小三子既聪明又听话,完全不用您操心。"

"你的两个孩子更懂事,还数你调教有方⋯⋯"母亲乐呵呵地说着。

在她们拉呱的时候，我看见缝纫机旁那个熟悉的陶罐里插着一朵洁白的绢花，那是用衣料的边角料做的。

母亲拍拍我的脑袋："我和你婶子拉拉家常，你去找建华他们玩耍。"

"去吧！建华他们在后院拔萝卜。"柳婶说。

我穿过客厅的后门，在中院走廊和正在洗衣服的建群姐打过招呼，直奔后院。建华已经拔完了萝卜，十几个拳头大的红皮萝卜在初冬的阳光下鲜艳夺目，肥胖的萝卜缨子被堆在一个篾筐里，翠绿翠绿的。

建华搓着冻得像红萝卜样的双手，不停地跺脚："冻死我了，冻死我了。"

萝卜地刚刚被拔秃的一小块，像一块伤疤显露出来，我又想起周老憨，想起了他开这片地时光着膀子的结实肌肉和浑身汗珠的样子，以及柳婶看着他时，脸上挂着浅浅的笑意。

"哎哟！冰死我耶！"冷不防身后一双冰凉的手插进了我的脖子里，也打断了我的回忆。我回头见建华乐呵呵的样子，还没来得及报复他，就听见母亲在前厅喊我。我和建华赶紧跑到前厅，只见母亲抱着一件新棉衣和柳婶站在大门口道别。

路上我问："衣裳是谁的？"母亲说是方奶奶的。

"谁做的？"

"是柳婶。"

"为什么给你拿着？"

母亲懒得理我了。

我们到了方奶奶家，家里围着一大堆人。母亲放下棉袄，寒暄了两句就出来了。回家的路上，我忍不住问母亲："妈，你为什么不告诉方奶奶，棉衣是柳婶送给她的？"

母亲拍拍我的脑袋回答："傻小子，小镇人眼里容不得沙子，你还嫌不乱吗？等以后没人的时候，我会给方奶奶说清楚的。"母亲又叮咛道，"这事千万别对其他人讲，记住没有？"我点了点头。但我不明白，柳婶给方奶奶送件衣服有什么不对？大人的事着实奇怪。

9

小镇在最后一捧残雪消融后，迎来了又一个春天。

周老憨百日后的一天早晨，丁建华约我去伏虎山拾柴火。半路上，建华悄悄地告诉我："致远，我想去看看周大叔。"望着他那双亮晶晶的大眼睛，我庄重地点了点头。这小子够哥们儿，他从来没有叫过"周老憨"，总是以"周大叔"相称。建华他们姐弟，全都是文质彬彬的，既懂礼貌，学习成绩又好，小镇人都夸他们家教好，这是柳婶教育有方。

尽管已经开春，路边的小草才吐露一丝鹅黄或碧绿，远看一派生机，近看似有还无。伏虎山的山桃花已经被春天诱惑得耐不住寂寞了，全都鼓起红色的蓓蕾等待一夜春风，期待在骚动的季节展示娇艳的姿色。山坡上是小镇人的公用坟地，无人管制，只要有空场子，任凭死者享用，哪怕是见缝插针，挤进老坟堆里，只要不损坏他人的墓地，也无人指责。我想，地下睡着的人，是不是也能享受这春天的美景呢？

我远远看到了周老憨的坟茔，便指给建华看，他就奔跑起来。我紧随其后，一口气跑到了坟前。建华跪在坟前磕了三个头，然后双手合十，闭着眼睛说："周大叔请你原谅，要不是姑妈阻拦，我早就来看你了。感谢你生前对我们全家照顾，以后我会经常去看方奶奶，照顾好奶奶的。"

周老憨的坟前还没有立碑，在立碑的位置插着一束白色的绢花，我知道，柳婶一定悄悄来过了。我转身眺望着甜水井那棵隐约可见的古槐，心想，周老憨睡在这里，看得见甜水井，有柳婶牵挂，对孤独贫困辛苦忙碌了一生的他来说，算个好归宿吧。

我也在周老憨的坟前跪下来，端端正正地磕了头。

小镇渔夫

1

清河，是一条古老的小河，它像银光闪闪的绸带，从神农架方向悠然飘来，轻轻地落在锦屏小镇的北侧。清河水，像甘甜的乳汁，养育着小镇居民。小镇的制高点是城区紧靠清河鹭湾南岸那道石梁上的坨子，人们在土石坨子上建了一个大水塔，清澈的河水被深埋在河道里的水泵吸进铸铁管，由管道送进水塔，源源不断地为小镇人提供着"乳汁"。站在水塔上，可以将小镇全貌尽收眼底。小镇的东边，是一望无际的开阔地，大片大片的农田阡陌纵横渐次融入肥沃的江汉平原。小镇西边的地势逐渐升高，越过一个凹陷的地带与伏虎山相连，再西就是连绵起伏的群山。小镇的南边，是杂树丛生的丘陵，间或有村落和良田。小镇的北边，那道高耸的石梁北侧陡然下陷，露出一面陡峭的红砂崖，峭壁上不知猴年马月被人凿下十多个大大小小的山洞。悬崖下，奔流不息的清河冲出一大片砾石累累的河床，隔河相望，便是连绵起伏的锦屏山脉。悬崖的东边，是由风化砂和黑土堆积的斜坡地和一大片低洼地带，水塘和稻田错落有致，一派生机盎然。为了不让这片土地被河水侵蚀，镇政府组织居民筑起了一道十里长堤。

我和父亲缓缓地推着轮椅，沿着漫长的河堤一路向西，直到红砂崖脚下。叔叔是小镇最有名的渔夫，也是当下清河唯一的渔夫，明天他将被送上手术台，是死是活不得而知。今天，他执意让我和父亲把他推到清河边，再看一眼这条倾注了他一生情感、意志和生命的河流。

叔叔的房子在悬崖上。很早以前，叔叔就把悬崖最东边那个不足

十五米深的盲洞当成了自己的家。叔叔原本住在家里,也许是嫌家里拥挤,也许真的像他自己所说的那样,是因为离不开清河,他从河滩里拾起大型的鹅卵石,在盲洞前的一小块平坝上盖了两间石屋,和红砂悬崖相映成趣,融为一体,成为清河一景。那年月,只要不占农田,找政府批地盖房子是一件非常容易的事。后来,小镇响应国家的号召备战备荒,悬崖上的山洞都被开发成了防空洞,并拉上了照明电。镇政府让叔叔义务看管防空洞,并给他的石屋装上了电灯,还把他屋前的羊肠小道拓宽成一条青石山路,使之与其他山洞的洞口相互贯通。

"小三子,把我扶起来。"叔叔边说边手撑扶手,挣扎着起身。我和父亲一边一个,赶紧搀扶着他沿着山路拾级而上。我们走走停停,停停走走,平日五分钟的路程竟走了半个多时辰。

"唉!人一病,就成了废物!"叔叔感叹着从腰间取下钥匙交给我开门。进门的左手拐角处是锅盆碗灶,房子中间有一张小四方桌,靠左内侧零散地摆放着几把靠背椅。房子和盲洞之间用一条补丁摞补丁的旧床单隔开,盲洞里用长条凳架了一张简易的床。一进门的右手边有个垂着布帘的门框,里面是卧房。紧靠门框处放了一个杂物柜,杂物柜和岩洞石壁有一个空当,这里堆满了各种各样的渔具:海竿、车竿、鱼叉、舀子、撒网、沾网、鱼篓,一应俱全。叔叔倚着门框环视了一会儿,撩起门帘走进了卧房。卧房收拾得很干净,保持着婶婶回老家前的模样。床上的被褥依然是长形双折,蚊帐拦腰钩挂,靠床的五斗柜上摆放着叔叔的全家福。三人的合照中,堂弟在正中间眯着眼,甜甜地笑着,露出了一口洁白的小米牙;婶子扎着一条长长的辫子,并特意把辫子从脑后绕到了胸前,婶婶的瓜子脸稍稍偏圆,柳叶眉下那双丹凤眼水灵灵的,加上那微微笑容,显得格外漂亮;叔叔也很英俊,浓眉大眼不偏不倚地镶嵌在国字脸上,咋看咋顺眼,只是他的笑容看上去有点傻乎乎的,但那是一种发自内心的、满足的笑。叔叔捧着相框,泪水不断涌出,他带着哭腔道:"喜旺、娃他妈,我对不起你们,呜呜……"堂弟喜旺的意外死亡和婶婶的发疯使叔叔备受打击,那个当年铁一般硬朗的汉子早已不见踪影,现在的他清瘦如柴,似乎风一吹就有可能倒下。

父亲也默默地流着眼泪,他让叔叔抽泣了一阵才从叔叔手中取过相框,放回五斗柜的上方,然后搀扶叔叔离开石屋,坐回轮椅。父亲最理解叔叔,他把轮椅推到石屋前的斜坡边,让叔叔俯瞰清河。眼前的清河尽管还有些混浊,但比前些年已经好了许多。清河,原本是一条清澈透底的生态河流,由于化肥厂、造纸厂的废水入侵,河水被严重污染,成了臭水河。叔叔千方百计阻挠建厂,被某些人喻为"改革开放的绊脚石",最终弄得家破人亡。

在河流没有污染之前,叔叔常年生活在清河边,靠打鱼为生。夏天还没来临,他就高高地挽起裤腿,走进浅滩,逆水飞钓。他把红蚯蚓掐一截套在鱼钩上,然后高高地举起鱼竿顺势一挥,把鱼线抛向下游。接下来,他慢悠悠地扯动鱼竿,尽量让诱饵贴着水面逆流而动。一群半透明的河鱼逆流而上,听说它们是想回到久别的故乡繁衍后代。经过长途跋涉,疲惫不堪的鱼儿们发现可口的食物,完全放松了往日的警惕,争先恐后地扑向诱饵,可怜的鱼儿,就这样被叔叔拽出了水面。叔叔伸出左手,老练地抓住活蹦乱跳的鱼,握竿的右手腾出拇指和食指摘下鱼钩,将鱼儿顺手扔进了挂在腰间的鱼篓。就这样,他不断地循环往复,不到半晌工夫,便满载而归。

我最佩服叔叔钓赤憨子。赤憨子是鳜鱼的一个亚种,体态接近圆筒状,生性凶猛,因常年生活在没有污染的清河里,身体呈半透明状。赤憨子鲜嫩可口,是小镇人的上等佳肴。上小学一年级那年暑假里,我跑到叔叔家,让他带我到清河里钓赤憨子。那天多云,叔叔还是担心太阳把我晒黑,顺手从门背后取下一顶草帽扣在了我的头上。他把我带到河边,让我守着鱼篓和抄网:"一旦大鱼上钩,你就把抄网递给我。"叔叔将一粒用曲酒泡胀的花生米串上了鱼钩,掂起车竿,顺势一挥,花生米和鱼坠轻盈地飞进激流。叔叔时不时逆水扯竿,让花生米贴着水面移动,以引起鱼群的关注。"哇!大鱼。快!叔叔快起竿。"我看见渔线猛地一下被拽紧,知道有大鱼上钩,迫不及待地跳跃起来。叔叔不慌不忙地提了提竿,知道鱼被钩牢了便松了转盘,他回过头来,朝我笑了笑,得意地说:"算你有口福,准是条大赤憨子!"上钩的赤憨子万分后悔,它在激流中狂奔,来回蹿跳,我真担心它挣断渔线。叔叔不慌不忙地放线、收线,采用疲劳战术和鱼周旋。经过五个回合的搏斗,大鱼终于筋疲力尽,肚儿朝上翻白在水中。叔叔也松了一口气,一边把大鱼拉到岸边,一边向我挥手:"快过来捞鱼!"我举着抄网,对准大鱼,把它舀进了网里。真是条大鳡鱼,像我小腿一样长,足有五六斤。它不甘就擒,还在网里蹦跳挣扎。叔叔取下鱼钩,手指着鱼头,说:"好好歇着吧,谁让你贪吃呢? 后悔来不及啰! 收摊!"我觉得不过瘾,央求叔叔:"时间还早,再钓一条吧!"叔叔拍了拍我的脑袋说:"傻小子,鳡鱼灵性得很,这一条一闹腾,其他的早已无踪无影,再钓,起码也得大半个时辰。"

"起风了,回吧!"父亲的话打断了我的回忆,我和父亲一前一后小心翼翼地把轮椅放下了斜坡,又回到了河堤上。

我们沿着石块和混凝土垒成的河堤缓缓东行,堤坝下的河水轻轻地拍打着河岸,那"哗哗、哗……"的流水声仿佛在为叔叔吟唱依依惜别的恋歌。

2

叔叔是在清河里泡大的,小镇人夸他是"浪里白条"。"白条"原本是翘嘴鲌的俗称。这种鱼的体形和刁子鱼非常类同,只是个头较大,我见过最大的约二斤多重。翘嘴鲌体形细长,侧扁,呈柳叶状,其头背面平直,下颌坚厚急剧上翘,竖于口前,使口裂垂直,冠以"翘嘴"非常形象。翘嘴鲌眼睛又大又圆,通体覆盖着银灰色的细鳞,腹面呈银白色,它的行动非常迅猛,善于跳跃,因多在水表面捕食,经常跃出水面,留下一道白晃晃的影子。

清河,在冬季枯水期宽不过百米,一到夏季,河面通常在二百米左右,遇到洪水泛滥,紧挨小镇的这一段河面会宽达五百米以上。只要夏季不涨大水,叔叔可以一个猛子扎过河。叔叔在这条河里救过很多人,包括我的同班同学。他从来不让人家答谢救命之恩,但有一次例外。那是二十世纪七十年代的一个夏天,清河上游发大水,混浊的河水像脱缰的野马狂奔直下,整棵整棵的大树小树、或生或熟的西瓜、被摧毁的房梁、散乱的木质家具、死亡的牲畜接二连三被汹涌的河水裹

小镇渔夫

挟而来，转眼便随着呼啸东逝的洪水消失得无影无踪。叔叔和几个水性好的汉子冒着大雨在河里捞浮财。我披着叔叔用塑料布自制的雨衣，在河边帮助守浮财。叔叔打捞起来的主要是檩条和树干，后来他用这些木材给石屋加工了一个非常漂亮的屋顶。我站在河堤上，居高临下，一发现漂浮物，立即向叔叔报告。突然，上游冲下来一块木板，有一个人趴在上面。我立刻喊起来："叔叔，快看，上面漂下来了一个人！"叔叔放开刚刚得手的木柱子，顺着我手指的方向斜游过去。"快！快快！"我在岸上给叔叔加油。眼看就要抓住木板了，突然一个巨浪涌起，把叔叔连同木板上的人打入水中，我的心也一下子悬了起来。等叔叔再次冒出水面，已经在下游了，他一边奋力划水，一边寻找着落水者，很快消失在雨幕之中。大约一小时之后，叔叔背着一个人向我走来，我赶紧迎了上去。"快！回屋去。"我转身跑到石屋，把门打开。叔叔气喘吁吁地把落水者背进石屋，三把两把剥去落水者的湿衣服。落水者是一个五十开外的老伯，他的四肢已被洪水泡皱，惨白惨白的。叔叔把老伯抱到床上，盖好了被子，然后从衣柜里取出一个小罐子塞到我手中："给老伯熬一碗姜糖水，多熬一些，你自己也喝点，驱驱寒！我去把木材扛回来。"等我熬好姜糖水，落水者已经从昏迷中醒来。我把热气腾腾的姜糖水端到床前，老伯挣扎着坐起来，他接过碗问我："好孩子，是谁救了我？"我得意地回答："是我叔叔。"老伯又问："他人呢？"我告诉老伯："他捞了十几根木头和树干，正从河边把它们扛回来。"我见老伯喝完姜糖水，接过空碗，叮嘱他赶紧躺下："大伯，你盖好被子，一会儿发一身汗就没事啦。"老伯拍拍我的脑袋："好孩子，真懂事！"说完便钻进了被窝里。

没多大工夫，叔叔就把河边的原木全部扛回来了。他进门后，示意我别出声，悄悄地走进卧房拿出一套干衣服换在了身上。我把焐在灶膛里的姜糖水端给他，他扬起脖子"咕噜咕噜"一口气喝光了。喝水的声响惊动了老伯，他用虚弱的声音叫唤我："孩子！"我和叔叔一起进了卧室。老伯一见叔叔，掀开被子准备起来。叔叔抢先一步把老伯按住："小心着凉！"老伯紧握叔叔的手："感谢救命之恩，谢谢！谢谢！"他说着说着，眼泪就涌出了眼眶。叔叔从衣柜里找了件衣裳给老伯披上,然后你问我答地拉起了家常话。从他们的对话中,我得知老伯的家在小镇西边,属于另一个县城,但住在同一条河边上。前几天上游暴雨连绵,河水上涨之后,他把家里人转移到亲戚那里,再次返回家中想多拿些东西时,不料山洪暴发,把他和房子卷进了洪水。叔叔安顿老伯休养了几天,天一放晴,立即陪同老伯返回家乡。半个多月后,叔叔带回来一个扎着长辫子的漂亮女人,她就是落水老伯的小女儿,老人把她许配给杨家,成了我叔叔的媳妇。婚后的第二年,婶婶生了一个男孩,取名"喜旺"。我堂弟喜旺继承了父母的优点,长得眉清目秀,加上叔叔隔三岔五到河里钓鲫鱼给婶婶催奶,把他养育成了一个人见人爱的瓷娃娃。

　　说到催奶,小镇很多人都知道叔叔冬天钓鱼的能耐。喜旺两岁那年冬天,我做完寒假作业便急不可待地跑到叔叔家,一来可以逗堂弟玩耍,二来叔叔家鲜鱼不断,可以一饱口福。有一天,一个中年男子冒雪来到叔叔家,央求叔叔帮忙钓几斤鲫鱼给产妇催奶。"嗨!你早一天来就好啦,昨天我们才把剩下的给消灭掉。"来人以为叔叔推辞,赶紧说:"杨大哥,真不好意思,知道要为难你。"叔叔拍了拍中年男子的肩膀:"有啥为难的,你要急用就跟我下河去。"我还没有见过叔叔冬天钓鱼,也想开开眼:"叔叔,我也去。"叔叔忙着整理渔具,头也不回地说:"河面上冻得很,你还是在家里陪喜旺玩耍吧!"我把喜旺塞给婶婶,走近叔叔,扯住他的衣摆说:"我不怕冷,你让我去好不好?就算我求你了。"叔叔从卧房衣柜里翻出一双棉手套和一顶有护耳的瓜皮帽,他把手套交给我并把帽子扣在我的头上:"好吧!冻坏了可别怪我。"叔叔挑选了一根海竿,将诱饵盒、鱼篓等一并交给中年男子拿上,他自己从屋外扛上立在墙边的木筏子,带着我们走下崖坎,上了河堤。

　　我们沿着积雪封冻的河堤小心翼翼往东走,一直到河堤中部才停了下来。我知道这个位置是清河这一段最深的地方,因为河畔有一道地下石梁伸入河心,水流在这里绕了一个弯,并把下游的泥沙淘走,形成了下陷十多米的水下深坑,小镇人称之为"窨"。叔叔放下木筏子,从中年男子手中接过鱼竿和鱼篓等——放进筏子:"冬天水冷,鱼都躲进了窨里,能钓多少,就要看我们的运气啦!你两在河堤上看着,冷得

小镇渔夫

受不了就回屋去等我。"我不满地说:"我要上船看!"他瞪了我一眼:"船小人多不好平衡。再说,人多动静大,鱼被吓住就扯淡了。听话,和叔叔一起待在堤上。"说罢,他把筏子中梁上的麻绳解开,利用麻绳和河堤的护坡把筏子缓缓地滑到了河边,然后踩实雪窝,一步一步呈斜线走下了护坡。

冬天的清河日益消瘦,河水虽然没有结冰,但已失去平日的威风,变得格外温驯,缓缓地流着。叔叔把筏子划到河里,用锚钩将其稳定在隐约可见的石梁边。他操起海竿,挂上诱饵,抛入水中,然后坐在筏子的横梁上静静地等候。早些时候就听叔叔讲过,冬天水温很低,一般的小鱼已停止进食,鱼群躲进了水温高一些的深水区。由于冬季鲫鱼力气小,吃口轻,索饵的信号很难在竿梢上表现出来。叔叔一动也不动地守候在筏子上,时间仿佛停止了,除了缓缓流淌的河水,大地一片洁白,似乎冻结了一切。这情境,简直就是"孤舟蓑笠翁,独钓寒江雪"的再现。

中年男子搂着我站在河堤上,我隐约能听见他的心跳。其实,叔叔将诱饵抛入水中顶多才十来分钟,是因为我们求鱼心切才觉得时间特别漫长。好不容易才见叔叔提了提竿,然后又重归于静。我知道,叔叔提竿只是为了逗鱼,通过提竿绷线,让鱼钩上的红蚯蚓"跳跃"起来,以引起鱼儿的注意,刺激鲫鱼吃饵。又过了一会儿,叔叔再次提竿。这一次,他直接把诱饵提出水面,抓在手中。叔叔换上新的诱饵,并调整了铅砣的位置,重新把饵钩抛入水中。不消片刻,叔叔提竿,水面一亮,一条肥硕的鲫鱼被钓了上来。叔叔把鱼抓在手中,得意地朝我们摇了摇。随后,鱼儿们就像着了迷似的接二连三上钩,叔叔一鼓作气钓了十多条。怪!这些鱼钓起来后,隔了很长时间再不见有鱼上钩。叔叔冻得实在受不了啦,不再恋战,便收竿起锚,返回岸上。中年男子让我待在堤上,他本想慢慢走下河堤去给叔叔帮忙,不料一脚踏虚,人向后一仰,一个趔趄直接滑到了河边。"小心!小心!"叔叔跳上岸直奔中年男子身边,一把将他稳住并顺势提了起来。"哈!不好意思,踏空了。"中年男子一边拍打衣服上的雪末子,一边解释来掩饰窘态。叔叔带着他回到筏子边,把鱼篓递到中年男子手里。中年男子接过鱼篓看了一眼，一个劲儿地对叔叔说"谢谢！谢谢！"叔叔把海竿塞到中年男人手中："举手之劳，何足挂齿？你帮我把鱼竿拿上就得啦。"说罢，他掉转身子，把筏子扛在了肩上。叔叔让中年男子先上，他们一前一后，踩着下河时留下的雪窝，吃力地登上了河堤。还没等他们站稳，我就急不可待地从中年男子手里接过了鱼篓："哇！真厉害耶。"每条鲫鱼足有四两，这一篓鱼少说也有四五斤。

我们一行三人顺利凯旋，叔叔扛着筏子领先，中年男子左手拎着海竿和鱼篓，右手牵着我随后，一起兴高采烈往回走。行至河堤通往小镇的岔路口，叔叔停下脚步，回转身来对中年男子说："你把鱼竿给我侄儿，鱼，你全部拎走，改天把鱼篓送回来。"中年男子接过鱼篓，赶紧从口袋里掏出一沓钱塞给叔叔。叔叔接过钱，用僵硬的手指从中捻出一张五角的钞票递给我："拿去买书和本子。"然后把剩余的钱又塞到中年男子的手里。"这怎么好意思？"中年男子不知所措地望着叔叔。叔叔抬起右手擤了一把清鼻涕，然后在衣服上蹭了蹭，顺势一挥，说："赶紧回吧！"说罢，拉了拉我，头也不回地大步走向悬崖。

"再见——再见！"我跟在叔叔身后，走了几百米，回头一看，中年男子还站在原地。我想，他一定是被叔叔的行为感动了。

8

冬去春来，经过一个学期的努力，我以语文和数学"双百分"的好成绩迎来了如鱼得水的暑假。放假的头两天，我给家里拾了一大堆柴火，并且把猪圈也收拾得干干净净。第三天，我去老师那儿领取成绩单和放假通知书后，没顾得上回家，径直来到了叔叔家。

叔叔下河了，只有婶婶在家教喜旺识字。喜旺一见我进门，就嚷着："哥哥、好哥哥，带我出去玩一会儿。"

婶婶也怪会来事，顺水推舟道："你带弟弟出去转转，我正好抽空给菜地浇浇水。"

"给！"我把成绩单和放假通知书交给婶婶，然后背着喜旺一溜烟下到了河边。

初夏，河水已经开始上涨，像一匹发情的骒马，变得焦躁不安，一

小镇渔夫

旦山洪暴发,它就成了脱缰的野马,不可阻挡。此时的河岸满眼苍翠,青草丛中,淡紫色的刺儿花,星星点点,婀娜多姿。河边,夹杂在石缝中的垂盆草不甘示弱,撑开淡黄色的花瓣,让它们四周大大小小的石头也鲜活起来。"哥,蚂蚱!"我们刚踏进草丛,就惊飞起几只蚂蚱。我示意喜旺别动,自己悄悄前移几步,以迅雷不及掩耳之势出手逮住了一只菜绿色的蚂蚱。我顺手在脚边抽了一根带穗的马尾巴草茎,把蚂蚱穿在了上面。喜旺接过草茎,乐得合不拢嘴,不停地用细嫩的手指去撩拨蚂蚱的后腿。草茎只是从蚂蚱背部的皮下穿过,并不影响它的活动。可怜的蚂蚱拼命挣扎,使劲儿地蹬着两只肥硕的后腿,怎么也挣脱不掉草茎的束缚。为了让喜旺玩个痛快,我用脚晃动草丛,惊飞蚂蚱,试图寻找一只长出红翅的蚂蚱王。"哥哥,蝴蝶!蝴蝶!"喜旺一个劲儿地咋呼,只见他的身边不远处,六七只彩色的蝴蝶翩翩起舞,互相追逐。我明知蝴蝶空手难捕,还是不停地去扑,好几次被杂草绊倒在地,惹得喜旺哈哈大笑。

"小三子、喜旺。"听见叔叔的叫唤,我们不约而同地转向河心,只见叔叔撑着渔筏向河边划来。

"爸爸,蚂蚱!好大的蚂蚱。"喜旺高高地挥动小手,得意地向他父亲显摆。

叔叔把筏子停靠在岸边,向我们招了招手。我赶紧背起喜旺,跑过去。叔叔迎到岸上,一把接过喜旺,搂在怀里用长满胡茬子的嘴巴不停地亲吻着喜旺肉嫩的小脸蛋。喜旺嫌胡子扎脸,左躲右闪,嘿嘿直笑。父子俩闹够了,叔叔才发现我满脸是汗。他腾出一只手,拍了拍我的脑袋瓜子说:"看!都汗成了啥样?下河洗洗。"叔叔说罢,放下喜旺,脱下自己身上的裤子,铺在一块平整的大石头上,然后三把两把,将喜旺剥了个精光。他把我和喜旺的衣服堆在自己的裤子上,说了声"走!"一手抱着喜旺,一手牵着我走进了水里。

夏天的河水清凉清凉的,不仅不蜇人,还让人感到凉爽。河的上游,一些挑水的汉子和洗菜的婆娘们在河边打情骂俏,有个眼尖的大婶发现我们,使劲儿挥动手中的帕子喊道:"条子,当心你的宝贝儿子,别让他喂了王八!"叔叔见有人拿他开涮,立马扯着嗓子回应:"大妹子,闭上你的乌鸦嘴,否则,我就把你拖下水。"那女人也够泼的,大声嚷嚷:"有种的,你就过来!"逗得婆娘们哈哈大笑。我懒得理她们,一个猛子扎进水里,蹿入河中,游向对岸。喜旺三岁就学会了游泳,但体力有限,只能由叔叔陪同在浅水区玩耍。我快速游到岸边,爬上一块巨石,站在上面得意地向叔叔他们挥手:"喜旺,过来,快过来!"

"好小子,你等着吧!"叔叔让喜旺趴在他背上,以蛙泳的方式,把他驮过了河。

河的北岸多为浅滩,大大小小的鹅卵石在水里白的透白、青的油青、黑的乌黑。鲫鱼、闹精、沙鳅和一些叫不出名字的小鱼在石缝中穿梭追逐,十分快乐!"鱼儿!哇!好多的鱼呀。"喜旺从他父亲背上滑下在浅水中发现鱼群,挥舞双手,大呼小叫。鱼群被他的尖叫惊动,"哗"的一声,顷刻之间逃之夭夭。喜旺并没有因鱼群的消失而扫兴,他跌跌撞撞地上了岸,跑进沙丘连翻了几个筋斗。我和喜旺在河岸沙滩中玩耍期间,叔叔又返回南岸,把筏子撑了过来。他在河滩的湍流处布下沾网,又捕获了不少一■多长的刁子鱼。我和喜旺耍够了,返回河中,捧起清凉的河水喝了个痛快。"小三子、喜旺,快过来。"叔叔选择了一块刚刚露出水面的大石头把我们叫过去搓澡,他从手腕上解下毛巾,让我和喜旺轮流趴在石头上,把我们搓洗得干干净净。

"条子!格老子还蛮有闲情的。"一个年长的汉子撑着筏子向我们靠了过来,我认识,他姓赵,是四川人,也靠打鱼为生。我喊了声:"赵伯伯好!"喜旺也跟着我招呼:"赵伯伯好!"

"哎!龟儿子真乖。"应答间,他跳入河中把筏子推上浅滩,走过来紧挨叔叔坐在石头上。他神秘地对叔叔说:"你听说没有,鹭湾北边要建一个化肥厂?"

"不可能吧!这条河可是咱小镇人饮水的河呀!"叔叔满脸疑惑地反问。

"对头,听我儿子说,化肥厂建成后,这条河就会变成臭水河,连鱼虾都难成活,还喝个尿!"赵伯伯说得我们摸不着头脑,仿佛听天书一般。

"没有鱼虾,我们吃啥?我想,政府不会干这种缺德的事。"叔叔还

是不相信赵伯伯说的话。

"尿!"赵伯伯不满地蹦起身,顺手把喜旺塞给叔叔:"格老子信不信由你,咱们骑驴看唱本——走着瞧!"头也不回地撑着筏子走了。

叔叔茫然不知所措,望着赵伯伯远去的背影,好一会儿才缓过神来。

"走!"叔叔把喜旺抱上筏子,让我们坐稳,奋力一篙,驶向南岸。

4

化肥厂的兴建成了叔叔的心病。他四处奔走打探建厂的消息,费尽口舌鼓动乡亲们起来阻止建厂。

一天傍晚,叔叔来到我家,一进门就把两张纸塞到父亲手里:"哥,这是我写给县政府的告状信,你给修改修改。"

母亲走过来,给叔叔沏了一杯茶,说:"他叔,听说建化肥厂是上面批准的,你别挑头和政府作对。"

"嫂子,这化肥厂真的不能建在河边,你不知道它的危害有多大。去年,我陪老赵去江南蚁浜为他儿子迎亲,亲眼看见蚁浜河被污染的情境,满河黑水泛滥,臭气熏天,鱼虾已经绝迹,就河里养的鸭子也都成了跛脚。听当地人讲,蚁浜河原本是一条美丽的清水河,正是因为建了化工厂,污水流进河里,使得好好的一条河变成了死河。"

"哇!太可怕啦。"听叔叔一讲,母亲大惊失色。

"你说得是真的吗?我在报纸上从来没有见过这样的报道。"父亲一向见多识广,就连他也提出了质疑。

"哥哥,嫂子,我什么时候骗过你们?"叔叔急得直搔头。

"是呀!我看过国外环境污染的报道,没想到会发生在我们国家。"父亲说罢,让叔叔等着,转身去里屋修改叔叔的告状信。

叔叔的告状信递上去后,并没起任何作用。

奠基典礼的这一天,鹭湾北岸彩旗飞扬,巨大的红气球拉着"改革开放促进经济大发展"和"欢天喜地迎接化肥多生产"的巨幅标语遥相呼应,奠基现场人山人海,十分热闹。

县长在一群人的簇拥下,顺着红地毯走上主席台,端坐在正中央。

主持人隆重地介绍着参加奠基仪式的各级领导,宣读热情洋溢的贺信。随后,化肥厂的总经理腆着大肚子介绍化肥厂如此如此了得,承建单位的经理上台表示如何保工期和质量等等。最后,主持人让大家以热烈的掌声欢迎县长发表重要讲话。县长意气风发地走向话筒,他清了清嗓子说:"父老乡亲们,今天是化肥厂奠基典礼的大喜日子,我代表全县的父老乡亲对化肥厂的开工兴建表示最热烈的祝贺!"叔叔将一口痰重重地唾在脚下,心里骂道:"呸!祝贺个屁。"

台上,县长振振有词地说:"化肥厂的建成投产将给全县人民带来巨大的收益,我们要举全县之力,支持这个项目,使之务期必成,获得圆满成功!"县长高昂的讲话博得全场掌声雷动。叔叔脑子一片空白,丝毫也听不进县长的讲话。当他看见县长一行走向奠基石的时候,狠狠地扯了赵伯伯一把,闪电般地冲出人群,扑向扎着大红花的奠基石。所有的人都被这突如其来的变故给镇住了,县长一行也僵在奠基石土坑的三米开外。还是公安干警反应快,有十余名干警冲过来要架走叔叔和赵伯伯他们。

"你们这是伤天害理,想让小镇的百姓断子绝孙!"叔叔高声呼喊,拼命挣扎。正反剪着叔叔双手的警察赶紧松手去捂叔叔的嘴巴,叔叔腾出手脚,左挥右挡,挣脱警察反跑回去,再次跳进奠基坑,死死抱住奠基石。三个警察冲过来把叔叔往外拉,其中一个警察狠狠地朝叔叔的屁股踢了一脚。

叔叔猛地蹿出土坑:"哪个王八蛋敢打老子?老子和你们拼了!"他一面吼叫,一面挥起拳头和警察对打。在搏斗中,叔叔一脚踏空,跌回土坑,他的腰重重地磕在奠基石上,当即昏死过去。

叔叔被送进医院做手术,我们全家人才陆陆续续得知他去化肥厂砸场子的消息。中午放学,体育老师推着自行车在学校门口挡住了我:"致远,快上车,你叔叔受伤进了医院。"从体育老师慌张的神情中,我已经预感叔叔伤势不轻。等我们匆匆赶到县医院,叔叔做完手术已被安置回病房。

病房的走廊里挤满了我的家人、医护人员和一些或生或熟的面孔,母亲抱着呜咽不止的婶婶,泪流满面。大哥的一只手被赵伯伯拦

小镇渔夫

腰抱着，另一只手正紧紧抓住一个穿中山制服人的衣领，怒吼着："说！是谁下的毒手？"

"小伙子，你先别恼火，等我们把事情弄清楚后，自然会告诉你们的。"穿中山制服的人一边用双手掰着大哥的手指，一边慢条斯理地解释着。

父亲从病房出来，顺手掩好门，他挤进人群，抓住大哥的手厉声呵斥："容生，松手！这事与陈主任无关。"看来，父亲和穿制服的人还很熟悉的。

"杨校长，谢谢您！"穿中山制服的人，见大哥松手，扯正衣领，朝父亲点了点头。

父亲把陈主任拉到自己身后，冲着大伙儿说："乡亲们，谢谢大家！我兄弟没危险了，大家请回吧。"接下来，他拍了拍大哥的肩膀，嘱咐说："把你母亲和你婶子送回去，顺便去单位请几天假，再回来换我。"说完，见乡亲们不愿意离开，便推了推赵伯伯："老赵，你带个头，回吧！"

"那好吧！杨校长，有事您随时捎信。"赵伯伯说完朝众人挥挥手，许多人跟着他陆续离去。大哥不敢违抗父亲的旨意，也扶着婶婶和母亲她们走了。等医护人员散尽，走廊里只剩下我、父亲、陈主任和另一个穿制服的人。父亲这才发现我："致远，赶紧回家，吃完饭上学去。"

我说："我已经向老师请了假。"父亲似乎也想让我留下，不再吭声。

"杨校长，我们非常感谢您，幸亏杨子龙是您的兄弟，如果您不来医院，真不知道会发生什么样的惨状。"陈主任满怀歉意地对父亲说。

"我兄弟是咋回事？"

"今天一早，我按县政府的统一安排去化肥厂奠基典礼现场……"陈主任扼要地讲述了叔叔"砸场子"的经过，并表示遗憾地说："其实，我事先已经看到杨子龙在现场，但万万想不到他会有过激的行为。"

"陈主任，我兄弟维护老百姓的利益，不管他有什么样的过激行为，警察应当文明执法，凭什么先动手打人。你在县长身边工作，一定要替咱们老百姓主持公道！"父亲坚信叔叔是无辜的。

"杨校长,您放心！我们一定尽最大努力处理好这件事。"

"拜托了！"父亲向陈主任他们揖了揖手,拉着我折身走向病房。

三个月后,叔叔才拄着拐杖出院。出院的当天恰巧是星期天,下午,我陪同叔叔来到小河边。秋天,河面收窄,河水变浅,河里的大石头已经渐次露出水面,那座由叔叔亲手搭建的石跳桥已经清晰地显现。早先,住在北岸山边的村民很少,他们到小镇购物和玩耍只能到下游搭乘渡船,很不方便。叔叔在鹭湾上游的浅滩河段,将河道里的大石头移成一溜,每块大石相隔一大步之遥,人们一跳一跳就可顺利过河。有了这座跳桥,可方便了沿河的孩子们,大伙儿经常凭借此桥,跑到北岸的沙滩上和芦苇荡中玩耍。此时,芦苇已经扬花,雪白的花穗随风起舞,和波光粼粼的河面相映成趣,织成了一幅美丽的风景。可是,叔叔并没有心思欣赏风景,他目不斜视地盯着鹭湾北侧。那里,化肥厂的框架拔地而起,横七竖八的施工场地,使那一带青山绿水伤痕累累。

出院后,叔叔经常拄着拐杖去县政府"闹事",为此,陈主任也成了我们家的常客。听父亲讲,陈主任原本是县政府办公室的副主任,因为对叔叔"砸场子"缺少预见性,也没有预防措施,被县委书记以"善于处理信访问题"为由调到县信访办当主任。好在陈主任看淡名利,加上为人坦诚,也就罢了。

一天晚上,陈主任又一次来到我们家里。父亲把他请进堂屋,让母亲给他沏了一壶绿茶。我闲着无事,主动接过母亲手中的茶壶去倒茶。陈主任接过茶杯,吹开表面的热气,轻轻呷了一口:"香！真香。"他落下茶杯,隔着八仙桌对父亲说:"你得好好劝劝子龙,何苦？如果为自己受伤的事闹一闹还情有可原,可他偏偏为一个八竿子打不着的事闹腾,你是知书达理的人,你说这算哪一壶？"

"陈主任,你还别说,子龙反映的这事,绝对是事关小镇居民身体健康的大事,至于他的方法恰不恰当,那是另一回事。"

"咳！这叫狗拿耗子,多管闲事。人家省长、县长们谁不比咱见多识广,难道他们就不知道污染环境？你不知道,为了争取到这个项目,全省各县的领导都恨不得打破头。好在化肥厂老总的岳父在咱们县,

小镇渔夫

否则，这么好的差事绝对轮不到咱们头上。"听陈主任这么一说，我也糊涂了，认为一定是叔叔认了死理。

"咱们县穷，是需要引进大项目，但可以选在山区建厂，为什么偏偏选在小河边上？"父亲似乎并不满意陈主任的说法。

"这您就外行啦！之所以要选择依山傍水的地方，是因为咱们这一带山区有丰富的矿石，运输方便，生产后的废水排进河里可迅速稀释，不会造成严重的污染。"

"就算不严重，终归还是有污染，连你也承认有污染了吧？"父亲总算抓住了把柄。

"我的好校长耶，一点点污染和全县人民的收入大幅增加相比算个鸟？要奋斗，就会有牺牲。正如毛主席他老人家教导的那样，'为有牺牲多壮志，敢教日月换新天'。"

"好吧！我再劝劝他。"为了顾全大局，父亲决定劝阻叔叔上访。

叔叔在父亲的耐心开导下，终于不再上访。

自从停止上访后，叔叔把锻炼身体放在第一位。每天清晨，他来到河堤上撇下拐杖，双手护腰，忍着疼痛一步一步往前走，坚定地走完预定的路程。吃罢早饭后，他会走进婶婶开垦的菜地里，帮助除草、间苗、捉虫子，做一些力所能及的事情。下午，他拎一个小靠背椅，在离家不远的河边钓钓鱼，或者坐在河边看看风景。在他眼里，野鸭子掠过波光潋潋的水面是风景，小孩子跳过断断续续的石桥是风景，翡翠鸟扎进清澈透底的河水中叼起小鱼是风景……就连婆娘们挽起裤腿在河流中清洗衣服也是风景。

叔叔不再上访，尤其是没有就受伤一事找政府的麻烦，似乎让政府感到满意，水利局的领导还主动提议将河堤内一小块荒芜的沼泽地承包给叔叔做鱼塘。此事经信访办陈主任撮合，很快就变成了现实。叔叔邀请小镇上一帮壮劳力帮助清理淤泥，用河道里的石块垒牢堰堤。叔叔的腰伤虽然痊愈，但还不适合干重体力活，于是他和婶婶到镇上置办了几桌酒席来犒劳帮忙的人和亲朋好友。那场面，比他得儿子还风光了许多。

冬去春来，水退水涨，转眼又到了夏天。化肥厂在叔叔没有留意期间大干快上,迅速建成竣工。化肥厂投产庆典的那天,我和叔叔正在河边钓鱼,听见鹭湾方向传来礼炮声和锣鼓声,叔叔扔下钓鱼竿,迅速冲上了河堤,我也赶紧收拾鱼竿拎起鱼篓爬上河堤。我见叔叔满面愁云密布,像木桩一样杵在河堤上,便顺着他的目光向鹭湾望去,只见那高耸的烟筒中一条黑龙腾空而起,慢慢消散在蔚蓝的空中。

"走!快回家去。"叔叔似乎想起了什么,他拽我一把,一溜烟向石屋跑去,也不管我跟上还是没有跟上。等我回到石屋,叔叔正在清洗输液用过的盐水瓶,他拎着两个洗干净的盐水瓶下到河边,打回两瓶清水如释重负地对我和婶婶说:"我要留两瓶水作为今后的见证。"叔叔把两瓶水放进盲洞最里面,并告诫喜旺:"好儿子,千万别去碰爸爸的瓶子,也不能让别的小孩碰,好不好?"喜旺从来没见父亲如此严肃,便认真地点了点头。当时,我并不明白叔叔为什么隔一段时间就要到河里灌一瓶水保存起来,多年以后,我才知道这些瓶装水的珍贵。

5

二十世纪八十年代的第一个春天,化肥厂正式生产以后,叔叔仿佛变了个人似的,经常沉默寡言,独自在河边发呆。这时候的河边,已经死一般沉静下来,既看不到鱼群在水中翻腾浪花,也看不到鸟儿在河面上追逐戏水,更不用说看不到小镇居民担着大大小小的水桶来河里挑水,就连洗衣服的婆娘们也杳无踪迹。人们甚至酷暑纳凉也不再光顾河堤,因为化肥厂烟囱散发的臭气,时不时会随风扩散到这一带。昔日清澈的河水变得混浊不堪,河床和两岸上空雾蒙蒙一片不见天日,只有下过大雨后才能见到蓝天白云。

化肥厂的污水源源不断流进小河,那带着铁锈色的污水使鹭湾以下河段的水全部变浊,尽管上游还有清水下来,却怎么也冲不净河底的沉淀物,只有山洪暴发的夏季,河水才稍有改观。河水的"甘甜"被"苦涩"取代,水中还挟带着腥臭的怪味,人们压根儿不敢再喝清河里的水。

有一个周日闲得无事,我跑到叔叔家和喜旺玩耍,婶婶做好了午饭还不见叔叔回来,就让我下河去喊他回家吃饭。我来到河堤上,见

叔叔独自坐在河边,就冲着他的背影大喊:"叔叔,回家吃饭啦!"

叔叔慢腾腾地走上河堤,他拍了拍我的肩膀:"小三子,眼下已是阳春三月,你还记得小河原来的样子吗?"

我没有回答叔叔的提问,只要是小镇的子民,当然不会忘记清河早先的模样。当年,一到春天,小河就会在两岸花海的簇拥下一路欢歌,奔流不息。那红色的紫云英,黄色的油菜花,粉色的山桃花,白色的刺槐花……化肥厂建成投产之后,这一切都只能是美好的回忆。眼下,仍然有紫云英,但它开得稀稀拉拉,构不成美丽的云霞。金黄色的油菜花已经绝种,刚开始有人不信邪播撒下一季种子,到了收割的时候,只落一些榨不出多少油的瘪籽,以后也就不再有人去种它。山桃花和刺槐花虽然依旧,但一开放就被烟尘蒙上一层黑粉,变得白不白,黑不黑的,非常难看。用河水浇过的菜地,包白菜多成了黑心菜,萝卜长得歪七扭八,谁也不敢吃。野鸭子和白鹤也各奔东西,消失得无踪无影。

"回吧!喜旺肚子饿得咕咕叫啦。"我不想刺激叔叔,以他的心肝宝贝为借口,催促他回家吃饭,这一招特管用。

回石屋吃完午饭,叔叔找出笔和纸,伏在桌子上写开了。我凑过去问他:"叔叔,你写啥?"

叔叔抬起左手推了我一把:"去去去!和喜旺到外面耍去。"后来我才知道,他又在写告状信。

叔叔再度走上了上访之路。他每天上午,先给鱼塘的鱼群投食、增氧,然后给菜地浇水、施肥,把所有的重活抢着干完。吃罢午饭,他把两个五百毫升的盐水瓶用一根麻绳串在一起,往脖子上一挂,拎着一个写有"清河呐喊:杜绝污染,还我清白!"字样的硬纸板,赶在政府人员上班之前,来到政府办公楼前席地而坐。他把从上游打来的清水和被化肥厂污染的河水分别灌装,把两个瓶子紧靠在一起,让一清一浊形成鲜明的对比。他把白纸黑字的牌子平放在自己面前,既不叫屈,也不喊冤,更不拦人,只是默默静坐。一开始,政府工作人员全都会放慢脚步关顾一眼,有的索性驻足围观,久而久之,人们习以为常,不再关注叔叔的举动,他似乎成了大门前的一尊雕塑。当然,也有一些人耿耿于怀,那就是政府官员们。县长曾多次下令门卫将叔叔撵走,但门卫全都装模作样,明推暗拉,怎么也撵不走这个"吃了秤砣铁了心的人"。政府官员见叔叔不喊不闹,似乎不碍事,也就懒得理他,谁知这一疏忽差点酿成危及官员乌纱帽的大事。

一天下午,叔叔刚到县政府大院门口就被陈主任拦住了:"子龙,我有个亲戚,媳妇生孩子不下奶,想劳驾你明天帮助钓几斤鲫鱼催奶。"

"没问题,这事包在老弟身上。"叔叔拍拍胸口,满口答应。

"你可得把这事办好!一定要到上游河段去钓,别让人家吃坏肚子哟。"陈主任特别嘱咐道。

"哈哈!你也知道咱们河里的鱼吃不得啦?"叔叔颇为得意地笑了,他举了举挂在面前的污水瓶说:"陈主任,你可得给咱小镇的老百姓说公道话,早一天把化肥厂撵走。"

"这还用你说吗?我也一直在向上反映。"陈主任挥挥手催促叔叔,"走吧!回头再算钱。"

"什么钱不钱的,你帮我申请了鱼塘,还来不及感谢呢!"

"得啦,得啦!赶紧走吧。"

叔叔告别陈主任,反身往回走。走着走着,他觉得今天有点反常,往日,他到达政府大院门口之后,政府工作人员才不紧不慢地陆续上班,今天这些人匆匆忙忙往前赶,很多熟悉的面孔越过自己快速走向大院。陈主任没有必要专程在大门口等候自己,下班时捎句话不就得啦?他觉得,陈主任好像是在有意支开自己,便决定折回去探个究竟。

叔叔留了个心眼,没有直接走到大院门口,而是绕到马路对面,隐蔽在树丛后观察大院内的动静。他看见,政府大院的人正忙于大扫除,门卫值班室也不例外,就连大院门口的宣传橱窗的框架也被宣传科的人擦拭得干干净净,橱窗里过时的内容被取下来,估计是要更换新内容。看这阵势,估计要来大人物。"呵呵!"叔叔心里一琢磨,不由得发出一声冷笑。

翌日上午,叔叔一反常态,他不是下地干活,而是拎着鱼竿、挎起鱼篓对婶婶说:"我去峡口钓鱼,晚上才能回来,你们娘儿俩午饭、晚饭都别等我。"

峡口，位于清河上游，沿小河步行，来回至少得六个钟头。叔叔离家不久，陈主任就来到了石屋，听说叔叔钓鱼去了，他连门都没进，转身就走了。其实，叔叔并没有走远，他在河滩苇塘里眯盹了一会儿，起来伸伸懒腰，哼着小曲返回石屋。

"你不是钓鱼去了么，咋这么快就回返了？陈主任刚来找过你，见你不在，他就回去了。"婶婶见叔叔突然返回，大惑不解。

叔叔颇为得意地说："他们使出的是'调虎离山'，我要杀他个回马枪，来他一招'将计就计'，让他们也知道知道咱的厉害。"叔叔颇为得意地说道。

婶婶被叔叔说得云里雾里不着边际，把喜旺往叔叔怀里一塞，自己开始生火做饭，嘴里还嘟囔着："我不管你什么计不计的，你整天上访我也不反对，但陈主任是好人，你别让人家难堪才是。"

吃罢午饭，叔叔像往常一样，挂上两瓶水，拎着告示牌前往县政府，不同的是，他没有径直到大院门前，而是拐到马路对面的树丛中潜伏下来。大约三点，政府部门的领导们陆陆续续来到大院门前，大家不时抬起手腕看表并引颈西望。少顷，只见一队小车自西而来，县公安局的警车在前鸣笛开道。还没等小车完全停稳，叔叔蹿出树丛，一个箭步冲过去跪在车边，他双手合十边磕头边大声疾呼："首长，救救我们吧！救救我们！"人们被这突如其来的情况搞蒙了，竟不知如何是好。还是陈主任反应快，他拉上身边的武警战士挤进人群把叔叔架离现场。叔叔不甘心错过这样的机会，大声疾呼："首长，你不能见死不救，救命呀！"叔叔被塞进门卫值班室后，他仍然撞门呼救，直到一个警察用电警棍把他击昏为止。后来，听说前来县城视察工作的行署专员非常恼火，把县委书记和县长狠狠批评了一通，并扬言"谁做不好信访工作，就让谁回家过年"。陈主任心里也非常窝火，已经做好了掉乌纱帽的准备，但时来运转，他给省领导的信得到了回复，追责一事便不了了之。

兴隆化肥厂的老板不怕县政府，但对省领导的指令却不敢违抗，他们在行署干部的督促下进行整改，修建了两个大型的污水沉淀池。县长也很会来事，借此机会向省领导打报告要钱，在小镇南边打了两眼深井，建了一个水厂，让小镇百姓喝上了放心水。

6

春天来了,化肥厂兴建大型污水沉淀池后,清河经过一冬的休养生息,水流再次变清,只是河道里的石头依旧发黑,裸露在阳光下的河床俨然是一条极其邋遢的工作裤,污渍斑驳,十分碍眼。

叔叔选择一个阳光明媚的日子,约赵伯伯他们一起下河捕鱼。他们从清河下游开始,一网一网向上游拖篦,谁知一天下来,篦完小镇整个河段只捕捉到三十几尾不足一▌长的鲫鱼。可怜的鱼儿们有的眼睛凹陷、有的肚子变形、有的尾巴残缺。望着这些畸形的鲫鱼,叔叔阴沉着脸,半晌说不出话来。

"条子,格老子回吧!等到夏天汛期,山洪冲一冲就好啦。"

赵伯伯的话成了强心剂,原本瘫坐在河岸的叔叔猛地站起身来,拎起手边的鱼篓奋力把鱼儿们抛向河心:"去!找一个好的安身之地。"

"大伙儿汛后见!"叔叔麻利地收拾好渔具,和赵伯伯他们分手而归。

从这一天开始,叔叔几乎是掐着指头盼望汛期早日来临,未承想,汛期没来,新的污染却不期而至。突然有一天,从上游漂下来很多脏兮兮的沫子,就像洗过脏衣服的肥皂沫,泛着白不白黄不黄的颜色,一团接一团漂浮在水面上,让清河变得不堪入目。一开始,叔叔还不太在意,以为是清河上游的厂矿临时排污所致。一周以后,这种现象不仅没有消失,反而越来越多。叔叔急了,约上赵伯伯要到上游探个究竟。婶婶听说叔叔要撑筏子到上游去,坚决反对,为此,两口子吵了一架。

"喜旺他妈,我已经和老赵约好,顺着河道去上游看看,是什么厂把咱们的清河给污染了。"

"条子,自从我进了你们杨家的门,你说咋就咋,我历来顺着,但这一次要唱反调。眼看就要发洪水了,你这不是明摆着去送死吗?"婶婶板着面孔数落叔叔。

叔叔一把将婶婶搂进怀里,他左手紧搂着婶婶的腰,右手抬起婶婶的下巴:"你好好看看,你的丈夫是'浪里白条',不是孬种。"

婶婶推开叔叔的右手,把叔叔紧紧搂住:"咱们是一介百姓,安安生生过日子就行啦。"

"是呀,咱也想安生过日子,是他们逼咱上梁山。你想想,咱们吃喝哪一样离得开清河?清河是小镇的母亲河,保卫清河就是保护咱自己。"叔叔句句在理,婶婶一时无语。叔叔拍拍婶婶的肩膀,"你放心,我们只是去看看是咋回事,不会惹事的。"

"千万要小心,快去快回,省得我娘俩儿整天提心吊胆!"婶婶说罢,狠狠亲了叔叔一口,然后推开他:"你早点睡吧!我给你准备一些干粮。"

翌日清早,叔叔背上干粮,在婶婶和喜旺的目送下,逆流而上,慢慢消失在山川之中。

叔叔离开小镇以后,喜旺便成了出笼的老虎,整天在外面撒野。

一天下午,他和小镇上的几个小崽子,在清河南岸发现了一只受伤的大雁,便去围捕。情急之下,大雁冒险飞入河流,挣扎着游向对岸的芦苇丛。喜旺仗着自己水性好,脱掉衣服,一个猛子扎进清河,奋力追赶受伤的大雁。大雁连游带飞,赶在喜旺之前蹿进了芦苇塘。

"往左,再左一点。"

"对,对!就是这个方向。"

喜旺刚一上岸,孩子们就迫不及待地指引他进苇塘抓大雁。

喜旺钻进苇塘,费了很多周折才逮住那只受伤的大雁,他把大雁高高举过头顶。刚刚露出芦苇花海的大雁一边扑腾一边发出悲鸣,引得孩子们手舞足蹈,大喊大叫。

喜旺钻出苇塘时,发现河水已经"哗哗"上涨,直逼苇塘。他看了看上游,似乎有些犹豫不决。

"喜旺,涨水啦,快点过来!"一个细心的小孩大声呼唤着。

喜旺顾不得多想,大步冲向河里。因担心挣扎的大雁脱手,他只好抱着大雁踩水过河,无形之中影响了过河的速度。还没有等喜旺游过河心,一股黑乎乎的巨流奔泻而来,把喜旺和大雁卷进漩涡,顷刻之间消失得无影无踪。

孩子们全都傻眼了，一个个张口结舌，不知所措。

"哇!"一个小女孩突然大哭起来。

"来人啦，救命呀!"一个年龄稍大的男孩从女孩的哭喊中醒悟过来，他边喊边沿着河堤向下游跑，其他的孩子也跟在他后面边跑边喊："快来人呀，救命呀!"

住在斜坡上的人们闻讯赶来，在孩子们哭哭啼啼的叙述中弄清了原因。他们一边让孩子们赶快回家，一边组织一帮年轻力壮的汉子们沿着河边向下游搜寻。

我是晚上放学回家才从邻居口中得知喜旺被大水卷走的消息。连书包也来不及放下。我上气不接下气跑到了清河边。大老远就听见婶婶那嘶哑的哭声。我挤进人群，只见婶婶披头散发坐在河堤上，母亲和街坊邻居正流着眼泪苦苦相劝："大妹子，先回去吧!"

"不! 你们都走，我要等我的孩子，我苦命的孩子。哇——"婶婶挣扎着赖在地上。

天色越来越暗，一位长者将母亲拉出人群小声说："这样下去不顶事，得先把她架回去。"母亲抹了一把泪，她返回人群在几位老婶子身边耳语了几句，然后伏下身子挽住婶婶的胳膊："喜旺她娘，听人劝，先回吧!"边说边向身边的人使了个眼色。大娘大婶们一拥而上，抬的抬腿、兜的兜腰、挽的挽臂，强行把婶婶架走。婶婶一边有气无力地挣扎着，一边用嘶哑的声音呼唤："喜旺，喜旺你在哪里? 呜——"

两天以后，人们在下游的河汊里找到了喜旺的尸体，婶婶一看见喜旺被水泡胀的样子，当场昏厥，等抢救过来婶婶已经变成了另一副模样。她目光呆滞，披头散发，不再和人说话，见着小孩就"喜旺、喜旺!"地搂着搂抱和亲吻，吓得孩子们像燕子飞。要不，就一个人沿着河堤呼喊她的儿子。婶婶的父亲和妹子不忍让母亲丢下工作，整天陪着，不顾我们全家人的反对，把婶婶接回了老家。

一周以后，叔叔回到小镇，获悉丧子变故，悲痛欲绝。当他得知喜旺是被化肥厂偷排的污水卷走时，一气之下，披麻戴孝，抱着儿子的遗像整天到化肥厂的办公楼前或者厂长的宿舍门口静坐，扬言不赔他儿子、不解决清河的污染问题就一直闹下去，县里不解决就到省城上访，省里解决不了就到北京上访。厂长自知理亏,多次派人找叔叔协商赔偿问题并让父母劝解,均被叔叔断然拒绝。后来,幸亏县信访办陈主任从中斡旋,让化肥厂赔钱厚葬喜旺并承诺兴建一座污水处理厂,才使叔叔撤退。

叔叔从化肥厂撤退之后,我们满以为他会去丈人家接婶婶回小镇安安生生地过日子,谁知他锁上门一走便杳无音信。后来从赵伯伯那里才知道叔叔去了省城,他去状告邻县的造纸厂和塑料厂,发誓为清河讨回清白。

7

清河水涨水落,岸边的芦苇花也开了又谢,谢了又开,一转眼就到了一九八四年五月。叔叔早已淡出了小镇百姓的视线,甚至淡出了小镇百姓的思念,只有父母和我们对他的思念仍然像芦苇一茬一茬地在污水浸染的河汊里顽强生长。父亲多次利用寒暑假去省城寻找叔叔,要么被叔叔故意躲避,要么被叔叔严词拒绝,弄得父亲手足无措,扫兴而归,不得不打消了逼叔叔返回小镇的念头。

一个礼拜天上午,县信访办陈主任突然到访,使得我心头一紧,不知叔叔又捅下什么娄子。叔叔进省城上访头一年,因和保安人员发生冲突被关押到劳教所,陈主任得到消息后赴省信访办通融,费尽了周折才将叔叔接回小镇。叔叔在与保安人员的冲撞中,腰部再次受伤,回小镇静养了两个多月,还没有完全康复,他就悄悄溜走,重新踏上了上访之路。

"杨校长,好久不见,一直瞎忙,没顾得上来看望你们。"陈主任一进门就上前握住父亲的手,寒暄开来。

"致远,快给你陈伯伯沏茶去。"父亲见我从里屋来到堂屋便指派开来。

等我从厨房端来茶水,陈主任正和父亲伏在八仙桌上看报纸。陈主任没顾得上接我递的茶杯,他指着报纸的一角对父亲继续说道:"总理宣布,'保护环境是我国必须长期坚持的一项基本国策',国务院又专门颁布了《关于加强环境保护工作的决定》,这些对保护清河提供了

最重要的保障。"

"陈伯伯,请喝茶!"我再一次递上茶杯。

陈主任接过茶杯,吹开面上的浮叶,轻轻呷了一口,然后顺手放在桌子上。他和蔼地问我:"初中快毕业了吧?"

"是。"我回答完陈主任的问话,主动退回到里屋。因为父亲从不允许小孩子在大人们谈论正事的时候插嘴。

进到里屋后,我听陈主任说:"最近有没有子龙的消息?您最好想办法把他叫回来。我们信访办已就他的上访问题整理了一份专题报告,按目前的形势估计,用不了太长的时间,省政府就会着手解决,请相信我老陈的判断。"

父亲说:"清河污染问题是涉及民生的大问题,政府不能以发展经济为由,破坏生态环境,这样下去,总有一天会成为千古罪人。我的兄弟是讲道理的人,虽然固执,但不会做出格的事。这样吧,等放了暑假,我抽时间把他找回来。"

"另外,我们信访办想帮助子龙和老赵争取一份扶贫贷款,利息非常低,让他们打一口深井,用来抽水养鱼,您看合适不?"

"这是好事,我这个当哥的就可以做主,具体怎么办,一切听你的。"父亲听陈主任一说,显然很高兴,语调也提高了好几度。我不知道什么是扶贫贷款,更不知道利息高低是咋回事,但我知道打井养鱼是好事。自从清河被污染后,小镇人已很少吃鱼。一方面,河里的鱼已基本绝迹,沿河水塘里的鱼因靠抽取河水养殖,畸形鱼太多,没人敢吃,水塘全部荒废。另一方面,鱼贩子从外地倒运来的鱼要价太贵,老百姓吃不起。因此,鱼成了普通老百姓餐桌上的稀罕之物,就连我们收入稍多的家庭,也只能初一十五打打牙祭。

"僧多粥少,您代子龙先办手续,等子龙回来,给他一个惊喜。"

"好的,下星期我抽空去找你。"父亲回答得很干脆。

"就这样!我告辞了。"

"快到中午了,就在这里吃口便饭。"

"不啦!我还有很多事要办,再见!"说罢,陈主任匆匆离开了我家。

不到一个月的时间,贷款就办下来了。打井的日子,是父亲和赵伯伯一起商定的,赵伯伯特地选择了星期天,他想让我和小镇的孩子们长长见识。一大早,全家人被父亲——叫醒,大家简单吃罢母亲准备的早餐,随父亲来到了清河边。打井的施工队已忙碌开来,高高的三脚架已竖立在斜坡边的菜地里,红星牌钻机也已安置妥当。小镇上大多数人生来就吃河水,没多少人见过打井,山坡上和菜地周边挤满了围观的人。赵伯伯看见我们,立即丢下手中的工具,向我们迎来:"杨校长,一切准备停当,就等你一声令下,立马开钻。"

父亲拍了拍赵伯伯的肩膀:"老赵,这水井有你一份,你是真正的主人,理所当然应当由你来宣布开钻。"我知道,沿河湾的这一大片堰塘和沼泽地早期被农民用来种植水稻、茭白和莲藕,清河污染后,水稻干瘪、茭白烂心、莲藕发苦,无人收购,最终被农民废弃。镇政府将土地收回后,承包给叔叔和赵伯伯等渔夫们开办养鱼场。养鱼场兴起后,因畸形鱼太多,本地的人根本不敢食用,运往外地因运费不菲,很难赚钱,久而久之,渔夫们也放弃了这个赔本的生意。

"杨校长,你是有身份的人,而且水井也有你兄弟的一份,你就行行好吧!"

父亲见赵伯伯非常诚恳,也就不再推诿。他向围观的人拱手一圈:"乡亲们,镇政府为了让小镇人吃上放心鱼,给赵长林和我家兄弟优惠贷款,让他们打一口深井,利用地下水养鱼,让我们共同见证这一惠民项目。现在,我宣布:开钻!"还没等父亲的话音落地,鞭炮声和掌声热烈响起,钻头也"突突"钻进地里。

离钻机不远处,放着一堆一抱多粗的铸铁管子,听说是用来做井筒的。铸铁管子的旁边堆放着一袋袋滤料和黄泥球,听施工队的头头给父亲介绍说,滤料,可以阻挡沙子渗入水中;黄泥球塞入铸铁管和钻孔之间就可以将地表水和深层地下水隔离开来。我在一旁听得云里雾里,激不起兴趣。

斜坡和河堤之间的鱼塘已被赵伯伯他们清理干净,每个鱼塘的四周都是用石头垒砌的,听说,为了防止河水渗入,他们在鱼塘底部抹了厚厚的一层混凝土沙浆,然后又从别的地方运来塘泥。现在,放眼望

小镇渔夫

去，一串大大小小的鱼塘，仿佛是嗷嗷待哺的小鸟，全都张着大嘴巴，期待着美食。

水井打了五天才出水，听赵伯伯讲，抽水机刚开始抽出来的水是混浊的，但不消一袋烟的工夫就变清了，它们欢快地流进鱼塘，一天时间就把所有的鱼塘给灌满了。每逢周末，我完成打柴拾禾的任务后都要到清河边，静静地坐在河堤上，俯瞰河堤内侧那一湾大大小小的鱼塘，憧憬收获的时节，仿佛看见叔叔和赵伯伯他们合力拉网，惊恐的鱼儿们跃出水面，逗得人们心花怒放。

8

暑假，在知了的催促声中姗姗来迟。放假的第二天，我就催着父亲去省城寻找叔叔。父亲正在看报纸，他把报纸稍稍移了移，用略带责备的目光瞪着我说："看把你急的，老师们还没放假，我怎么能先走？"

"你还真准备带致远去？省城大老远的，多一个人要多花不少钱呀！"母亲拎着茶壶，给父亲续了水，再次阻止父亲带我上省城。

"我偏要去，我长这么大，还没出过县城，我们班的同学有的都去过北京，作为一校之长的儿子，都让人觉得寒碜。"我说完，向母亲撇了撇嘴。

没承想，这一番话把父亲给激怒了："校长的儿子有啥了不起的？不用说镇长、县长，就是省长的儿子，在咱们学校也只是一名普通的学生。就你这种攀比的思想，我还真不能带你去。"父亲说罢，又埋头看报。

我自知理亏，憋得满脸发烧，耷拉着脑袋，半晌说不出一句话来。

大哥从里屋跑出来帮我说情："爸，让小三子去吧，让他开开眼界，长长见识。"他见父亲没有理会，便给我使眼色。我懂大哥的意思，他是让我自己找父亲认错。

"爸，我错了。"我怯生生地嘟囔了一句，见父亲依旧不理便厚着脸皮挨过去把父亲摇晃了几下。

"行啦，行啦！快帮你妈干活去。"父亲挪开报纸，不耐烦地答应了我的请求。

出发的这天,我一大早赶在哥哥姐姐起床之前把院子打扫得干干净净,并帮助母亲拌好饲料,给猪圈垫了新草。

吃罢早饭,临出门前,母亲把几个事先卤好的鸡蛋塞进我的书包,并一再叮咛:"省城复杂,人多车多,紧跟着你爸,千万别走丢了啊!"

父亲抚摩着我的脑袋对母亲说:"放心吧! 有我在,丢不了。"

"妈妈再见! 哥哥姐姐,再见!"我挥了挥手,转身跟在父亲的后面,大步向长途汽车站走去。

一路颠簸,到达省城已是第三天傍晚。父亲在长途车站附近找了一家便宜的旅馆,安顿好行李带我在一家小餐馆里吃了一大碗馄饨。父亲见我连碗里的汤都喝得一干二净,便问我:"吃饱了没有?"

我心里说,再来一碗也不成问题,可我知道,跟随父亲进省城一趟要花不少钱,便腆着肚子拍了拍,做出十分满足的样子,说:"都快撑到嗓门眼啦!"

"时候不早啦,先回旅店休息,明天带你转好不好?"望着父亲一脸倦怠的神情,我不好意思提出去看夜景,便点点头,抱憾地跟着父亲返回旅店。

翌日清晨,父亲将我叫醒,他在洗漱的间隙问我:"咱们是先看长江和长江大桥,还是先游西湖?"

"还是先找叔叔吧,等找到叔叔,我们一起游玩。"我知道父亲没有心思游玩。

"那好吧,你叔叔常年在省城飘荡,说不定已经变成了'省城通',等找到他,让他给我们带路可以少走弯路。"

父亲带着我在地摊上吃了一碗地地道道的省城著名小吃"热干面",然后挤公共汽车,来到了省政府大院附近的信访接待站。这间面积不大的办公室里有不少上访的人,他们有的挤在条凳上,没位置的或站或蹲,也不去和信访干部搭讪,俨然是一群雕塑,只有个别人坐在信访干部的桌子对面和他们争论着什么。父亲绕开上访人员,走到办公桌前,递上县信访办开出的介绍信和他本人的身份证,向信访接待干部说明了来意。信访干部自称姓王,是个清瘦的中年人,一脸和气

小镇渔夫

地说:"杨先生,你坐下,我帮你查查。在我的印象中,杨子龙在近半年之内只来过一趟。"他转身从柜子中取出一个厚厚的本子,从头至尾翻阅了一遍,抬头告诉父亲:"他最后一次来的时间是三月二十日,当时是我接待的,他问他反映的问题省领导批复没有,我告诉他,省里新来了一位分管环保的领导,他已指示要派工作组到相关的区县进行调研,争取尽早采取得力措施治理污染问题。你兄弟告诉我,如果清河的污染问题得不到根本解决,他还会继续上访,甚至进京上访。"

"可他并没有返回家乡呀!"父亲觉得奇怪,以试探的口吻问信访干部,"省领导都答复了,那他会上哪儿去呢?"

"你家兄弟不是胡搅蛮缠的人,也不曾在信访站耍赖,从我以前和他交谈的情况推测,估计他在建筑工地打杂工。"

父亲谢过信访干部,便拉着我离开了信访接待站。

我们刚走不远,一个中年妇女跑上来拦住了父亲:"大哥,我知道子龙在哪里,我带你们去找他。"

中年妇女见父亲用怀疑的目光打量她,赶紧解释:"不瞒大哥,我也是一个上访者,我是本地人,因房地产公司强行拆除了我家房屋,害得我家破人亡,逼迫我不断上访。在上访过程中,我认识了子龙,他是个大好人。"

在寻找叔叔的路途中,从中年妇女和父亲的交谈中,叔叔在省城上访的过程慢慢清晰开来。叔叔刚进省城的时候,胸前挂着写有喊冤的牌子和两小瓶水跑到省政府大院门前静坐,被武警当成精神病人给撵走了。这一幕正巧被中年妇女撞上了,她告诉叔叔,想在省城上访,就得去信访接待站,你到政府大院门口喊冤,人家会以你"闹事"为由,把你送到劳教所去。在中年妇女的指点下,叔叔到信访接待站进行登记上访,然后一边打工,一边打听上访问题的落实进展。时间久了,他发现信访接待站更多是在敷衍上访的人,于是他想混进政府大院,但由于武警忠于职守,始终没有找到机会。有一次,叔叔冒险去拦省领导的小车,不仅没有成功,反而被便衣警察暴打一顿,然后被关进了劳教所,最后被遣送回家。第二次叔叔来省城,既没有到省政府大院附近静坐,也没有到信访接待站讨说法,而是到省政府家属大院门口进行侦查。他发现进入家属院也要证件，但不像办公大院那样严格，于是，他结识了收破烂的老李，以收破烂为由自由进出省政府家属大院。经过长达半年多的潜伏，他终于见到了分管环保的副省长。据说今年元月，老省长楼里有人搬家，有大量的破烂出售，他们去收破烂时，听说新来了一位分管环保的赵副省长。新领导搬来的那天，叔叔和老李被叫去扛箱子，于是认识了赵副省长的女人。赵副省长的女人富有同情心，叔叔通过她把告状信和两瓶水转交给了赵副省长。

中年妇女说："自从子龙把告状信和两瓶水交给省长后，就不再收破烂了，他说收破烂赚不到多少钱，他要回到建筑工地多挣些钱给媳妇治病。"中年妇女带着我们穿街走巷找到了叔叔打工的地方，可这里的楼房已经竣工，好不容易才打听到施工队伍的下落。等我们赶到新的工地，熟悉叔叔的工人告诉我们，年初，叔叔大病一场之后就离开他们，不知去向。父亲见我一脸茫然，充满自信地说："你叔叔不会到太远的地方打工。"可是，我们花了几天时间，几乎找遍了省政府周边的所有建筑工地，也没有找到叔叔的踪影。

9

省城的八月已经很热，父亲说："如果今天再找不到你叔叔，明天就带你去游玩，然后返回老家。"

路过一个电话亭，父亲说："你在树荫下等着，我去给陈主任打个电话。"

我站在街边的梧桐树下，望着街道上川流不息的车辆和行人，觉得省城太过拥挤，全然不像小镇。街道两侧高楼林立，临街都是豪华的店面，就连对面的小店，也远远胜过了小镇的大商店。正当我欣赏街景的时候，一个熟悉的声音传到了耳边："站住！你给我站住！"循声望去，只见马路对面，叔叔正在拼命追赶两个衣衫褴褛的年轻人。"叔叔！"我大喊一声，乘着过车的间隙，快速冲向对面，眼看就过去了，但不知谁在我身后拽了一下，只听"嗤——"的一声，我仿佛被什么推倒在地，顿时失去知觉。

等我醒来，叔叔正紧紧地把我搂在怀里，他用悲怆的嗓音不停地

呼唤："小三子,你醒醒,你醒醒呀!"父亲把我的手紧紧地贴在他的脸上:"致远,致远,你醒醒吧!"我用沾满泪水的手轻轻地抚摸摸父亲,还没等我睁开眼睛,父亲已大声嚷开了:"快快快,孩子活过来了,赶紧送医院!"

我努力睁开眼睛,只见父亲跪在地上,叔叔抱着我坐在人行道上,周围挤满了围观的人。我喊了一声:"叔!"便挣扎着要起身。叔叔把我抱得更紧:"我的乖乖,你快把我们吓死啦!"

"我儿,别动,我们马上送你去医院。"父亲按住我,不许我动弹。

我已经意识到刚才一定是被车撞上了,可我并没感到有任何不适:"爸,我没事,真的没事!"我挣脱叔叔的胳膊站了起来,挥挥手,伸伸腿,用肢体语言告诉他们自己说的是实话。

"这孩子命大!"人群中有人发出了赞叹。

"还是让孩子到医院检查一下吧,免得落下内伤。"好心人的话提醒了父亲,他对一个战战兢兢的男人说:"麻烦你把我们送到医院检查一下,如果孩子真的没事,我们就放你走。"

"好好好!赶紧上车。"男子的小车还在路中,交通警察正在拍照,他走过去给交警说了几句,交警挥手表示同意后,他钻进车里,把车子移到了我们所在的路边。

上车之后,叔叔要抱我,我不让他抱,还不满地说:"叔叔,你躲到哪儿去啦?让我和爸爸找了好几天。"

"现在什么都别说,赶紧上医院。"叔叔拒绝回答我,显然是在遮掩什么。

司机把我们送到附近的一家医院,领着我挂了急诊,急诊室的医生问明缘由,把我从头到脚摸捏了一遍,说:"应该没事,做个透视吧。"随手给我们开了一个单子,让我们先去窗口交钱,然后到 X 光室做个全面透视。司机听医生一说,脸上紧绷着的肌肉顿时松弛下来,他摸着我的头说:"小乖乖,你吓死我了,幸好我的车速不快,否则就出大事了。以后可千万要小心,不能随便横穿马路。"

我望着司机认真地点了点头,但我并不清楚当时是怎么回事,于是问:"叔叔,我是怎么被你撞上的?"

"咳！我左前方的车辆突然急刹车,只见你从那辆车的前面蹿出来旋了一下,我赶紧急刹车,看见你扑向我的车子,倒在了地上。几乎同时,一个男人冲过来把你抱到了路边,后来才知道是你叔叔。"

经过透视,我完好无损,父亲也就放心了,他和司机握了握手:"司机同志,给你添麻烦了,孩子一点事都没有,你走吧!"

司机从裤子口袋掏出一沓钱塞给父亲:"孩子受了惊吓,给他买点营养品吧!"

"这哪成,按说,咱孩子也有责任,看得出,你是好人,你赶紧走吧!"父亲坚持拒绝。

司机见父亲拒收,就往我手里塞,我迅速闪到叔叔的身后。司机感慨地说:"你们也都是好人!这样吧,我姓刘,在省工商局开车,你们如果有事,就到省工商局来找我。"

和司机分手后,父亲给叔叔讲了打井养鱼的事,要求叔叔和我们一起回小镇。叔叔满口答应,提出先吃午饭,然后回住处收拾一下,再跟我们到旅馆。叔叔请我们进一家小餐馆美美地吃了顿,然后在路边拦了一辆电动三轮车,拉着我们七弯八拐,来到一个汽车修配厂。

"子龙,来亲戚啦?"看来,门卫老头和叔叔已经非常熟悉。

"林叔,这是我哥和我侄儿,他们来接我回去的,先让他们在你这儿坐坐,我去办一下手续。"

"去吧,去吧!"老头朝叔叔挥了挥手,然后把我们拉进门卫值班室:"小孩,来!你和父亲坐这儿。"并给我和父亲一人倒了一杯凉白开。通过父亲和门卫老头交谈,我才知道叔叔在这个厂里当看守,每天晚上协助保卫人员在厂区巡逻,有时白天还得干杂活,或者替门卫顶班。叔叔诚实守信加上勤快,厂里上上下下都很待见他。从门卫老头口中,我们还得知叔叔一向省吃俭用,并且每隔一段时间就会往家里寄钱,给媳妇治病。"这不!今天上午又去给家里寄钱了。"听老人一说,我想坏了,我被车撞之前,叔叔正在追赶两个看上去游手好闲的年轻人,很可能叔叔的钱被他们抢了。

叔叔进去了一个多钟头才出来。他左手拎着一个人造革的大旅行包,右手端着一个小金鱼缸,他把养有三条鼓着大眼泡的红金鱼交

小镇渔夫

给门卫老头:"林叔,把金鱼送给你留个纪念。"

"呵呵,这可是你的心肝宝贝呀!"林老爷子笑嘻嘻地接过了金鱼缸。

"林叔,你可精心一点,它们不怕饿就怕胀,可别养死啦,说不准哪一天我再来省城,还得要回。"

"放心吧!死不了,只要我这把老骨头在,它们就死不了。"

告别林老头后,叔叔带着我们挤公共汽车回到了旅店。父亲本来想早点返回小镇,叔叔说小三子出来一趟不容易,坚持带我去看几个景点。因此,我们在省城多住了三宿。

10

返回小镇的时候,叔叔执意要坐火车,惹得父亲生了气。父亲说:坐火车太贵,到县城后还得转蹦蹦车才能到小镇,不划算。叔叔说:坐火车可节省一天半时间,小三子还没坐过火车,得让他见识见识。我从心里赞成坐火车。叔叔不顾父亲的反对,于头一天晚上溜出旅店买好了火车票。

我们赶到火车站时,车站的进闸口排起了长龙,父亲拉着我很自觉地排在了队伍后面。叔叔让我看好行李,说去就去来。我以为他去上厕所,谁知他找来一个讨饭模样的人,带着我们从火车站附近一个仓库模样的建筑工地拐上了站台。此时,进闸口已经放行,人们跑着喊着拥向火车。

我们的车厢在第五节,每个车厢门口都堵满了人,乘务员让人们"排队上车"的声音很快淹没在乘客的大喊大叫中。叔叔把我拉到一个车窗边说:"我先把你举进去,然后你帮助接行李。"还没容我考虑,他已经把我抱起来塞向车窗,我赶紧抓住窗棂钻进了车厢。"小三子,快接行李。"还没等我站稳,叔叔就把行李举到了窗口,我抓住行李包的带子使出吃奶的力气把它拉进了车厢,然后又把父亲的背包接了进来。"哥,过来,快过来!"我探出窗口见叔叔正朝着父亲大声嚷嚷,可父亲丝毫也不理会,仍挤在车厢门口。无奈,叔叔双手钩住窗棂,用力一撑,半个身子钻进了车厢,我迅速拽住他的皮带,帮助使了一把劲儿。叔叔上来后，把行李码上了行李架，并让我对号入座。我找到座位并没有立即坐下，而是探身窗外，看父亲能否尽快挤上车。好在父亲挤在前面，没费太长时间就挤上了车。

父亲上来后，埋怨叔叔不守秩序："大家都像你们这样，岂不乱了套？"我见父亲满头大汗，赶紧从书包里掏出毛巾递给他擦拭。父亲坐下来一边擦汗一边自语："现在的人真没素养，排队上车多好，干吗要一窝蜂地瞎挤？"

"还不是为了抢个位置。"叔叔回了父亲一句。

"上车都要对号入座，有什么好抢的？"

"这你就不懂了，很多人是通过补票上车的，上晚了连站的地方都没有。"叔叔的这番话我当时并不懂，后来才渐渐明白我们坐的是普快列车，靠车头的六节车厢是硬座，中部有软卧，后面的车厢是硬卧，难怪只有前面这几节车厢的人在瞎挤。人们上车之后仍然乱作一团，原本面对面坐六位乘客的空间竟然坐了八九个人，还有四五个人挤在过道上。一个大胡子年轻人上来后冲我对面的一个妇女说："这是我的位置。"见妇女赖着不动，大胡子年轻人发火了，伸出肌肉鼓鼓的手臂，用食指点着她："你长耳朵没有？想找抽是不是？"

叔叔起身拦住大胡子年轻人，嬉皮笑脸地说："大家出门在外，都不容易，挤挤，挤一挤。"

大胡子年轻人推开叔叔："少管闲事！"然后又对妇女吼道，"起来！别以为你是女的，只要敢惹老子，老子照样动手。"妇女见年轻人不好惹，便悻悻地离开了座位。

人都上完了，火车还没开，车顶上的小电风扇在呼呼地转动着，但似乎不起太大的作用，扇出来的也只是夹着汗臭味的热风，大家挤在里面活像进了蒸笼，止不住热汗淋漓。我庆幸自己坐在窗边，把脑袋探出了窗外。站台上，几个拎着铁锤巡检的铁路工人已经退去，一位乘警奋力向车头方向挥动了一下手中的小旗，只听见"呜——"的一声，火车发出鸣笛，并在"哐当！哐当！"的金属撞击声中驶离省城。

火车一开，车厢里因空气对流顿时凉快起来，车上的乘客有的看报纸杂志，有的吃花生瓜子，有的打着瞌睡，父亲和叔叔还在讨论养鱼

的事情。我伏在车窗边，感叹着瓦特发明蒸汽机的伟大，体验着列车告别高楼林立的城市，跨越奔流不息的江河，穿过阡陌纵横的原野，扎进雄姿百态的群山，渐渐驶向我的家乡。

"饿不饿？我带你去餐车买吃的。"叔叔拍拍我的肩膀问道。

"走呗！"车上好几个人在吃方便面，显然已经到了午餐时间，我并不感到饥饿，只是想看看火车上的餐馆是什么样的。

"哥，你在这里坐着，我们给你带一份回来。"叔叔说完，随手从茶几上拿起已经喝空的搪瓷缸子，带着我往后面的车厢挤去。车上的人实在太多，连车厢与车厢连接的空当里也站着不少人。后来，我知道在餐车的后面还有软卧车厢和硬卧车厢，硬卧车厢每个隔断里都对开的上、中、下三个铺位，晚上可以睡觉，而我们硬座车厢只能硬撑，或者坐在那里"钓鱼"（打瞌睡），至于软卧车厢就更舒适了。选择什么样的车厢完全靠钱说话，叔叔没钱，能让我坐一趟火车已经是很不容易的事情。

到了餐车，叔叔拉着我到一个空台位上坐了下来。这节车厢摆着两溜餐桌，一边是四人台，一边是两人台。餐桌不大，上面铺着白色的台布，靠窗边的小瓶里插着一枝我叫不上名字的鲜花，还有两个小调料瓶子。

"服务员，来两碗面条。"叔叔冲着正在邻桌收拾碗筷的服务员吆喝了一声。

"到前面买票去。"服务员连头都不抬，硬邦邦地甩了一句。

叔叔让我坐着别动，他去买票。叔叔回到座位，把两张不起眼的小票交给了服务员。不消一会儿，饭菜就被端上来，一个青椒炒肉丝，一个青菜。叔叔把一碗饭让到我的面前，把另一碗饭倒进了茶缸，然后夹了一箸肉丝和两箸青菜，那是留给父亲的。我把自己碗里的饭拨了一半到叔叔面前的空碗里："你不吃，我也不吃。"

叔叔说："我肚子不舒服，不想吃米饭，现在还没有面条，等一会儿列车员会送到车厢去。"

"那你先吃点菜。"我把青椒炒肉丝调换到叔叔面前。

"你快吃吧，叔真的不想吃。"叔叔把青椒炒肉丝重新推回我面前。

我不再推辞，三下五除二，很快把饭菜一扫而光。

我们回到五号车厢，把搪瓷缸递给父亲，父亲打开盖子问："火车上的饭菜多少钱一份？"

"快吃吧，都凉啦！"叔叔没有直接回答父亲的话，我也没有留意饭菜的价格。

父亲吃完后，我接过搪瓷缸去找乘务员讨开水，走到七号车厢，碰上了推着食品车的乘务员正卖快餐，我问她："多少钱一盒？"乘务员瞥了我一眼说："五元。"天啦！一盒简单的快餐竟然要五块钱，那炒菜岂不成了天价？难怪叔叔不吃，他是借故推辞。

打好开水回到五号车厢，我把搪瓷缸递给叔叔："小心，烫！"

见那个大胡子年轻人身边的位置空着，我便落座在叔叔对面。车厢里的多数站客都是短途的，他们已陆陆续续在前面的过站下车。我仔细端详叔叔，他那张敦厚的国字脸已经瘦成了马脸，颧骨外突，两颊内敛，额头上布满了皱纹。他那双厚实的手，只剩下骨感，青筋暴突的手背和长满老茧的手心以及略微变形的手指让人心痛不已。我不知道这些年他一个人漂泊在外是怎样度过来的，从他的身体状况可以推断他一定吃了许多苦头。

"快餐，谁要快餐？"车厢的一头响起了乘务员的叫卖声。

"哥，我知道你没吃饱，再来一份吧！"叔叔用胳膊肘碰了碰埋头看书的父亲。

父亲连头也没抬："不用，不用，我已经吃好啦。"

"来两盒。"送餐的小推车刚来到我们这档口，大胡子年轻人迫不及待地抢先买了面条。

"也来两份！"叔叔走向乘务员。

"叔叔，我已经吃饱了，你别给买。"我知道叔叔不会吃双份。

"那就一份吧。"叔叔从手中抽回五元钱装回口袋。

等叔叔接过快餐回到座位，我身边的大胡子年轻人已经吃完一份："他娘的，真他妈的奸商，五块还不够老子吃个半饱。"说罢，随手欲将发泡饭盒扔向窗外。叔叔眼疾手快，探身伸手，一把抓过大胡子年轻人手中的空饭盒，残汤弄得叔叔满手都是的。

大胡子年轻人被叔叔突如其来的举动给弄蒙了："干什么,干什么?"

"嘿嘿!减少点白色污染。"叔叔尴尬地笑着回答大胡子年轻人。

"嚯!你还蛮有觉悟的。你也不看看铁路上的这一帮混蛋,该管的不管。"大胡子年轻人虽然有点嘲笑叔叔,但言语中也透露出他内心里并不赞成乱扔垃圾。

"牢骚和埋怨都没有用,只要我们都从自身做起,事情总会向好的方向发展。"父亲移开书,朝大胡子年轻人丢了一句,又埋头看他的书。

"看得出来,你们都是好人。"大胡子年轻人接着问叔叔,"大哥,你是干哪一行的?"

"我是打鱼的。"

"渔夫?"大胡子年轻人反问一句,他轻轻地摇了摇头说,"不像!"

"渔夫难道还有什么明显的特征?"叔叔显然被大胡子年轻人的否定给怔住了。

"不瞒你说,我爷爷和大伯都是渔夫,看你这模样,倒像是个搞建筑的。"

"老弟真有眼力,我这几年的确在当搬运工……"叔叔的话匣子一下子被打开了,他和大胡子年轻人从钓鱼谈到清河,再从清河谈到环保,从环保谈到人生的遭遇,一直谈到我们到站。我们下车的时候,大胡子年轻人坚持把我们送下了站台。

11

夏天的清河在洪水来临之前已经变得焦躁不安,已经见涨的河水咆哮着,奔涌着,疯狂地拍打着两岸。叔叔见到清河,仿佛见到了久别的亲人,他蹬掉凉鞋,脱去小褂和西装短裤,迅速冲下河堤,跃身扎进激流,但这一次叔叔还没有扎过河心就露出头来。

"条子,格老子小心一点!"赵伯伯双手撮合成喇叭筒对着河心大声呼喊。

叔叔从河对岸游回时,体力已经明显不支,被大水冲出很远才挣扎上岸。赵伯伯抱着叔叔的衣服,我拎着叔叔的凉鞋沿着河堤跑下去把他接上了河堤。

"咳！没想到，离开清河才几年光阴人就不中用了。"叔叔自嘲地对赵伯伯摇了摇头。

"俗话说，'拳不离手，曲不离口'，格老子这很正常。"赵伯伯拍了拍叔叔的肩膀，"看你这一把骨头，回来好好养养，等清河水清的时候，你又成了'浪里白条'。"

"但愿如此！"叔叔似乎缺乏自信，他挥挥手，"走！去看看我们的鱼塘。"

我们一行三人，沿着河堤上行，很快来到了鱼塘附近。叔叔站在河堤上，俯瞰着这片曾经水肥鱼美、菱白稻黄的风水宝地，这片曾经沦落成杂草丛生，污水横溢的死亡河滩，真是感慨万千。如今，河滩焕然一新，十几口大大小小的鱼塘星罗棋布，犹如明镜的水面在阳光的照耀下波光粼粼，间或看见一群鱼跃，间或听到一片蛙鸣，显现出一派生机。

"赵大哥，真难为你们了。"

赵伯伯不以为然地说："格老子都是生死兄弟，你这样说就见外了。你这次回来就别再折腾了。如果我们把这片鱼塘打理好了，不仅可以让小镇人再度吃上鲜美的鱼虾，还可以让我们挣很多的钱。"

"是啊，这是件大好事，哪天我们得请信访办陈主任喝喝酒，他可是实心替咱们老百姓办事。"叔叔说罢，转过身来对我说："小三子，你先回去吧，我要和你赵伯伯好好合计合计，把这一片鱼塘打理成一个现代化的养鱼场。"

从这一天开始，叔叔全身心地扑在鱼塘上，几乎没有光顾我们的家门，等我再次见到他，怎么也想不到会是医院。叔叔住院的消息，是赵伯伯托人给我们家捎的信。等我们一家人赶到医院，叔叔已经检查完毕，被送到病房。赵伯伯在医院门口拦住我们，他对父亲说："子龙上午晕倒在抽水泵房，我们赶紧把他送到了医院，做了啥子西梯（CT）。格老子，医生非要见你们家属才肯告诉得了什么病，我估摸不是好兆头。"

父亲脸一沉，没有言语，也不先去病房，拔腿跑向住院部主任值

小镇渔夫

班室。

一个身着白大褂的中年人正埋头翻阅着病人的资料,听见父亲叫唤"医生"便抬起头来:"你是?"

"我是杨子龙的哥哥。"父亲回答。

"你坐。"医生一边让座,一边走过来挥手撵人,"你们其他人都出去。"等我们退出后,他顺手把门虚掩上了。

我和大哥、二哥、姐姐、赵伯伯焦急地等在门外,觉得过了好长时间父亲才出来。父亲的眼睛红红的,眼眶里还噙着泪花,一种不祥之兆涌上了我的心头。果然不好,父亲沉痛地告诉我们:"我不想瞒着你们,瞒,是瞒不住的。叔叔得了肝癌,必须尽快做手术,否则拖不过半年。"

"哇——"我和姐姐几乎同时哭了起来。

"格老子,这是咋回事嘛!"赵伯伯紧紧把我搂在怀里。

"不许哭!"父亲突然吼道,他自己抹了抹眼角对我们说,"你们都给我听着,在叔叔面前一定要镇定,千万不能让他知道自己得了绝症。"

我跟着哥哥姐姐连连点头,并撩起袖口擦干了眼泪。

父亲和我们跟在赵伯伯的身后来到病房。叔叔喊了一声"哥!"然后向我招手,"来,小三子,来这里坐。"他拍了拍床沿。叔叔本来就很喜欢我,自从喜旺死后,他更加视我为他的亲生儿子。我怯怯地走过去坐在他身旁。叔叔轻轻地抚摩着我的脑袋:"咋啦?谁欺负咱小三子了,叔叔找他算账去。"

"叔,没事!"但我一看见叔叔蜡黄的脸就忍不住落泪了。

"别哭,傻孩子,叔叔不会有事的。"叔叔把我紧紧搂在怀里。等我抽泣了一阵子,叔叔把我扶起来,他抽了一张床头柜上的纸巾,帮我擦掉眼泪,"你已经长成男子汉了,不许哭,叔叔不会有事的。"他撑着往上坐了坐,对父亲说:"哥,你们不用告诉我,我知道自己得了绝症,年初,我在省城遇见过一个老中医,他已经告诉过我。其实,我并不怕死,只是想多挣点钱医好弟妹的病,让她和她的父亲能够安度晚年。"叔叔说这一番话时没有半点悲伤,仿佛在说一件与他无关的事情。

"子龙,你放心!我们一定会全力治好你的病,但你一定要配合我们,不要轻言放弃!"父亲拉着叔叔的手说。

"能拖一天就是两个半天,但没有必要花冤枉钱。"叔叔说得很坦然。

"条子,格老子钱不是问题,你侄子在加拿大挣了大钱,我先借给你们,你可得给老子挺住!养好身体,甩开膀子大干一场,早一点还钱。"赵伯伯的儿子出国留学后在加拿大一家高科技公司里当专家,挣了不少钱。他本来可以在家享清福,但他偏偏爱好打鱼和养鱼,不愿意在家里闲着。用他的话说"生就了一副穷命"。

翌日,信访办陈主任知道叔叔得病的消息,也赶来医院探望。

陈主任放下水果,一把紧紧握住叔叔的手:"子龙,你真厉害呀,竟然把两瓶对比水送到了省领导手里!赵省长召开全省环保会议时,在大会上亮出了你捎去的两瓶水。"陈主任见叔叔眼角噙着泪花,接着说,"我还要告诉你两个好消息,一是化肥厂的污水处理工程即将竣工;二是省里召开了环境保护专题会议,把清河列入了重点治理范围。"

叔叔听说后来了精神,他欠起身子说:"陈主任,等清河恢复到可以饮用的那一天,我一定用筏子撑你游遍清河。"

陈主任打趣地说:"好哇!你可别失言哟。"

12

叔叔手术的日子还没有最后确定,父亲让我和大哥去喜旺外公家把婶婶接来,估计父亲担心叔叔能否挺过手术关。

大哥不敢耽搁,一大早拉着我赶头班长途客运车前往 Y 县。

大客车一路向西,透过车窗,我看见清河在峡谷里蜿蜒流淌,时而掩隐在悬崖峭壁之下,时而冲过怪石林立的河床,时而漫过沙砾堆积的浅滩,时而拐进绿水幽幽的深潭。我真不知当年叔叔和赵伯伯是怎样从这条险象环生的河流中往返的,为了清水,他不惜玩命!

下车后,大哥领着我走了好长一段土路才到喜旺外公家。

"爷爷!"我一眼就认出了正在田里干活的喜旺他外公。老爷子扔下锄头跑过来一把将我抱在怀里亲了又亲:"哪阵风把你们兄弟俩给

吹来啦？快进屋去。"他回头冲着河边的三间瓦屋大声嚷道，"老婆子，致远他们来啦！快生火做饭。"说罢，抱着我就往家走。

"快下来，多大的人了还有脸让爷爷抱。"听见大哥埋怨，我立即挣脱下地牵着老爷子的手蹦蹦跳跳进了他们家。

奶奶笑眯眯地端上一碟带壳的花生："稀客，稀客！先充充饥，一会儿饭就好。"奶奶说罢，又匆匆拐进厨房。

大哥落座后，向喜旺的外公说明了来意。老爷子听着听着，脸色就变了。"唉！"他猛叹一声道，"咱娃命咋这么苦啊！幸好今天你们婶子不在家，不然就麻烦啦！"从外公口里，我们得知，喜旺死后叔叔来岳父家接婶婶，婶婶本来病情已经好转，见到叔叔后，她发疯似的扑上去又抓又咬，说是叔叔害死了她的儿子，然后一病不起，躺在床上茶饭不思。无奈之下，叔叔承诺外出打工赚钱给婶婶治病。经过很长时间的治疗，婶婶有了好转，但只要见到小孩就复发。后来，多亏县上高人指点，她姐把自己的女儿过继给了婶婶，婶婶才完全康复。年初，叔叔回来过春节，和婶婶和好如初，现在婶婶已经出怀，如果让她知道叔叔得了不治之症，那可是要出人命的。

喜旺的外公已无心吃饭，简单咽下两口便去收拾行头，并叮咛奶奶："等她从姐姐家回来，就说我去看望小三子的爹、娘，过些日子才能回来。千万不得告诉她女婿生病的消息。"说罢，和我们一起赶到公路边拦车，连夜赶往小镇。

喜旺的外公来到医院，抱着叔叔大哭了一场。

叔叔听说婶婶怀孕之后，破涕为笑："爹，你放心！我命大，不会死的。我要把儿子养大，让你享福！"这一夜晚，我们都不愿意离开，一直陪叔叔熬到天明。

早上，父亲来到病房，和喜旺的外公寒暄了几句，就命令我和大哥先送他回家休息。我想多陪叔叔一会儿，走出医院后又借故折了回来。

主任大夫查完房后，告诉父亲："病人除了腰部有陈旧性骨折外，其他情况还好，明天可以做手术，今天务必好好休息。"

医生走后，叔叔拉着父亲的手恳求："哥，我还想再看看清河！"

"刚才你都听见了,医生让你一定要好好休息。"父亲的口吻明显不太高兴。

"哥,你就答应我这唯一的请求吧,反正,我也安心不下!"

我也在一旁哀求说:"爸,你就满足叔叔这个心愿吧!"

叔叔高兴地搂着我说:"小三子替我说话喽,我没白疼你啊!"

"你呀,你!真拿你没辙!"父亲摇摇头,无可奈何地说着,独自离开病房。

父亲去护理部借来推车,我和他推着叔叔走向清河⋯⋯

一位职业经理人的文化修炼
——欧阳廷亮的文化责任与文化情结

李顺午

在陕西乃至大西北电力企业的文化圈里,欧阳廷亮可以算得上是知名人士。这不仅因为他所供职的陕西渭河发电有限公司的特殊性质和他友善谦恭的神态以及复姓大名留给人们的最初印象,还因为他那风格独具的诗文时常见诸系统内外的报刊。

受命北上

二十世纪九十年代末,陕西由于经济基础薄弱,建设资金严重短缺,电力发展远远赶不上沿海地区,不能满足全省经济建设和社会发展的迫切需要,用电形势持续紧张成了制约区域经济发展的主要"瓶颈"。陕西省委、省政府提出"以存量换增量、以产权换资金、以资源换技术、以市场换项目"的超前引资思路,果断决定转让渭河电厂部分股权,成立了由香港中旅集团控股的陕西渭电公司。这一改制,一次性引进资金近三十亿元,用这笔"巨资"解决了宝鸡第二发电厂和蒲城电厂二期工程资金短缺的燃眉之急,从而大大加快了陕西电力建设与发展的步伐。

就是在这样一个大背景下,欧阳廷亮继第三任驻厂董事被香港中旅集团派到渭电公司担任董事。这是一项光荣的使命,这是一份富有挑战性的事业。

离开了香港,离开生活了几十年的江南水乡,欧阳廷亮刚来大西北工作时,非常不适应这里的生活和人文环境。吃惯了大米的他,中午一碗"人生面不熟"的面条,到了晚上还搁在肚子里,真是有点勉为其难。为早日适应西北的水土,融入新的企业,他找了一位知名的老中医开出药方,连续服用一个多月,以至于后来闻到药味就想吐,个中滋味,真是说不清道不明。忙碌的工作,加上意志力与控制力,他渐渐适应了这里的生活秩序和风物习俗,用他的话讲:"我已经陕化啦,一个礼拜不吃米饭也无所谓!"

渭电公司是陕西改革开放初期的产物,曾产生过很好的示范效应。斗转星移,十多年过去,随着设备的日益陈旧,员工队伍的渐渐老化以及环保要求的不断加码,企业面临的问题越来越多。

电厂四周都是村舍和农田,丛生杂草和遍地垃圾,不仅影响员工生存环境,更影响企业的外部形象。正如欧阳廷亮所说:"这里是一个孤岛!"是啊,在香港中旅集团的大家庭中,它是一个独具个性的企业,没有"兄弟姐妹";在电力行业中,它是一个独立电厂,和五大电力集团没有干系,真的是一个名副其实的"孤岛"。

正因为它是一个孤岛,员工没有交流和发展的通道,使得很多年轻人悲观失望。在渭电公司逐渐"落伍"的同时,五大发电集团和华润电力公司却在快速发展。看着昔日的同窗好友一个个相继走上了领导岗位,能不让人心动吗?然而,现实是残酷的,渭电公司一个萝卜一个坑,升迁的机会十分渺茫,等到现有的管理人员退位时,大多数也人老珠黄。于是,消沉成了这个企业最普遍的现象。看着年轻人有的无所事事,有的沉迷于酗酒,甚至个别员工打架斗殴,欧阳廷亮十分心痛,他决心以文载道,开展一场精神上的"救赎"。

身为常务副总经理的欧阳廷亮积极配合一把手,尽职尽责地抓好分管工作。不久,又作为党员代表大会选举的党委书记,为推进企业跨越发展,全力配合总经理,响亮提出了"孤岛求生"的文化理念。公司党委号召:"全体党员和广大员工要艰苦奋斗,用勤劳的双手建设好自己赖以生存的家园。"这时,企业党委书记的身份,给他提供了更为广阔的企业文化和员工队伍建设的平台。

面对困扰,如何突出重围,求得新生,成了欧阳廷亮和公司管理团队深入思考的课题。近几年来,渭电公司抓住新一轮西部大开发的机

遇，实施"热电联产、煤电联营"的发展战略，坚持"抓改造、求生存、保稳定、谋发展、促效益"的工作思路，对现有的四台发电机组进行了供热改造，按省政府要求提前完成了烟气脱硫改造，并正在大力实施脱硝改造，确保各项排放指标达到国家环保要求，实现清洁生产环保发电。渭电公司再一次站在时代前列，为陕西经济又好又快发展做出了新的贡献。

严重的冗员问题，成了渭电公司领导的心头之患。欧阳廷亮和张建军总经理同属于"软心肠"的人，不愿意砸员工的饭碗。迫于企业生存与发展的压力，他们不得不组织一部分员工"对外经营"，到陕北清水川去承运电厂。欧阳廷亮向身处异乡的员工承诺，每年两次专程来看望大家。他说到做到，风雨无阻，并在迎风冒雪穿越沙丘和红碱淖的旅途中，完成了长诗《最后一只苍狼》的构思。

六年朝夕相处，六年创业拼搏。长期工作生活在江南有着细腻委婉和柔韧潜质的欧阳廷亮，如今似乎也多出了北方汉子的大气刚毅和洒脱性情。他融入了企业，成为几千号员工中的一分子。长期从事企业管理的欧阳廷亮深谙，一个职业经理人倘若不能融入自己的团队，是无论如何也管不好这个企业的；一个文化底蕴不足的企业，是难以实现持续发展和不断进步的。

如今，当人们走进渭电公司，宽敞整洁的厂区道路，井然有序的生产车间，绿树成荫的生活小区，热闹非凡的运动场馆，都给人留下了难忘的印象。

搭建平台

其实，企业大多数员工是明智的，绝不会去争挤"企业管理者"的独木桥，关键是如何引导，去释放他们富余的能量。

欧阳廷亮遵循"马斯诺的层次需要理论"，注重从精神层面激活和调动员工的潜能。他致力于企业文化建设，通过工会和党群工作部两个渠道，利用《渭电报》、网站、电视、宣传栏、职工书屋等形式加大企业文化的宣传力度，使员工在潜移默化的过程中，渐渐地认识、理解、认同、接受公司企业文化。通过政策、资金、人力、场所的扶持，全方位深入推进企业文化平台的搭建工作，推动文学社、摄影协会、乒乓球协会、羽毛球协会和秦腔协会等员工业余组织活动的蓬勃开展，营造了浓厚的文娱活动和精神生活氛围，引导年轻人迈上了职业生涯的新路。

值得一提的是，在公司总经理张建军的全力支持下，他们用最小的投资，建成了陕西电力系统最好的集大型会议、文艺演出、练功健身、球类竞技、书法绘画、卡拉OK等诸多功能于一体的员工文化活动中心，为员工的文体活动和身心愉悦提供了广阔的平台。这些平台，承载着欧阳廷亮对企业长远发展和员工人文关怀的希冀和祈盼，也沁润着他在企业文化建设上的心智和追求。

有八十多年发展历史和成功经验的香港中旅集团公司，积淀了丰富的文化理念，塑造了良好的企业形象。在集团公司举行的第一个"公司日"庆典活动前夕，欧阳廷亮思考最多的是渭电公司应当怎样办，集团公司有哪些文化理念适宜内地公司。活动期间，渭电公司将"严格、和谐、创新、求效"的企业精神和集团的企业精神实行对接，特别强调企业与员工、社会、自然之间互为依赖、相互促进、共存共荣的理念和愿景的一致性。除了升旗仪式、播放司歌，他还带领部分员工利用周日休息时间深入秦岭开展登山活动，陶冶团队的情操。在这些活动中，欧阳廷亮强调的集团文化与渭电公司个性文化的相互包容，相互接纳，相互融合，进而形成"你中有我、我中有你"的大家庭格局，实现文化和人心的融合。他和相关部门负责人一起，共同研究提升员工幸福指数具体措施，真正让员工受到尊重，得到实惠，共同享受企业发展的成果，收获企业发展的快乐；真正让员工感受到在企业这个大家庭里事业有价值、工作有奔头、生活有情调；真正让员工焕发主人翁意识、生活热情和创业激情，不断促进员工和企业共同进步。

一位在渭电公司做过深入采访的记者在文章后记里这样写道："在渭电，早晨很有意思，居然听到久违的起床号、吃饭号、上班号。号声响过，我走出宾馆，看到人们各有所忙，有的晨练，有的骑着自行车，问候声此起彼伏，与嫩绿的树叶和盛开的鲜花一起迎接新的一天，共同呼吸着大自然的甜美气息。"记者感叹道，"走在洁净的道路上，人们

一位职业经理人的文化修炼

看我的眼神有点儿新奇,但也礼貌地招呼着。刹那间,我有种感觉,那就是不论你来自何方,走了多远的路,只要来到这里,你就是渭电人的朋友!"

平台搭起来,活动深下去,人才自然会脱颖而出。在欧阳廷亮的鼓励和支持下,员工的文体活动蓬勃开展,业余作家的文学创作兴趣浓厚收获颇丰。公司有四人加入中国电力作协,三人加入陕西省作协,七人加入咸阳市作协。文学社的业余作家们,不仅成为企业内部宣传阵地的突击队,也是企业文化建设上一支充满朝气的主力军。

其实,有着高级经济师职称的欧阳廷亮,企业综合管理包括一些技术性强的专业管理也是他的强项。他曾出任过湖北省企业家协会副秘书长、《学习月刊》特约记者、葛洲坝集团文协理事。他撰写的《国有企业产权改革的基本模式》论文在《学习月刊》发表且被收入《现代企业制度与政府职能研究》一书,后被收入北京大学社会学系和中央党校科学社会主义教研室合编的《中国特色社会主义文库》。他撰写且发表的论文计数十篇之多:《浅谈跨文化战略》发表于《中外企业文化》;《大型企业集团多角化经营战略的思考》(合著)发表于《市场营销导刊》,被收入北京大学社会学系和中央党校科学社会主义教研室合编的《中国特色社会主义文库》。他主撰的电教片《征服长江》解说词拍摄后荣获了电力部电教片三等奖,并由中国劳动出版社出版发行。他还主编出版过《广西桂平航运枢纽施工文集》,并编著了《全国水利水电施工管理文集》一书。

书写诗文

如今,欧阳廷亮已经融入西安的山水文化,融入这里的风土人情。六年来的秦地生活,使他喜欢电厂门前日夜流淌的渭水,喜欢城南巍峨壮美的秦岭,喜欢那酷似秦人阵容庞大的兵马俑,甚至喜欢这里的凉皮、肉夹馍和锅盔辣子。

古都西安的大雁塔、大明宫、大唐芙蓉园,是经过历史的挑剔与筛选,经过岁月的雕琢和啃食派往现代的文化使节。假日里,偶尔有点闲暇时间,他会在博物馆、碑林待上大半天,流连在周秦汉唐远去的厚重文化里。他渐渐融入陕西文化圈子,崇敬陈忠实、贾平凹、高建群等一批陕西作家,喜欢读他们的小说,喜欢读雷抒雁、阎安、伊沙等诗人的诗歌。这里的山川河流,这里的历史文化,已经深深影响着欧阳廷亮的生活状态,也影响着他的文学创作情结。

欧阳廷亮在搭建企业文化平台,营造员工文化氛围的同时,始终不忘自己的文学创作。他的乡土诗,如《老屋》《麦子》《南瓜》《玉米》等,皆从最朴实的东西着笔,讴歌农民的纯朴与善良。他的小说,无论是小镇系列的《小镇更夫》《小镇挑夫》《小镇屠夫》《小镇渔夫》,或者《水怪》《小兔儿乖乖》,都是展示社会底层人物,彰显他们的勤劳、纯真、善良和勇敢。他的眼光非常独到,善于从人们司空见惯的事物中去发掘"真、善、美"。同样是漫步渭河,同样是聆听秦腔,同样是走近窑洞,同样是欣赏瓦当,他笔下的《梦鱼》《秦腔》《窑洞》《瓦当》以及《与兵马俑闲聊》《红碱淖》就是不一样,以至于不少地地道道的陕西人都为之感叹。

欧阳廷亮的作品,充满着人文关怀,饱含着社会道义。物我互换是文学创作中常用的一种表现手法,他借误入城市的蜻蜓之翼羽,借草原上最后一只苍狼之目光,借一头即将成为盘中美味的生猪,审视人们的生存环境,审视人类的所作所为。今天,人们的生存环境满目疮痍,真的不容乐观!狼的归宿在哪里?自然的归宿在哪里?人类最后的归宿又在哪里?当地球像那片草原一样由水草丰茂变成枯草遍地、千疮百孔,当地球被我们人类的贪婪和毫无节制掏空了心脏,我们又该何去何从?

欧阳廷亮不仅擅长新诗,其古体诗词也很有功力,譬如《古风·清明访礼泉》写道:"塬上桃林泛紫霞,清明阵雨洗尘沙。彩蝶蹁跹游阡陌,阳雀叽喳逗篱笆。喜看轻风扬柳絮,聆听细雨润梨花。谁来礼泉撩春色,果树丛中是我家。"使礼泉的自然风景跃然纸上,引人向往。又如《七律·感叹大雁塔》写道:"历尽千辛走天涯,佛经苦译似积沙。大云经疏非天意,弥勒转世巧排他。浮屠无力升落雁,母仪成心举国家。欲问西天经何在,此地空余大雁塔。"短短一首诗词,借用玄奘和武则天的故事,道尽人世虚与实、难与易、是与非。

一般说来，每一位诗人的作品都是有"籍贯"的。细心的人们已经感受到欧阳廷亮早期的诗作，以细腻婉约柔美而见长，这里有小桥流水人家的影调，有江南和风细雨的印迹；到大西北生活久了，他的诗文里免不了生出辽远苍茫和厚重。

在欧阳廷亮淡定儒雅的神情背后，是对诗歌的酷爱，是对文化的深深敬畏和一份难得的自觉。他为人低调，不事张扬，擅长用心写作。他常常风趣地对朋友说道："'义不理财，慈不带兵'，我这个人既讲义气，又爱发慈悲，做不了大事，只好写点文章，以谢亲朋好友。"当谈到他认为自己最满意的作品是什么时，他总是笑着说："没有最满意的，比较满意的是《最后一只苍狼》，本人由衷期盼人与自然的和谐。"一位读者感叹："在这首诗中，诗人笔底的苍狼形象是成功并震撼人心的。从矫健到落魄，从无忧无虑到满怀忧伤，从群雄逐鹿驰骋原野到形单影只无处藏身，读完掩卷，它在人们心中留下的影像强烈到不可磨灭，使人不由自主会想起一位英雄的谢幕，苍凉而悲壮。这种艺术效果的成功，来自于作品本身的结构与表达，来自于作者对主体描述对照的巨大反差，来自于作者在谋篇布局上匠心独具的'慧心'。——完美亮丽的昨日回忆与今日现实的斑驳暗淡相辅相成、盘根错节地纠缠在一起贯穿始终，自然而然水到渠成地归结成了尾节的深思与反诘。这种布局上的结构美，或者建筑美，或者观赏美，犹如一路风景，明暗交错，山环水绕，沟谷纵横，直至巅峰回望来路，才知此景悠长，韵味独到，值得品咂。"欧阳廷亮曾经谈道，这首诗是他穿越大漠后，通过深思熟虑发出的感叹！

欧阳廷亮正是这样一位有着敏锐触觉和自觉的人。他将自己对自然、对社会、对历史、对人生的深入思考，坚持不懈地记录下来，向读者传达着某种现实的存在和疼痛，启发人们深思。文字是应该能带给读者启发思考与美感的艺术品，透过艺术品的表象触及他的内心，窥视作者内心的感悟与追索，是每个读者义不容辞的责任。如果能更进一步地品出弦外之音，品出强烈的震撼，这是读者的享受，更是作者的欣慰。

书写好文章，传递正能量。进陕六年多来，欧阳廷亮白天忙于党务和繁杂的后勤管理工作，夜深人静的时候，才伏案写作，应当说非常辛苦！文学，本来就不是一件轻松的事，尤其是像他这样从事企业管理的业余作家。爱好文学，尤其是想以文载道，更是一种社会责任的担当。我们由衷期待欧阳廷亮在百忙之中，挤时间写出更多无愧于这个时代的作品，并借助于企业文化的力量，推动企业长足发展。

注：本文作者李顺午，陕西省作家协会、中国电力作家协会、中国散文家学会会员，高级政工师，现任《西北电业职工》杂志编辑部主任，著有《高原履痕》《建功秦东大地》《与岁月握手》等。

一位职业经理人的文化修炼

小镇追梦

——《小镇五夫》读后感

南 雁

近几年追随欧阳廷亮文学创作的脚步,在微博欣赏过他的诗词,在期刊捧读过他的散文、小说。从起初随意浏览到饶有兴味再到爱不释手,感觉他的作品越来越富有磁性,逐渐对这位才华横溢的作者滋生出一种"粉丝"情结,竟然对他的创作多了些许期待和厚望。《小镇五夫》是凝聚着欧阳廷亮心血、才华、情感和梦想的中短篇小说系列集,由《小镇更夫》《小镇挑夫》两部短篇小说和《小镇大夫》《小镇屠夫》《小镇渔夫》三部中篇小说组成。这是欧阳廷亮投笔文学创作迄今为止的扛鼎之作,也是他在小说创作上的重大突破,更是他在人生中所收获的珍贵的精神财富。

欧阳廷亮历时两年多的潜心创作和勤奋笔耕,化作了十几万密密麻麻的文字,化作了一个个凄美动人、荡气回肠的故事,化作了一个个有血有肉、栩栩如生的人物形象。一个身负重任的国有企业的管理者,为企业的生存、改革和发展呕心沥血、尽职尽责,百忙之余来不及放松疲惫的身心,硬是挤出有限的业余时间,创作出具有专业水准的文学作品,不得不令人肃然起敬! 不得不令人为之折服!

欧阳廷亮出生于鄂西丘陵地带的当阳古镇。当阳古镇虽小,却积淀着悠久闻名的历史文化底蕴。这里作为军事战略要地和荆楚文化发祥地,在风起云涌的历史长河中,上演过战国争雄、绿林起义、抗日驱寇、鏖战沙场等惊天动地、波澜壮阔的历史大剧。一代代英雄豪杰以驰骋沙场、叱咤风云的魅力,书写了壮丽的史诗和神奇的传说。许多文人墨客也在这里留下了永恒诗篇。欧阳廷亮从小就徜徉在散发着厚重历史文化气息的故乡小镇。古城楼、关帝庙、"长坂雄风"古石碑、鹁岸崖洞等名胜古迹和千古传诵的英雄佳话，刀刻斧凿般地在他心中留下了不可磨灭的印象。

当年，驻足街头巷尾的书摊翻阅连环画，或者依偎在父兄身旁听故事，伴随着他度过了美好的童年时光。读小学的他，常常放学后在小人书摊如饥似渴地独自看书而忘记了回家的时间，一次次因为晚归而遭到家教甚严的父亲的责备和棒喝。尽管如此，他对那些连环画书还是着迷似的不肯舍弃。在自家小院那棵树影婆娑的苹果树下，他和一群邻家小伙伴，仰望着夏夜的点点繁星和皎洁月光，聆听着父亲和兄长们眉飞色舞、绘声绘色的故事。《赵子龙大战长坂坡——单骑救主》《张飞横矛挡曹》《关公过五关斩六将》《鲁智深倒拔垂杨柳》《牛郎织女》《孙悟空大闹天宫》等等许多精彩生动的故事，还有那些诙谐逗趣的民间笑话，相继走进了他年少的心灵和梦境，勾起了他的无限遐思和幻想，激荡着他懵懵懂懂的少年文学情怀。

故乡小镇依山傍水，风景秀丽，人杰地灵，民风淳朴。这里的山山水水滋养着他的灵魂，这里的风土人情浸润着他的情怀。他耳闻目染小镇人民的勤劳、善良、宽厚、坚强、重情重义的优秀品质，亲身感受镇上人家团结友爱、助人为乐、邻里和睦的生活氛围，在浓浓的人情味乡亲味的熏陶下成长。带着那个时代的印迹和来自方方面面的潜移默化的影响，文学的种子在他心中悄然落床。

进入青春岁月后，文学创作的梦想在他心中萌芽、催生、疯长。此后，不论社会角色如何转换和工作多么繁忙，文学创作始终以一种巨大的魅力诱惑着搅动着他的思想和情怀，以至于成为他毕生孜孜不倦的追求。他一方面注重提升自身文化素质，在取得大专和本科学历后，继续取得了研究生学历，接着又攻读了高级工商管理班，获得了EMBA硕士学位。另一方面，他挤出业余时间，尝试文学创作，着手撰写诗词、散文和短篇小说，并在网上和报纸杂志上发表。随着坚持不懈地努力和勤奋耕耘，作品的数量越来越多，关注他的"粉丝"越来越多，他的名气也越来越大，并凭借自身的实力跻身到中国电力作家协

小镇追梦

会和陕西省作家协会。

离开故乡数十年来，他东奔西跑，辗转南北，历尽沧桑，但是，他始终对自己的家乡和家乡人民魂牵梦萦，眷恋着故乡的山、故乡的地、故乡的水、故乡的人！尤其是故乡这片热土上所诞生的英雄精神和世代传承的劳动人民的高尚品德，在他心中打下了深刻的烙印，缔结成浓郁的故乡情结，成为他当今小镇题材文学创作的巨大动力和源泉。他对故乡小镇的那份深深的情感和厚爱，像涓涓溪流淌进了他的文学作品里。小镇上那些早已被人淡忘、遗弃的人和事，没有随着时光的流逝在他眼中化为过眼烟云，而是沉淀到他的心底，现在又浮出心灵的水面，成为创作原型或原型的影子相继走进了他的作品里，幻化成了一个个鲜活灵动的人物。

现代社会热衷于对金钱名利的崇拜和追逐，早已淡化了人们对文学的爱好和欣赏。电脑和手机又成了现代人生活的主宰，占据了生活的大片时空。打电话、发短信、聊QQ、玩微博、刷微信、逛淘宝、玩游戏，忙得不亦乐乎。无处不在与生活息息相关的文学艺术，却遭遇了现实的怠慢、冷落、疏远。社会的变化没有动摇欧阳廷亮对文学创作的酷爱和信念，他依然对文学创作倾注了满腔的热忱，坚定不移地在文学创作的道路上苦苦探索，执着地追寻文学梦想，终于收获了丰硕的成果。对待他的作品，如果心情浮躁，仅仅走马观花、浅尝辄止，也许不会留下深刻印象。尤其是阅读长达数万字的中篇小说更是需要时间需要耐心。但是，只要静下心来，认真阅读，细细品味，就会被作品的独特魅力所吸引，就会被一个个命运坎坷和经历传奇的人物形象所感动，就会被一个个不落俗套、不矫揉造作的故事情节所震撼，从而与作者产生强烈共鸣。

综观欧阳廷亮的《小镇五夫》，他的笔端触及的基本上都是不起眼的小人物，除了《小镇大夫》中的主人翁，都是生活在社会最底层的平民百姓，身份卑微得让人不屑一顾。可是，他却善于从小人物身上捕捉独特的个性，挖掘小人物的内心世界，反映小人物的自然欲望和精神追求，发现和弘扬小人物身上的闪光品质，从小人物的命运折射出时代的变化和社会的发展，在小人物身上做出大文章来，让人掩卷之后,百感交集,心情久久难以平静!

《小镇更夫》通过一个孤寡老人和一个少年的相遇,披露了一个受尽误会、歧视和冷漠的"阴阳人"的人生命运和身世秘闻。小说描述了更夫与少年在孤苦贫寒的境遇中互相依偎取暖、相依为命,更夫疼爱呵护少年直至舍身相救的故事。通过少年对更夫在亲密接触中,了解、认识、误会、疏远,再重新认识更夫人品的过程,目睹了更夫鲜为人知的真实面目,感受了更夫的崇高品德。作品刻画了一个外表虽然猥琐孤单、遭人误会、嫌弃的"两性人",却拥有纯朴、善良、勤劳、真诚的品质和见义勇为美德,表里反差强烈的人物形象。把外表丑陋、举止怪异掩盖下的真善美,演绎成了一部凄美动人的小说,令人拍案叫绝!

如果作者此篇小说的创作仅仅停留在更夫对少年的关爱呵护和挺身相救的层面上,小说必然平淡无奇,跌入俗套。作者却选择了似男非男、似女非女的"阴阳人"为故事主角,明知写好这种人物并为读者所接受难度不小,是对创作水平的一种挑战,却知难而进,匠心独运,把更夫孤苦落寂的生活与渴求人情温暖的欲望,长期压抑的生理需求和借机释放的本能冲动,被人歧视的不堪遭遇与无私奉献的高尚精神等种种复杂的因素纠结交织在一起,刻画出了一个令人意料之外却又在情理之中的、令人深深同情却又值得敬重的人物形象,从而把创作水平推向了一个高度。

长达六万多字的《小镇大夫》,把视觉投向了小镇上的中医世家,这是作者系列作品中塑造的唯一有头有脸的人物。作者沿着小镇名医林家父子的人生轨迹,描写了林家父子及其徒弟以天使般的爱心、菩萨般的心肠、华佗般的医术,治病救人、救死扶伤、妙手回春、义薄云天、薪火传承的种种善举,书写了一曲曲催人泪下的人间大爱,讴歌了林家几代人崇高的医德仁术和奉献精神。作者对林大夫的刻画全面细腻、形象生动、令人敬重。小说中的林大夫不仅对患者极富爱心和责任心,而且对家人、徒弟、同事、朋友、街坊全都真诚相待,特别是不计前嫌抢救反目为仇的友人,深明大义的行为撼动人心!薪火传承也是小说浓墨重彩的地方,有别于其他刻画医生形象的作品。林大夫义无反顾,把家族安身立命的中医祖业传承给了非亲非故的徒弟,这是

小镇追梦

一种博大的胸怀和无私的奉献精神，是对小镇人民生命健康的贡献，也是传承和弘扬灿烂的中医民族文化的壮举。阅读此部小说，有种看电视剧的感觉，心情随着故事情节的强烈吸引起伏跌宕，时欢，时悲，时爱，时恨，如同身临其境一般，深深地被人物的命运所感染、感动！

其实，这么多年来，塑造刻画大夫形象的文学作品并不少见，但是，在欧阳廷亮笔下的《小镇大夫》故事情节一波三折，人物命运复杂多变，仍然以其特殊的魅力和强烈的感染力征服了读者。此篇作品在时下医院走向市场化，医患矛盾频发的社会，重拾人们对医生和医护人员的信任尊重，充分理解和信赖医生，建立和谐的医患关系，具有相当积极的社会意义。

《小镇渔夫》将笔触深入到关乎民生民情民意的重大社会现实题材，以渔夫杨子龙的坎坷命运为主线，讲述了一个小人物正直、善良、坚强、执着、重情重义、侠肝义胆，为了捍卫清河资源和生态环境，敢于跟命运抗争，敢于跟政府权贵抗争，历尽挫折和磨难，终于换来了小镇民众生存环境改观的故事。通过刻画一个小小渔夫的形象，展现了杨子龙不屈不挠的勇气、胆量和为民请命的博大胸怀，深刻揭示了当今人民群众生命健康、生存质量与片面追求发展经济、繁荣经济的突出矛盾，以文学的形式反映了广大民众对治理环境污染，加强资源保护，加强环境保护，保持生态平衡的强烈呼声和合理诉求，小说具有积极的现实意义和文学价值。

《小镇屠夫》的选题立意新颖独特。屠夫多被视为以操刀屠宰业为生的低等粗俗之人，鲜有作为创作对象，很难想象在屠夫身上能做出什么精彩文章来。作者却出人意料地把社会小人物的故事和社会大变革的浪潮紧密联系在一起，在王屠夫的人生经历和命运里，贯穿了新中国数十年的历史，深刻反映了人物的命运，时代的变迁，屠宰行业的变革转型和行业内部的激烈竞争，以及人际关系的复杂纠结。故事情节比较符合历史和现代现状，让人感到人物虽然是虚构的，但却源于生活，尊重历史，真实性和可读性较强，令人信服。对不同层次不同地位的人物及其故事构思严谨，合乎逻辑，让人既感受到了人性的温馨，也品味到了人生的艰辛，世事的变故和人生的无常。

《小镇挑夫》侧重刻画人物情感，把周老憨这个生活在社会底层的人物，在那种贫困交加、孤独寂寞的状况下，与柳婶冲破封建思想的禁锢，渴望和追求爱情、温情展现出来，把人对性的自然欲望流露出来，把身份卑微低贱的人物和善良、纯朴、热心快肠、助人为乐的崇高品质交融到一起，不仅深深地打动了读者的心，而且对当今社会崇拜金钱、物欲横流、人情淡薄也是一种反衬，也是对人与人之间人情温暖、互助友爱的呼唤和催醒。文中对初春景色的描写虽然寥寥数笔，但妙笔生花，优美生动，令人陶醉，过目不忘。

《小镇五夫》对于人物形象的塑造无疑是成功的，感人的。作者创作的无论是短篇小说还是中篇小说，既尊重历史，又符合现实；既源于生活，又高于生活。刻画人物个性鲜明，有血有肉，栩栩如生，入木三分。人物性格典型，语言个性鲜明。小说情节流畅，脉络清晰，起伏跌宕，步步深入，荡气回肠。人物感情细腻、丰富真挚、毫无空洞和矫揉造作之感。整部作品可读性强，感染力强，达到了一定的文学创作高度。

从《小镇五夫》中可以探视和窥见作者的思想、品质和追求。事实上，在欧阳廷亮身上的确传承和延续了小镇先辈们善良、真诚、勤劳、谦和、友善的优秀品质。这么多年来，他不仅赢得了事业和文学创作等诸多成功，更重要的是他以其人品人格的魅力，赢得了广泛尊重、信任、青睐和良好口碑。在职工眼中他是好领导，在母亲眼中他是好儿子，在女人眼中他是好男人，在朋友眼中他是好哥们儿。这些都为他的文学创作奠定了思想和素质基础，也为他创作的文学奠定了基调和发展方向。

文学创作是一项脑力劳动和体力劳动的融合，是一项看似轻松实则艰苦劳累的劳动。从谋划选题、收集素材、构思情节、塑造人物、精心创作、反复修改、打印校对直至脱稿，作者倾注了大量的心血，付出了艰辛的劳动，个中辛苦是常人难以体会到的。例如，作者在《小镇大夫》中列举的许多中药药材的名称和功效，在《小镇屠夫》中描述的屠宰生猪的详细过程，都是以大量翔实的素材来佐证的。这些素材来自于作者平时细致入微的观察、体验生活，来自长期对资料点点滴滴的

小镇追梦

收集和积累。作者在《小镇屠夫》中运用的来自少年时代所听到的诙谐民间故事,在时过境迁数十年后居然能一字不漏地在作品中再现出来,作者对资料的记忆和收集令人惊叹不已。

作为业余作家,十几万字的伏案创作,不知要绞尽多少脑汁,不知要牺牲多少休息时间。没有坚定执着的追求,没有坚韧不拔的意志,没有不辞辛劳的毅力,没有无怨无悔的精神,文学创作只能是虚幻的梦想。没有一定的文学水平和才华,没有驾驭文字的深厚功底,很难想象能够创作出《小镇五夫》这样的小说系列专集。

《小镇五夫》令人受益匪浅。对于读者来说,看的是小说,读的是社会,悟的是人生。在欣赏之余,衷心感谢作者给我们带来的精神上的愉悦和陶醉。衷心感谢作者从小说角度给我们带来的对社会、对人生、对人性的认识、思考和启迪。

我们似乎看到,在文学创作的浩繁星空中,一颗文学新星在鄂西小镇诞生,在秦岭渭水上空升腾!

注:本文作者欧阳庭玉,笔名南雁,系中国铁路总公司大桥局集团第三工程公司党委宣传部主任,在《工人日报》《科技日报》《人民铁道报》《中国建筑报》《南方日报》《花都市报》《桥梁建设报》《求实与创新》《广州宣传》《彩虹》《爱人》《园里人家》等报纸杂志上发表过近百篇新闻通讯及文学作品。